SAS

BIENVENUE À NOUAKCHOTT

DU MÊME AUTEUR

(* titres épuisés)

GÉRARD DE VILLIERS

BIENVENUE
À NOUAKCHOTT

Éditions Gérard de Villiers

Photo de la couverture : Christophe MOURTHÉ
Maquilleuse : Andrea AQUILINO
Mannequin : Fellina WOOD
Armurier : EUROPSURPLUS
2, bd Voltaire
75011 PARIS
www.europsurplus.com

© Éditions Gérard de Villiers, 2011.

ISBN 978-2-36053-012-0

CHAPITRE PREMIER

« Mayday, Mayday November 187 Lima Bravo,
Flight Tamanrasset Bamako Level 120, uncontrolled
fire. Forced landing. Last position GPS 20 47 North
16 00 East [1] ».

L'appel de détresse éclata dans le haut-parleur
du cockpit d'un Boeing 737 de la Royal Air Maroc
reliant Abidjan à Casablanca. Sur la fréquence
121,5, réservée aux appels de détresse, prenant
l'équipage du long-courrier par surprise.

Le co-pilote chercha aussitôt fiévreusement de
quoi écrire et lança dans son micro.

– November 187 Lima Bravo, répétez coordonnées. Combien de personnes à bord. Précisez nature
de la panne. Communiquez prochaine intersection.

De nouveau, le haut-parleur cracha quelques
mots, presque incompréhensibles à cause du bruit
de fond.

– Coordonnées GPS 2047 North 16…

---

1. SOS.SOS.SOS. Novembre 187 Lima Bravo. Vol Tamanrasset Bamako niveau 126. Incendie Incontrôlé. Obligé d'atterrir.
Dernière position GPS 20 47 Nord 16 00 Est.

Le reste se perdit. Aussitôt, le co-pilote marocain reprit son micro.

C'est-à-dire la fréquence utilisée entre avions en vol.

Aucune réponse : le November 187 Lima Bravo s'était déjà crashé, ou il avait des problèmes de radio. Dans cette partie de l'Afrique, les communications radio étaient très mauvaises : la V.H.F.[1] ne portait pas loin, et la H.F.[2] était presque toujours brouillée car plusieurs conversations se tenaient en même temps sur la même fréquence.

Le co-pilote répéta son message plusieurs fois, puis n'ayant aucune réponse de November 187 Lima Bravo, répercuta immédiatement le Mayday sur le VHF.

Sans être certain qu'il serait capté.

Il déplia sur ses genoux une carte de la zone afin de localiser la dernière position de l'appareil en détresse. Cela se situait au nord-est du Mali, non loin du massif des Adrars, une zone totalement désertique.

Le vol de la R.A.M. se trouvait à l'ouest de ce point, au niveau 350, remontant vers le nord.

Le co-pilote décida alors de répercuter l'appel de détresse directement sur la tour de contrôle de Tamanrasset en V.H.F. et en H.F.

L'immatriculation de l'appareil en détresse indiquait un appareil américain. Sûrement un vol privé.

Il reprit son micro et cala la radio d'abord sur 118.100 puis sur H.F.8894, puis appela.

1. Très Haute Fréquence.
2. Haute fréquence.

C'est tout ce qu'il pouvait faire. Ensuite, il fit de même avec la tour de contrôle de Bamako, sur 126 10, la fréquence V.H.F étant la même… Les deux messages étaient similaires.

– Sierra November Romeo Oscar Kilo, en route pour Casablanca niveau 350, je vous relais Mayday, reçu il y a six minutes de November 187 Lima Bravo, volant au niveau 120. Dernière position 2047 North 1600 East. Over.

C'est tout ce qu'il pouvait faire. Pendant plusieurs minutes, il guetta un appel, sur 121,5, mais il n'y en eut pas. Il n'y avait plus qu'à prier pour que November 187 Lima Bravo ait pu se poser quelque part dans le désert. Un feu à bord ne laisse pas beaucoup de choix.

Le Sergent Ralph Mitchell entra en coup de vent dans le baraquement affecté à la CIA sur l'immense base de Tamanrasset, créée par l'armée algérienne afin de surveiller les confins du Sahara, mais qui abritait aussi une antenne américaine importante : une station d'écoute, des « Special Forces » et un petit groupe d'agents de la CIA naviguant entre les diverses « stations » de la région.

– Bob ! lança-t-il à l'homme assis derrière le bureau, en train de rédiger un message sur son PC. Nous avons un problème !

Robert Vigan, responsable de la CIA à Tamanrasset, leva la tête.

– Qu'est-ce qu'il y a? Les Algériens nous emmerdent encore?

La co-habitation avec les Services algériens, extrêmement pointilleux sur leurs prérogatives, n'était pas toujours harmonieuse.

– Non, le King Air vient d'envoyer un *mayday*, relayé par un vol de Royal Air Maroc. Incendie à bord. Apparemment, ils ont été obligés de se poser, ou pire…

Robert Vigan se figea.

– *Shit*! Où?

Le Sergent Mitchell qui ne quittait pas la tour de contrôle chaque fois qu'un appareil américain décollait de Tamanrasset ou était attendu, déroula la carte qu'il avait à la main et la posa sur le bureau.

– Quand ils ont envoyé le mayday, ils étaient *là*.

Il désignait un point à mi-chemin entre Tamanrasset au nord et Tombouctou, au sud.

Au milieu de nulle part, au pied du massif des Iforhas se prolongeant jusqu'au Niger voisin.

– Il a peut-être pu arriver à Tombouctou? avança l'agent de la CIA.

– J'ai vérifié. Ils ne sont au courant de rien. En plus, il y a un vent de sable jusqu'à 10 000 pieds qui interdit tout atterrissage.

Robert Vigan demeura silencieux. Le Beechcraft «King Air» en difficulté était un bi-turbines sans problème, fréquemment utilisé sous la référence US Army de RC 12. Un appareil très fiable, avec un rayon d'action de 2 000 kilomètres et une altitude de croisière de 20 000 pieds.

Il ouvrit son tiroir et y prit l'ordre de mission de l'appareil, clippé à son plan de vol.

Il y avait six personnes à bord. Deux pilotes civils sous contrat avec la CIA, Paul Redmond, un type athlétique de près de deux mètres, qui volait en Afrique depuis plusieurs années et son co-pilote, Rodney Carlson, lui aussi pilote chevronné. En plus, ce vol ne présentait pas de difficultés particulières. Lorsqu'ils avaient décollé de Tamanrasset, le temps était parfait et la visibilité sans limite.

Son regard descendit jusqu'à la liste des quatre passagers. Tous «*field officers*» de la CIA : Richard Igl, Thomas Ross, Rick Samson, un «*senior officer*» qui parlait parfaitement arabe et une femme, Judith Thomson, une amoureuse de l'Afrique, qui avait demandé à être affectée à Tamanrasset.

Tous se rendaient à Bamako pour renforcer la « station » locale et faire du lobbying auprès des autorités maliennes pour que celles-ci consentent à laisser les «*Special Forces*» américaines opérer des « coups de poing » contre les bases de l'AQMI [1], toutes situées dans le nord Mali.

Jusque-là, les Maliens étaient d'une prudence qui frisait la désertion. En dépit des bonnes paroles américaines et des flux de dollars assez conséquents qui les accompagnaient, ils ne voyaient pas l'utilité de lutter contre des gens de leur religion, qui ne leur causaient aucun tort, mais qui pourraient le faire si on les asticotait : en effet, les quelques *katiba* de l'AQMI présentes dans le désert malien, avaient créé des liens étroits avec plusieurs groupes de Touaregs en guerre larvée avec le pouvoir malien et pouvaient facilement les goinfrer

1. Al Qaida au Maghreb Islamique.

d'armes et de matériel, ce qui créerait un gros problème.

– Qu'est-ce qu'on fait ? demanda le Sergent Mitchell.

– Essayez d'entrer en contact avec le King Air, en V.H.F. On ne sait jamais. Moi, j'appelle Bamako. Si on doit monter une expédition de secours, on ne peut partir que de là.

Le Sergent Mitchell secoua la tête.

– La zone où le King Air est peut-être tombé est dangereuse, sir.

D'après les informations des Algériens, au moins un katiba de l'AQMI avait ses bases arrières dans cette partie du Mali, peu accessible.

– Raison de plus ! trancha Robert Vigan. Nous ignorons ce qui est arrivé au King Air. Il a peut-être réussi à se poser. Dans ce cas, il faut les sortir de là, au plus vite.

À cause des distances, il était hors de question d'envoyer un hélicoptère. La seule solution était un convoi mixte, « *Special Forces* » et quelques Maliens pour l'alibi.

Le Sergent Mitchell ressortit du bureau et Robert Vigan se jeta sur son téléphone crypté. Sale histoire. Les Américains ne se hasardaient jamais dans la zone où l'appareil s'était écrasé ou avait atterri. Trop risqué. Pas d'appui aérien, un environnement hostile et une chaleur de bête.

Les Algériens, eux, trop contents d'avoir repoussé le plus gros de l'AQMI au sud de leur frontière, avaient établi une sorte de cordon de sécurité d'est en ouest, le long de cette frontière, appuyé par divers postes militaires et trois mille gendarmes. Se moquant de ce que faisait l'AQMI au sud de cette ligne.

Il ne fallait donc pas compter sur eux pour aider l'appareil américain en détresse.

Avant même d'appeler Bamako, Robert Vigan prit le temps de contacter la station d'écoutes, leur recommandant de surveiller la zone afin de vérifier s'il y avait un accroissement de l'activité radio. Les militants de l'AQMI étaient très prudents, ne se servant de leur Thuraya qu'au compte-gouttes, mais possédant, en plein désert, des bases de communication, avec des ordinateurs, une liaison Internet et des piles solaires pour alimenter le tout.

Il hésita, et, encore avant d'appeler Bamako, envoya un message très bref à Langley, signalant le cas non-conforme.

Ensuite, en attendant qu'on lui passât le chef de Station de Bamako, il se plongea dans l'étude de la carte. La seule voie de communication dans cette zone était une piste empruntée par les trafiquants, l'AQMI, les Touaregs et tous ceux qui hantaient le désert. Elle allait de Tessalit, au nord, presque à la frontière algérienne, jusqu'à Anefis et Bourem, deux localités maliennes, la seconde se trouvait presque au bord du fleuve Niger. Il pria pour que le King Air ait pu se poser à l'ouest de cette piste. S'il était tombé dans le massif des Iforhas, il ne devait pas en rester grand-chose.

La voix joviale de son homologue de Bamako, Edgar Wiser, éclata dans le haut-parleur.

– Tes gars ne sont pas encore arrivés ! lança-t-il. Il paraît qu'il y a une très jolie fille avec eux.

– Ed ! fit Robert Vigan d'une voix grave, nous avons une grosse merde.

**

Paul Redmond passa la main sur sa mâchoire douloureuse et la ramena pleine de sang. Il n'avait plus la notion du temps. Depuis le moment où il avait expédié son *mayday*, il s'était concentré sur le sauvetage du King Air. L'incendie avait pris dans le turbo-huit gauche. Immédiatement, Paul Redmond avait coupé l'alimentation et activé le système anti-incendie. Pendant quelques minutes, l'incendie avait paru maîtrisé et Paul Redmond s'était dit qu'il arriverait bien sur un seul moteur jusqu'à Gao, l'aéroport le plus proche. Puis, des flammes avaient recommencé à s'échapper du capot moteur, accompagnées d'une épaisse fumée noire. Ce qui ne laissait pas beaucoup de choix. Si l'incendie se propageait jusqu'au réservoir d'essence de l'avion, le King Air risquait d'exploser en vol. Il devait donc se poser d'urgence. Déjà, il était passé du niveau 1200 au niveau 800 et continuait sa descente.

Surveillant du coin de l'œil l'incendie qui léchait l'aile gauche.

L'estomac noué.

Dieu merci, il n'y avait pas de vent et la visibilité était parfaite.

Lorsque l'incendie s'était déclenché, le King Air se trouvait au-dessus des premiers contreforts des Iforhas, des rochers déchiquetés sans la moindre végétation, coupés de crevasses et d'arêtes. Impossible de se poser là-dessus, sous peine d'exploser instantanément. Aussi, Paul Redmond avait-il viré vers l'ouest, pour tenter d'atteindre la piste Tessa-lit-Aneris.

Avertissant ses quatre passagers :

– Nous avons un problème majeur. Je n'arrive pas à maîtriser cet incendie. Nous devons nous poser. Attachez vos ceintures et tenez-vous prêts.

Parmi les passagers, seul Rick Samson était venu jusqu'à son siège, avec un sourire un peu forcé.

– Je peux faire quelque chose ?

Paul Redmond lui avait rendu son sourire.

– *Yes. Pray the Good Lord. We gonna make it* ![1]

Immédiatement, il avait viré sur l'aile, s'éloignant du massif montagneux, et perdant rapidement de l'altitude. Il regarda l'altimètre. Niveau 50. Dans moins de cinq minutes, ils atteindraient le sol. S'ils n'explosaient pas avant.

– Nous allons envoyer un C.130 Hercules avec quarante de nos gars, annonça Edgar Wiser, le Chef de Station de Bamako, mais il ne sera prêt à décoller que dans deux heures, minimum. Les Maliens nous emmerdent.

Robert Vigan fit un calcul rapide. Trois heures, plus le temps de voler de Bamako au point approximatif où le King Air avait cessé de donner signe de vie, il ferait nuit…

Il y avait aussi un autre problème.

1. Oui. Priez Dieu. On va y arriver !

– Où allez-vous poser votre Hercules ? demanda-t-il.

Le C.130 Hercules était un formidable appareil de transport, mais n'était pas comme le Transall français qui se posait sur 600 mètres, à peu près n'importe où. Lui, il lui fallait du goudron ou du dur et près de mille mètres.

– Le pilote me dit qu'il y a des sections de la piste du Tessalit où on peut se poser, avança Edgar Wiser. Bien entendu, s'il y a des risques à le faire, il reviendra ici.

– On ne peut pas larguer quelques types ? proposa Robert Vigan.

– Impossible. On n'est pas organisés.

– *Be caution* ! recommanda le responsable de la CIA à Tamanrasset. Il faudrait d'abord repérer le King Air ou ce qu'il en reste en volant bas.

En plus, le C.130 allait fatalement attirer l'attention dans une zone où ne volaient que des vautours et quelques aigles.

*
* *

La piste Tessalit-Anefis était apparue trop tard sous les ailes du King Air pour que Paul Redmond puisse baisser les volets. Aussi, avait-il été obligé de franchir une petite crête rocheuse le séparant de Jillen Valley, parallèle à la piste.

Il n'était plus qu'à 300 pieds du sol lorsqu'il amorça un virage vers la gauche, qui rabattit la fumée noire sur le cockpit. Jouant avec ses ailerons, il parvint, en dépit de son unique moteur, à stabiliser l'appareil cap au sud, dans l'axe de la vallée.

– Le train ! cria-t-il au co-pilote.

Il n'était plus qu'à 200 pieds et il lui semblait que les flammes du moteur gauche avaient encore gagné en intensité. Les deux mains crispées sur son manche, le regard glué au sol inégal qui approchait, il adressait une prière muette et continue au ciel.

Se poser sur un sol pareil avec un moteur en feu, revenait à plonger la main dans un sac plein de crotales…

– Le train ne descend pas ! annonça Rodney Carlson, le co-pilote. Je prends la commande manuelle.

Il se mit à manœuvrer le levier comme un fou. Le sol n'était plus qu'à cent pieds. Paul Redmond pouvait voir tous les rochers qui affleuraient sa surface.

Encore moins d'une minute.

Soudain, le pilote aperçut devant lui, sur sa gauche, un arbuste, probablement un acacia, et tenta le tout pour le tout. Pied et manche à gauche il inclina vers la gauche la trajectoire du King Air, puis lutta désespérément avec ses volets et sa dérive pour remettre l'appareil en ligne.

Il était temps.

Dans un effroyable fracas d'acier broyé, le ventre du King Air entra en contact avec le sol et l'appareil rebondit de près d'un mètre.

L'arbre, sur la gauche, se rapprochait à toute vitesse. Paul Redmond se raidit, adressant une ultime prière au ciel. Et ce qu'il avait calculé se produisit : l'extrémité de l'aile gauche accrocha le tronc de l'arbre et le choc l'arracha du fuselage, avec le moteur en feu et le réservoir d'essence prêt à exploser !

Ce n'était pourtant pas gagné : l'hélice droite fut arrachée et partit en tournoyant comme un cerceau.

Déséquilibré, le King Air tournait sur lui-même, sans que Paul Redmond puisse faire quoi que ce soit.

À travers le nuage de poussière rougeâtre qui entourait l'appareil, il aperçut, loin derrière lui, une boule de feu : le réservoir d'essence de l'aile arrachée venait d'exploser.

Accroché au manche, impuissant, il sentait le King Air se désarticuler. Des morceaux de tôle jaillissaient dans tous les sens.

Cela semblait ne jamais devoir finir.

Et, brutalement, l'appareil cessa de tourner sur lui-même !

Il y eut quelques secondes de silence irréel. Rompu par la voix de stentor de Paul Redmond, tourné vers ses passagers.

– *Get out ! Fast !* [1]

Lui-même était en train de défaire fébrilement sa ceinture de sécurité. Sentant du liquide couler sur son visage, il passa sa main sur son menton et la ramena pleine de sang. Il aperçut dans le rétroviseur une large coupure qui saignait abondamment.

Son co-pilote semblait assommé. Il entendit des gémissements à l'arrière. Richard Igl s'était mis sur l'issue de secours et, d'un coup de pied, venait de la faire tomber à l'extérieur. Judith Thomson, encore attachée sur son siège, semblait souffrir beaucoup, le visage crispé par la douleur.

Il attrapa la poignée « emergency » de sa porte et tira de toutes ses forces. Dieu merci, elle n'était pas coincée et s'arracha aussitôt, laissant pénétrer un flot d'air brûlant dans le cockpit.

---

1. Sortez. Vite !

– *Get out fast* ! hurla-t-il à nouveau.

Dick Igl avait déjà sauté à terre. Paul Redmond se laissa glisser sur le sol à son tour. Lorsqu'il se remit debout, il fut étonné de ne pas éprouver de douleur particulière, à part la coupure de sa joue qui commençait à le piquer.

Thomas Ross avait sauté à terre à son tour. Rick Samson s'affairait autour de Judith Thomson, encore sur son siège, débouclant sa ceinture. Il se retourna et cria :

– *She's wounded !* [1]

La jeune femme, sa ceinture débouclée, semblait incapable de s'arracher à son siège.

– *I can't move, lança-t-elle. My leg hurts ! It's broken.* [2]

Aussitôt, Paul Redmond remonta dans le King Air et, avec Rick Samson, ils parvinrent à tirer Judith Thomson à l'extérieur et à la poser délicatement à une vingtaine de mètres de la carcasse du King Air.

Paul Redmond se redressa et réalisa qu'il était en nage. Il devait faire 50° !

Les deux extrémités de la vallée se perdaient dans la brume. Rien que de la rocaille et quelques épineux. À l'est la vallée était fermée par une sorte de muraille rocailleuse, la séparant de la piste.

Paul Redmond retourna vers le Beechcraft et y récupéra une trousse de secours d'urgence, ainsi qu'un sac de toile contenant des armes et un Thuraya.

1. Elle est blessée !
2. Je ne peux pas bouger ! J'ai mal à la jambe. Elle est brisée.

Lorsqu'il ressortit, Rick Samson s'approcha de lui en boitillant.

– Vous croyez que Tamanrasset sait que nous sommes tombés ?

– Je pense, fit sobrement Paul Redmond. Je vais essayer de les joindre avec le Thuraya. Pour qu'on recoive du secours.

Richard Igl était en train de tâter la jambe blessée de Judith Thomson qui hurlait au moindre contact.

Rodney Carlson qui avait été assommé lors de l'atterrissage reprenait conscience peu à peu, assis sur un rocher en plein soleil. Hébété.

Thomas Ross retourna dans l'appareil et commença à en sortir des bouteilles d'eau et des rations militaires. Assis sur un rocher, Paul Redmond avait sorti l'antenne de son Thuraya et cherchait à l'orienter pour trouver le satellite.

Il mit plusieurs minutes avant de voir s'afficher sur le cadran « Thuraya Mali ». Dès qu'il eut la tonalité, il lança à Thomas Ross.

– Donnez-moi le numéro de Robert Vigan.

Le « field officer » de la CIA le lui communiqua aussitôt et il le composa lentement, braquant la courte antenne vers l'est, là où se trouvait le satellite. Il dut s'y reprendre à trois fois, obtenant un signal occupé. Enfin, il entendit la sonnerie « américaine » de la base de Tamanrasset et une voix décrocha.

– Paul !

Grâce au numéro qui s'affichait, le chef de Station de Tamanrasset l'avait identifié aussitôt.

– Paul, *youre OK* ?

– *Yeah. Everybody OK. Just one casualty.* [1]

Il lui expliqua la chute de l'appareil et la blessure de Judith Thomson.

– Nous pouvons tenir un moment, conclut-il. Comment allez-vous nous venir en aide ?

– Est-ce qu'un Hercules peut se poser où vous êtes ?

– Négatif.

– OK, je vous rappelle dans quinze minutes.

Grâce au Thuraya, qui avait une fonction GPS, Robert Vigan pouvait localiser le pilote du King Air à dix mètres près.

Le soleil commençait à baisser, mais il faisait encore plus de 35°. Judith Thomson ne se plaignait plus, assommée par le choc et la chaleur. En plus, le co-pilote lui avait appliqué un patch de morphine pour soulager sa douleur.

Le Thuraya sonna à nouveau, dix minutes plus tard.

– Nous vous avons localisés, annonça l'homme de Tamanrasset. Vous étiez à l'ouest de la piste Tessalit-Anefis. À environ un kilomètre à vol d'oiseau. Si vous pouviez la rejoindre, cela faciliterait votre récupération. Un Hercules est en route pour vous secourir. Le pilote va essayer de se poser sur la piste. S'il y arrive, il a deux « dunes boogie » à bord qui pourront venir vous chercher.

– Je ne sais pas si on peut franchir cette crête rocheuse avec un véhicule, répliqua le pilote. On va essayer de gagner la piste à pied.

– Je vous rappelle dès que nous y sommes.

---

1. Oui. Tout le monde va bien. Juste une blessée.

– Voilà l'épave du King Air, annonça le co-pilote de l'Hercules C.130 qui scrutait le sol au-dessus de l'appareil.

Celui-ci volait à moins de deux mille pieds. Le soleil couchant reflétait l'aluminium de la carlingue du Beechcraft amputé d'une aile. Presque aussitôt, ils distinguèrent les six survivants en train de se rapprocher de la falaise rocheuse les séparant de la piste. Deux d'entre eux portaient une civière où se trouvait allongée la blessée.

L'homme en tête leur adressa de grands signes et le pilote du C.130 balança ses ailes pour leur faire comprendre qu'il les avait repérés.

L'appareil commença à effectuer des cercles, cherchant un endroit où se poser. La vallée était exclue. Le pilote franchit l'arête rocheuse et survola la piste quelques minutes, se rendant compte très vite qu'il ne pouvait pas poser l'Hercules dessus.

Trop de dénivellations et de mini-dunes.

Il était donc obligé de retourner à Bamako.

Paul Redmond suivait des yeux le C.130 en train de faire des cercles au dessus d'eux. Le cœur battant, quand son Thuraya sonna.

– Ils ne peuvent pas se poser, annonça Robert Vigan de Tamanrasset. Ils retournent à Bamako. Nous avons envoyé un convoi de secours à partir de Tombouctou. Il peut vous rejoindre avant la nuit, s'il roule bien. Essayez de gagner la piste, ça gagnera du temps… Prévenez-moi lorsque vous l'aurez atteinte.

Paul Redmond marchait en tête, suivi de Richard Igl et de Thomas Ross, qui portaient la civière improvisée de Judith Thomson. Rick Samson et Rodney Carlson fermaient la marche. Le massif rocheux n'était pas infranchissable, à condition de zigzaguer entre les rochers pour trouver un passage en biais.

Bien que près de l'horizon, le soleil continuait à taper férocement. Les rochers noirâtres étaient brûlants. Tous les quarts d'heure, le petit convoi faisait une halte. C'était de l'alpinisme et il leur fallait toute leur volonté pour continuer à grimper. La crête semblait ne jamais se rapprocher. Heureusement que l'idée d'une colonne de secours en route les galvanisait.

Robert Vigan répondit à son Thuraya qui sonnait. C'était un appel de l'expédition de secours.

– Nous sommes à Bourem, annonça le chef de section, mais nous ne pouvons plus progresser, il y a un très fort vent de sable. Nous repartirons demain à l'aube. Il y a encore au moins quatre heures de piste, jusqu'au lieu de l'accident.

Bourem était bien au sud d'Anefis. Quatre heures de piste semblait une évaluation très optimiste.

Robert Vigan sentit l'angoisse l'envahir. Il savait que deux *katiba* de l'AQMI avaient leur base dans cette zone. Y lâcher des Américains sans protection,

c'était amener des chèvres bien grasses à des tigres.
Il était sans illusion : les combattants de l'AQMI surveillaient le désert. S'ils découvraient la présence
d'Américains, ils allaient se ruer à leur recherche.
Heureusement, l'obscurité protégeait les naufragés
du King Air. Seulement, dès que le soleil se lèverait
le lendemain, ce serait une course contre la montre
sans pitié.

CHAPITRE II

Hicham Dayak, le préposé aux communications de l'Émir Abu Zeid, commandant la katiba «Tarek Ibn Ziyad» de l'AQMI terrée dans les premiers contreforts des Iforhas, était toujours sur ses gardes, guettant les indices d'une attaque possible bien qu'improbable. Ni l'armée nigérienne, ni l'armée malienne n'étaient militairement en mesure de les attaquer et n'en avaient d'ailleurs aucune envie.

Quant aux Algériens, ils ne venaient pas jusque-là, se contentant de boucler leur frontière le mieux possible.

Il restait les Mauritaniens, houspillés par les Français, qui s'aventuraient parfois à de brèves opérations, mais beaucoup plus à l'ouest. Pénétrer dans ce massif demandait des forces entraînées, comme les «Special Forces» américaines ou le COS français. Et aussi des moyens de transport, les distances étant énormes. Or, seuls les Transalls français et les vieux Iliouchine 76 des Algériens, arrivaient à se poser sur quelques centaines de mètres sur un sol accidenté. Même les formidables C.130 Hercules étaient trop sophistiqués pour ce désert inhospitalier.

Quant aux hélicoptères, leur rayon d'action ne leur permettait pas d'aller très loin.

Pas de drone, à cause de l'absence de satellites militaires…

Les seuls moyens de détection des forces chargées de détruire les katibas de l'AQMI venaient des écoutes des Thurayas. Les membres de l'AQMI étaient bien obligés de communiquer entre eux ou avec leurs complices dans les villes ou les points de ravitaillement. Dans ce cas, avant d'activer leur Thuraya, ils s'éloignaient de leur base, parfois de plusieurs dizaines de kilomètres, pour de très courtes vacations radio.

Même lorsque les écoutes de Tamanrasset, de Nouakchott ou de Bamako localisaient le lieu d'émission, les rebelles étaient depuis longtemps retournés dans leurs grottes.

Même les vols de reconnaissance n'étaient pas efficaces : les hommes de l'AQMI se cachaient soit dans des grottes, soit sous des tentes bédouines, se confondant avec le désert. Même le nez dessus, on avait du mal à les distinguer.

Hicham Dayak, après avoir orienté sa batterie solaire alimentant son système d'alimentation – un GPS, trois ordinateurs et une liaison Internet - prit ses jumelles et gagna un piton surplombant le campement de la katiba.

C'est de là qu'il observait le ciel et, très loin, à l'ouest, la piste nord-sud Tessalit-Anefis. On ne distinguait pas les véhicules, mais ils se signalaient par des nuages de poussière qui mettaient du temps à retomber.

L'Algérien parcourut longuement du regard le ciel

vide. Sans rien voir d'autre que quelques vautours esseulés.

Il braqua ensuite ses jumelles plein ouest. C'est là que la veille, en fin de journée, il avait aperçu un petit appareil volant très bas, qui semblait en difficulté. Peu d'avions se hasardaient dans ce coin inhospitalier, à part les trafiquants de drogue qui larguaient leur cargaison quand ils ne pouvaient pas se poser ou craignaient un problème.

Hicham Dayak avait vu l'appareil disparaître derrière la crête dominant Jillen Valley, à l'ouest de la piste et le petit avion n'était pas réapparu. Ou il s'était posé, ou il s'était écrasé. Dans les deux cas, il y avait peut-être une cargaison importante de cocaïne à récupérer. Cela valait la peine d'aller voir. Depuis le camp de base de la katiba, il n'y avait que trois heures de piste. À partir de la crête rocheuse dominant la vallée, il pourrait vérifier si l'avion était encore là.

Ou repérer peut-être ce qu'il avait.

Il se dirigea vers la tente de l'Émir Abu Zeid et attendit que ce dernier ait terminé sa prière du matin. La meilleure, celle qui donnait des forces pour toute la journée.

Lorsque l'Émir Abu Zeid se fut relevé, enroulant soigneusement son tapis de prière, Hicham Dayak s'approcha de lui respectueusement.

– Je voudrais te soumettre une idée, proposa-t-il. Hier, j'ai aperçu un avion pas loin d'ici.

L'Émir l'écouta attentivement : un avion dans cette zone ne pouvait signifier que deux choses : soit une menace, soit une proie. Dans les deux cas, il fallait aller voir.

* *

Les quatre Toyota Land Cruiser roulaient depuis l'aube, pied au plancher. En tête, un véhicule de l'armée malienne, ensuite trois autres où s'entassaient une vingtaine de membres des « Special Forces » américaines. Malheureusement, la piste entre Bourem et Anefis était très mauvaise et on ne pouvait pas dépasser 30 à l'heure. Assis à côté du chauffeur de la Land Cruiser de tête, Edgar Wiser, le chef de Station de Bamako, arrivé la veille au soir à Tombouctou par avion, regardait anxieusement le soleil monter dans le ciel. Ils avaient encore au moins cinq heures de piste pour atteindre la zone où le King Air s'était crashé.

Il serait alors près de midi.

Inquiétude supplémentaire, depuis une demi-heure, le Thuraya de Paul Redmond ne répondait plus.

Sa batterie probablement vide.

Le convoi dut ralentir devant une caravane de chameaux qui accaparait toute la piste, encadrée par des Touaregs en chèche bleu qui leur lancèrent des regards hostiles. Ils détestaient les Maliens sédentaires qui les repoussaient hors de leur zone habituelle.

Paul Redmond atteignit le premier le sommet de la crête rocheuse dominant la piste de Tessalit. Épuisé et en nage. À peine levé, le soleil était brûlant. Il se retourna, les cinq autres Américains étaient encore à mi-pente. Les deux hommes qui transportaient Judith Thomson avaient du mal à zigzaguer entre les rochers noirs aux arêtes coupantes, trébuchant sur le sol inégal.

Tous mouraient de soif, les bouteilles d'eau arrachées à la carcasse du King Air épuisées.

– *We made it* ! [1] cria le pilote pour les encourager.

Il se retourna, scrutant la piste en contrebas, à peine visible. Une surface à peu près plate, zigzaguant entre des ornières sablonneuses. Pourtant, beaucoup de véhicules l'empruntaient car c'était la seule voie reliant le Tassili à la région du fleuve. À l'ouest, il n'y avait rien qu'une immense étendue de dunes jusqu'à la frontière mauritanienne, à part une très mauvaise piste, presque impraticable, partant de Tombouctou et rejoignant la frontière algérienne, mille kilomètres plus au nord.

Le pilote, courageusement, redescendit pour aider les deux agents de la CIA qui portaient Judith Thomson.

Celle-ci était livide, souffrant beaucoup de sa jambe, en dépit des patchs de morphine.

Une demi-heure plus tard, le petit groupe se regroupa en surplomb de la piste.

Tous étaient épuisés. Le soleil, déjà haut, commençait à taper férocement et ils n'avaient rien pour s'en protéger, à part un morceau de toile pour Judith Thomson.

Paul Redmond baissa les yeux sur son chronomètre. Huit heures dix.

1. On y est arrivé !

– Je vais signaler notre position, annonça-t-il.

Il activa son Thuraya, mais le voyant lumineux annonçant la mise sous tension demeura éteint : après quelques essais infructueux, il dut se rendre à l'évidence : la batterie du téléphone satllite était vide. Ils n'avaient plus de moyens de communication.

Soucieux de ne pas affoler ses compagnons, il se contenta de dire.

– Je n'ai plus de batterie, mais cela n'a pas d'importance. Ils savent où nous sommes. Et ils ne peuvent venir que du sud.

Les deux extrémités de la piste se perdaient dans une brume de chaleur. Anefis, au sud, se trouvait à près d'une centaine de kilomètres.

Paul Redmond s'installa sur une pierre brûlante et alluma une cigarette pour tromper sa soif. À part l'eau réservée pour la blessée, ils n'avaient plus rien à boire.

Si on ne les secourait pas rapidement, ils risquaient de mourir déshydratés.

Dans ce désert, on se desséchait en quelques heures et le soleil allait brûler jusqu'à cinq heures et demie de l'après-midi au moins.

Il ferma les yeux, envahi par une sueur acide et brûlante, essayant de penser à des choses agréables. Il avait l'habitude du désert et savait qu'il était en danger de mort. Si une tempête de sable se levait, le convoi de secours ne les trouverait pas.

Ce qui signifiait pour eux mourir de soif et d'épuisement.

Il se rappela soudain une très vieille histoire : durant la Seconde Guerre mondiale, un bombardier

B.17 avait fait une erreur de cap en décollant de Malte pour bombarder l'Italie, filant vers le sud au lieu de remonter vers le nord. Il avait volé jusqu'à épuisement de son carburant et s'était alors posé dans la mer de sable de Calansho, en Libye, parvenant, par miracle, à ne pas briser le bombardier. Ensuite, l'équipage avait attendu qu'on les secoure. Seulement, personne ne passait jamais par là, même les caravanes évitaient cette dépression sans aucune vie.

On les avait retrouvés quinze ans plus tard, par hasard. Un vol reliant Le Caire à Tripoli.

Le B.17 était intact et les onze hommes d'équipage gisaient un peu plus loin, dans le désert, morts de soif. Un hélicoptère de l'US Air Force avait pris des photos des onze drapeaux américains recouvrant les squelettes, dispersés autour du B.17. Seule consolation : ces onze aviateurs, catalogués comme déserteurs, reposaient désormais au cimetière d'Arlington, en Virginie. Réhabilités à titre posthume.

Paul Redmond se dit que leur agonie avait dû être atroce.

– *Look! Theyre coming!*[1]

Richard Igl, debout sur la crête, désignait un nuage de poussière arrivant du sud : plusieurs véhicules progressant rapidement dans leur direction.

Sans même se concerter, ils se levèrent d'un bloc ; deux des agents de la CIA empoignèrent la civière improvisée et ils dévalèrent la pente rocailleuse menant à la piste. Ils s'y trouvaient

---

1. Regardez ! Ils arrivent !

lorsque le premier véhicule stoppa à leur hauteur. Aussitôt, un homme sauta à terre.

Un turban vert, une informe tenue marron avec des pantalons bouffants, une barbe hirsute, deux cartouchières en toile autour du torse.

L'homme tenait à bout de bras une Kalachnikov.

Il s'avança sans se presser vers le groupe des Américains, rejoint par trois autres hommes dans la même tenue.

Paul Redmond comprit alors qu'ils n'étaient pas sauvés.

Edgar Wiser, secoué comme un prunier, regarda les coordonnées affichées sur son Thuraya : ils étaient parvenus dans la zone où s'était crashé le King Air.

– Stop ! lança-t-il au chauffeur malien.

Il descendit et braqua ses jumelles sur la piste, sans voir personne.

Faute d'avoir pu communiquer avec les survivants du crash, il ignorait s'ils avaient pu gagner la piste. Aussi, il ne s'affola pas trop. Le King Air devait se trouver quelque part, de l'autre côté de la crête rocheuse et les survivants aussi. Il examina le terrain, cherchant un passage pour les véhicules, mais n'en trouva pas. Il allait donc être obligé de gagner l'emplacement de l'épave à pied par la piste.

Ses hommes s'étaient déployés, attendant des ordres.

Il perçut un ronronnement dans le ciel soudain et

aperçut un point noir venant du nord ouest. Un avion.

Presque aussitôt, son Thuraya sonna et une voix américaine demanda :

– Ici, Condor One, identifiez-vous.

– Condor One, nous sommes Rescue A, répondit le chef de Station de Bamako. Nous nous trouvons sur la piste d'Anefis. Vous nous voyez ?

– Affirmatif. Avez-vous repéré les « *missing ones* [1] » ?

– Négatif, mais nous venons d'arriver.

– OK, nous allons vous guider jusqu'au Beech-craft. Remontez encore trois milles vers le nord, il y a un passage, pour gagner Jillen Valley avec vos véhicules.

L'Américain remonta dans la Land Cruiser et ils repartirent vers le nord. L'Hercules continuait à faire des ronds dans le ciel comme un gros oiseau protecteur. Ils trouvèrent la piste indiquée et ils s'y engagèrent, à toute petite vitesse.

Quarante-cinq minutes plus tard, ils atteignirent l'épave du Beechcraft. Personne. Il n'y avait plus qu'à refaire le parcours qu'avaient dû faire les rescapés.

Le chef de Station se lança à l'assaut de la crête, escorté de trois « Special Forces », transpi-rant sous leurs trente kilos d'équipement tandis que les véhicules repartaient vers la piste pour les attendre.

Il leur fallut plus d'une heure pour arriver à la crête. Il était déjà midi et la chaleur était insuppor-

1. Disparus.

table. Ils avaient beau examiner la pente, appeler, ils ne trouvaient personne.

L'Hercules continuait à tourner au-dessus d'eux, impuissant.

Ils décidèrent de continuer un peu plus vers le nord, toujours escortés par le quadri-props.

Vingt kilomètres plus loin, ils aperçurent un nuage de poussière qui venait vers eux et stoppèrent.

Trois camions algériens qui arrivaient du nord. Les Maliens engagèrent le dialogue avec les chauffeurs.

– Ils n'ont vu personne, annonça l'officier. Sauf deux Toyota Land Cruiser qui les ont croisés et ont bifurqué ensuite vers la montagne. Il y a une heure environ.

– Qui était à bord ?

Les Algériens n'en savaient rien, ils s'étaient juste croisés.

Ils redémarrèrent, visiblement pressés de filer. Le chef de Station de Bamako regarda la piste vide, dans les deux sens.

– On va rester encore un peu, proposa-t-il, ils se sont peut-être perdus.

Sans y croire.

Sortant son Beretta 92, il tira posément en l'air toutes les cartouches du chargeur. Si les Américains s'étaient réfugiés dans un coin d'ombre, ils allaient les entendre et repérer leur position.

L'estomac noué, le chef de Station de Bamako réactiva son Thuraya et appela Tamanrasset pour rendre compte.

Quand il vit le C.130 s'éloigner vers le nord, il eut le cœur serré, comme si le gros appareil emportait avec lui les derniers espoirs de retrouver les occupants du King Air.

Dans le fond de son cœur, il savait déjà ce qui s'était produit, mais ne voulait pas encore y croire.

*
* *

La revendication apparut deux jours plus tard, sur le site Al Shahar. Sous la forme du communiqué n°22 de l'Emir de la Katiba Tarek Ibn Ziyad. Il annonçait que ses hommes avaient fait prisonniers six espions américains et qu'ils venaient d'être condamnés à mort par décapitation.

Une photo authentifiait la revendication.

Les six occupants du King Air 210 assis sur le sol, un combattant salafiste armé, debout derrière chacun d'eux. Le visage de l'unique otage femme, à l'extrême gauche, avait été flouté, car les Islamistes refusaient qu'on voie le visage des femmes, même des infidèles. Cependant, il n'y avait aucun doute : il s'agissait bien de Judith Thomson.

D'ailleurs, les Salafistes ne bluffaient jamais.

Ils avaient bien capturé les six Américains.

*
* *

Le chef de Station de la CIA à Alger, Robert Burton, répondit à son téléphone intérieur. C'était le poste de garde.

– Sir, annonça le « marine », on vient de déposer un pli à votre intention. Je vous le monte ?

– Qui ?

– Un gamin, qui a filé aussitôt.

– Vous n'avez pas pu le rattraper ?

– Sir, nous n'avons pas le droit de bouger de notre poste et encore moins d'intervenir à l'extérieur de l'ambassade.

– OK, montez-le-moi.

Il adressa une prière muette au ciel en ouvrant l'enveloppe avec un coupe-papier, après s'être assuré qu'elle ne contenait rien d'autre qu'une feuille. Il en sortit d'abord une photo : celle des six otages américains déjà passée sur Al Shahab. Elle était accompagnée d'un texte tapé sur ordinateur :

« L'Émir Abu Zeid a décidé de surseoir à l'exécution des espions américains. Il est prêt à les échanger avec trois de nos frères qui sont prisonniers en Mauritanie et qui viennent d'être condamnés à mort par le régime scélérat et opposé à Dieu de Nouakchott. Plus trois millions de dollars par infidèle. »

En dessous, il y avait les douze chiffres d'un numéro de Thuraya. On pouvait joindre ce numéro tous les jours entre six heures et six heures et demie du matin.

Le chef de Station relut trois fois le message et sonna sa secrétaire.

– Appelez-moi Langley, sur le circuit protégé. Je viens de recevoir une preuve de vie de nos camarades pris en otages et une offre de négociation.

– Wonderful ! s'exclama la secrétaire. J'avais peur qu'ils ne les tuent, ces sauvages.

L'Américain préféra ne pas répondre : ce n'était pas si merveilleux que cela car la condition posée par l'AQMI pour épargner les six otages américains était pratiquement impossible à remplir.

**

Le colonel de la Sécurité Militaire algérienne revint sur ses pas et poussa la porte d'une des boutiques encombrée de rouleaux de tissus de toutes les couleurs, destinés à fabriquer des pagnes. Aussitôt, une énorme Sénégalaise boudinée dans un boubou vert pomme, s'arracha à son siège et vint l'embrasser.

C'était un bon client.

— Ton ami est déjà là ! annonça-t-elle.

Il connaissait le chemin. Il écarta une tenture, pénétrant dans un petit salon à l'atmosphère étouffante aux murs constellés de photos découpées dans des magazines, meublé de quelques poufs et d'un tapis plutôt usé.

Un homme était assis sur le sol, le dos appuyé sur un pouf, devant une théière et un verre de thé. Rondouillard, des yeux pétillants d'intelligence, un collier de barbe d'un noir brillant, bien taillé, une allure d'intellectuel, avec ses lunettes à monture métallique. Vêtu de la tenue traditionnelle mauritanienne.

Il se leva et les deux hommes s'étreignirent brièvement. Pour se rasseoir aussitôt.

— Tu es venu comment ? demanda le colonel algérien.

— Un Frère m'a déposé.

Anouar Ould Haiba était professeur à l'école des Oulemans dépendant de la mosquée du mufti Dadew, au fin fond du quartier Arafat, une excroissance de Nouakchott qui s'étendait de plus en plus loin, à l'ouest de la route de l'aéroport. Des rues

sablonneuses, reliées par une longue coulée de goudron rectiligne qui se perdait ensuite dans le désert.

Il avait connu le colonel Abu Khader des années
plus tôt et ils avaient sympathisé, devenant peu à peu
un de ses informateurs bénévoles, ne recevant de
l'argent qu'exceptionnellement. Mais il entretenait
aussi des contacts réguliers avec l'AQMI, prenant
sous sa protection certains de ses membres lorsqu'ils
se risquaient en ville. C'est son chef, le Mufti Dadew
qui avait obtenu du gouvernement mauritanien la
libération, sans même un jugement, de trente-trois
jeunes gens, convertis au salafisme, et emprisonnés
à Nouakchott pour leurs liens avec AQMI. Ils
avaient juré être revenus dans le droit chemin et la
caution morale du Mufti avait fait le reste…

Le colonel algérien tenait à ce contact comme à
la prunelle de ses yeux : l'AQMI était l'ennemi N°1
des Services algériens et un des objectifs prioritaires
de son Service algérien était de l'infiltrer, comme il
y était si bien parvenu avec les GIA[1] ancêtres de
l'AQMI.

Anouar Ould Haiba n'était pas membre de
l'AQMI, mais savait tout ce qui s'y tramait d'important, car ses émirs le tenaient au courant de tout.

Les deux hommes burent leur thé en silence pendant un moment, puis le colonel algérien demanda
d'une voix égale.

– Tu as des nouvelles ?

– Oui, les Américains vont envoyer quelqu'un à
Nouakchott pour rencontrer un représentant du
Cheik Abu Zeid.

---

1. Groupes Islamiques Armés.

– Pourquoi ?

– Le Cheik a offert d'échanger les six otages américains contre les trois frères condamnés à mort qui se trouvent en prison ici.

– Les Américains vont faire pression sur le gouvernement d'ici ?

Anouar Ould Haiba arbora un sourire sibyllin.

– Je ne pense pas. Le président Ould Ahmed Aziz a trop peur de vous, les Algériens, pour les gracier.

– Que peut faire cet Américain, dans ce cas ?

Le sourire devint carrément angélique.

– Je l'ignore. Les Américains ont beaucoup d'argent. La Mauritanie est un pays pauvre. Les gens vivent très mal, gagnent peu…

– Que sais-tu de cet Américain qui doit venir ?

– Rien encore, mais je connaîtrai son nom car il doit contacter un de nos frères. Je te le ferai savoir.

Le colonel eut un hochement de tête satisfait et se garda de tout commentaire : son partenaire ne partageait pas sa détestation des gens de l'AQMI. Tolérant, il considérait que c'étaient des brebis égarées qu'il fallait ramener à une plus juste conception de l'Islam.

Rassuré, Smain Abu Khader croqua deux ou trois dattes et reprit du thé. Bien calé sur ses coussins, son vis-à-vis le regardait, les yeux mi-clos. Difficile de savoir ce qu'il pensait réellement. Parfois, le colonel se demandait s'il n'était pas en mission pour le Mufti qui avait toujours cherché à avoir des amis dans tous les camps.

– Tiens-moi au courant, dit-il. Tu as un peu de temps ?

– Un peu.

– Viens, on va se faire sucer.

Anouar Ould Haiba réagit à cette proposition crue avec son habituel sourire angélique.

– Je vais te laisser, déclara-t-il, j'ai encore quelques petites choses à faire en ville.

Il déplia sa silhouette replette et étreignit le colonel algérien, regagnant ensuite le magasin. Il n'avait pas disparu depuis trois minutes que la grosse Sénégalaise passa la tête par le rideau, l'air furieux.

– Il est reparti ! J'ai fait venir Farida pour rien !

– Non, non ! Envoie-la-moi.

– Je lui avais dit que vous étiez deux, elle est venue de loin.

– Je paierai pour deux…

Rassurée, la Sénégalaise s'éclipsa. Comme toutes les autres boutiquières du coin, elle servait de maison de passe discrète. Utilisant les jeunes Sénégalaises qui arrivaient du sud sans un *oudiva*[1] et devaient bien survivre… Elle avait une clientèle sélectionnée qui payait bien et appréciait ces rendez-vous discrets.

Officiellement, il n'y avait pas de prostitution en Mauritanie. Interdite par la charia.

Le rideau s'écarta à nouveau. Cette fois sur une très jeune fille, à la peau très noire, les cheveux tressés avec des coquillages, moulée dans un boubou bleu. Ce qui frappa tout de suite le colonel algérien ce fut ses seins pointus, triangulaires, qui déformaient le léger coton du boubou. Il en eut une bouffée de chaleur.

Docilement, la fille s'était installée en face de lui,

1. La monnaie mauritanienne : 350 oudivas = 1 euro.

à l'africaine, sur ses talons. Déjà, elle s'attaquait à
la ceinture du pantalon du colonel.

– Tu sais sucer ? demanda-t-il, inquiet.

Avec ces filles très jeunes, il fallait se méfier :
elles vivaient comme des animaux. Or, celle-là
n'avait pas seize ans.

Sans répondre, elle inclina la tête affirmativement.
Puis descendit le zip du pantalon, farfouilla dans le
caleçon du colonel algérien et en sortit le sexe encore
mou. La douceur de ses gestes rassura Smain Abu
Khader et il se laissa aller en arrière.

Lorsque la grosse bouche se referma sur lui, il ne
put s'empêcher de pousser un soupir de contente-
ment. Il avait rarement des rapports sexuels avec des
prostituées car l'idée de faire l'amour avec un pré-
servatif lui ôtait tout désir.

Alors qu'une fellation dans une bouche bien
chaude, c'était un avant-goût du paradis.

En un clin d'œil, il avait pris de la consistance.
Farida le pompait doucement, régulièrement, de
toute son énorme bouche. Il allongea les mains, mais
ne put trouver sa poitrine.

– Viens plus près ! lança-t-il.

La Sénégalaise obéit et il put refermer les mains
sur ses seins. Ils étaient encore plus fermes que ce
qu'il avait imaginé. Elle n'avait pas quinze ans !

La sensation de cette chair ferme sous ses doigts
faisait monter la semence de ses reins. La fille s'en
aperçut et le suça plus vite.

– *Schweich ! Schweich* ![1] gronda-t-il.

Il voulait en profiter encore un peu. La peau des

1. Doucement ! Doucement.

seins glissait délicieusement sous ses doigts. C'était divin. Tout à coup, il se sentit partir avec un cri sauvage.

En même temps, ses doigts se refermèrent sur les pointes des seins de sa fellatrice, les tordant, les tirant à les arracher ! C'était plus fort que lui.

D'abord, étouffée par sa semence, la Sénégalaise ne poussa qu'un grognement étouffé. Puis, s'étant libérée, elle hurla pour de bon, les ongles du colonel algérien toujours plantés dans ses bouts de seins gros comme des crayons.

Le rideau séparant l'alcôve de la boutique s'écarta brusquement sur la patronne du magasin, brandissant un énorme marteau.

– Qu'est-ce que tu lui fais ? glapit-elle.

Ensuqué de plaisir, le colonel Abu Khader lâcha les seins du délit et se laissa glisser en arrière.

– Rien ! soupira-t-il. Elle suce bien, cette petite salope !

Après avoir vérifié que la petite Sénégalaise n'était pas en danger, la grosse Noire se retira en grommelant. Il était déjà arrivé que certains de ses clients tentent d'étrangler une fille ou de la sodomiser contre son gré.

Un de ses clients, qu'elle avait surnommé « trompe d'éléphant » demandait toujours des filles très jeunes pour ce genre de jeu, qui se terminait toujours dans les hurlements. Comme il était généreux, cela s'arrangeait. Mais, une fois, la tenancière avait dû payer de sa personne pour étancher sa soif de sodomie. Bourré de Viagra jusqu'aux yeux, il menaçait de tout casser.

Le colonel Abu Khader s'était déjà réajusté.

Heureux, à double titre. Il avait bien joui et il était rassuré, certain de pouvoir contrôler les tentatives des Américains pour récupérer leurs six otages.

S'il échouait dans sa mission : enpêcher l'échange à tout prix, il risquait de se retrouver affecté dans le sud algérien, auprès des restes du Polisario et ce n'était pas vraiment une promotion.

CHAPITRE III

Tony Motley, ancien chef de Station de la CIA à Alger, en poste à la Direction du Renseignement de Langley, nommé patron de la cellule chargée de gérer le kidnapping des quatre membres de l'Agence et de leurs deux pilotes par la *katiba* de l'AQMI, parcourut des yeux la salle de conférence du septième étage de l'OHB [1], dont les baies vitrées dominaient les autres bâtiments du complexe de la Central Intelligence Agency de Langley en Virginie : une centaine d'hectares en bordure du Potomac, entourés de grillages fatigués et usés.

– Tout le monde est là ? demanda-t-il, fixant une chaise vide au bout de la table.

Au même moment, la porte s'ouvrit derrière lui sur Ted Boteler, le Directeur de la Division des Opérations, qui gagna la chaise vide, avec un sourire d'excuses.

La réunion pouvait commencer. C'était la première depuis l'accident du King Air de l'Agence dans le Nord Mali, à la suite duquel six Américains

---

1. Old Headquarter Building.

étaient tombés aux mains d'Abu Zeid, un des plus fanatiques des membres de l'AQMI.

L'affaire était devenue une des priorités de l'Agence : quatre « field officers » étaient concernés, plus les deux pilotes, liés à la Company par contrat, des Américains eux aussi.. Le Directeur général, Léon Panetta, avait exigé que tout, absolument tout, soit mis en œuvre pour récupérer les six Américains.

À n'importe quel prix.

Leurs six photos avaient été placardées dans le grand hall circulaire de l'OHB, face à la statue de Bill Donovan, créateur de l'OSS pendant la Seconde Guerre mondiale, à côté du *Wall of Honor*, une longue plaque de marbre noir où étaient inscrits les noms des hommes de l'Agence tués en mission. Pour certains, anonymes, il n'y avait qu'une étoile d'or, pour des raisons de sécurité.

– *Gentlemen*, attaqua Tony Motley, nous avons affaire à un ennemi cruel, fanatique et rusé, qui dispose de l'avantage du terrain dans une région pratiquement déserte, sans aucun contrôle gouvernemental malien. Nous n'aurons pas trop de toutes nos forces pour le mettre en échec.

» Désormais, nous nous référerons à l'opération « Blackbird » pour tout ce qui concerne la récupération de nos camarades. Au cours des derniers jours, j'ai pu faire une évaluation de la situation, mais je n'ai pas été sur le terrain. Nous allons donc faire le point aujourd'hui, avec ceux qui nous ont rejoints.

» Avant cela, comme j'ignore si vous vous connaissez les uns les autres – c'est certainement le cas pour certains – je vais vous présenter.

Il se tourna vers les deux hommes assis à sa gauche :

– Fred Woodward et William Turner sont les deux analystes qui vont nous conseiller. Tous deux spécialistes de l'Afrique Saharienne et de l'AQMI. Tendant le bras vers le bout de la table, il désigna deux hommes au visage sévère : « Charles Kelley et Bob Turner sont désormais chargés à la TD[1] d'étudier et de décrypter toutes les communications radio ou téléphoniques en rapport avec notre problème. Ils sont en liaison avec la NSA et notre centre d'écoutes de Tamanrasset, en Algérie.

» Notre ami Ted Boteler risque d'avoir à intervenir dans cette affaire et son Service est en charge des contacts et des négociations éventuelles avec les ravisseurs.

» Il pourra éventuellement faire appel à un petit détachement des « Special Forces » stationné au Mali, à Bamako et aux éléments de notre base de Tamanrasset.

» Afin de bien comprendre le déroulement des faits, je vais passer la parole à Robert Vigan qui dirige l'antenne de l'Agence sur notre base de Tamanrasset. Puisque tout est parti de là.

Robert Vigan, un homme corpulent, aux cheveux ras, ouvrit le dossier posé devant lui. Il semblait un peu mal à l'aise, n'étant arrivé de Tamanrasset que le matin même. Habillé d'un costume trop léger, il grelottait visiblement. Novembre à Washington, c'était très éloigné des 45° du Sahara…

L'antenne de la CIA à Tamanrasset était nichée

_____
1. Technical Division.

dans un bâtiment préfabriqué férocement climatisé, un peu à l'écart du centre d'écoute opéré par le *Signal Corps*. Il avait un peu fallu tordre le bras des Algériens pour qu'ils acceptent cette présence étrangère dans leur immense base coordonnant la surveillance de leur frontière sud. Seules les informations obtenues par les écoutes américaines les avaient convaincus. Cependant, ce n'était pas l'amour fou.

En dépit des liens entre la Sécurité Militaire algérienne et l'Agence américaine qui lui fournissait du matériel d'écoute et des ordinateurs performants.

Les Algériens étaient maladivement méfiants.

– Il s'agissait d'un vol de routine, commença Robert Vigan, dont nous avions déposé le plan de vol la veille. Le convoyage de quatre « field officers » jusqu'à Bamako pour des conversations avec les autorités locales. L'appareil avait été vérifié par nos mécaniciens et tout semblait normal. La dernière révision avait eu lieu six semaines plus tôt, les deux pilotes, qui logeaient eux aussi sur la base, étaient expérimentés.

Tony Motley l'interrompit.

– Nous savons tous que c'est un accident imprévisible. Que s'est-il passé après l'accident ?

– Le Sergent Mitchell, de l'US Air Force, est venu me prévenir qu'un appareil de Royal Air Maroc avait intercepté un signal de détresse émanant du King Air. Il donnait sa position, environ 800 miles au sud de Tamanrasset.

– Qu'avez-vous fait alors ?

– J'ai averti tout le monde, à commencer par notre Station de Bamako.

– Et les Algériens aussi ?

– Bien sûr ! Puis, environ 45 minutes après le *mayday*, j'ai reçu un appel de Paul Redmond, le pilote du King Air, émis par son Thuraya. Il m'a confirmé qu'il avait dû se poser en catastrophe à cause de l'incendie incontrôlable de son moteur gauche mais qu'il n'y avait qu'un blessé, la «*field officer*» Judith Thomson, une fracture à la jambe. Grâce au Thuraya, j'avais leur position exacte, au sud de Tessalit, en face du massif des Iforhas.

– Allumez la carte ! ordonna Tony Motley.

Son assistante illumina la grande carte électronique fixée sur le mur de droite et toute la zone saharienne apparut. Un point lumineux clignotant à l'endroit où le King Air s'était écrasé.

– Qu'avez-vous fait ensuite ? demanda Tony Motley.

– J'ai demandé aux Algériens s'ils pouvaient mettre à notre disposition un de leurs Iliouchine 76 pour une « rescue operation ». Ces appareils se posent n'importe où. Ils n'ont pas répondu favorablement à ma demande, prétextant une impossibilité technique.

» En réalité, *theses bastards* ne veulent pas apparaître trop ouvertement proches de nous.

» Heureusement, j'avais alerté Bamako.

Tony Motley l'arrêta d'un geste et fit signe à Edgar Wiser, le chef de Station de Bamako.

– Ed, racontez-nous votre histoire.

Edgar Wiser esquissa un sourire amer.

– Elle est courte. Dès que j'ai été prévenu, j'ai alerté l'équipage du C.130 Hercules en stand-by sur l'aéroport, j'ai rameuté une section des « Special

Forces» et obtenu une autorisation de survol des
Maliens en un temps record. En même temps, j'ai
demandé à notre antenne de Tombouctou d'envoyer
une colonne de secours, par la piste.

– Les deux ont été faits ?

– Affirmatif. Seulement, le C.130 a été dans l'impossibilité de se poser... Il a tourné un moment
au-dessus des rescapés pour leur remonter le moral,
avant de repartir pour Bamako.

– Et les hommes des «*Special Forces*» ? Ils ne
pouvaient pas être parachutés pour assurer une protection ?

Edgar Wiser baissa la tête.

– Cela n'avait pas été prévu.

Un ange passa, volant lourdement dans un silence
de mort ; Tony Motley rompit le silence pesant.

– Et la colonne de secours ?

– Ils ont été stoppés par une tempête de sable à
Bourem et ont dû passer la nuit là-bas.

Le point lumineux se fixa sur Bourem, une petite
bourgade au nord du Niger. Clignotant impitoyablement. Edgar Wiser avala sa salive et enchaîna.

– Ils sont repartis à l'aube pour arriver cinq
heures plus tard dans la zone où le King Air s'était
crashé. Hélas, c'était trop tard. Nos gens avaient déjà
été capturés par l'AQMI, dont plusieurs bases se
trouvent tout près dans le massif des Iforhas.

Silence de mort.

Tony Motley laissa l'émotion se dissiper et interpella le chef de Station d'Alger, Robert Burton.

– Robert, *tell us*...

– Trois jours après la disparition de nos camarades, expliqua le chef de Station d'Alger, on a

déposé à l'ambassade un pli qui m'était destiné. Le matin même, le site salafiste Al Shahab avait diffusé une revendication de l'Émir Abu Zeid.

– Pourquoi ce délai ?

– Ils ont dû prendre le temps de disperser les otages, pour éviter un coup de main. C'est courant. La revendication était signée de l'Émir Abu Zeid, ce qui correspond à ce que nous savons de son implantation…

Tony Motley regarda la revendication posée devant lui et dit lentement.

– Ils réclament trois millions de dollars par otage et la libération de trois « combattants salafistes » emprisonnés à Nouakchott en Mauritanie et récemment condamnés à mort. Ils nous donnent deux semaines pour nous exécuter et menacent d'exécuter un des otages dans une semaine, si nous ne pouvons pas faire état de quelque chose de concret.

– *Correct*, sir, confirma Robert Burton. Il y avait également une photo numérique de nos six camarades, assis sur le sable, en face d'une grotte. Le visage de Judith Thomson était flouté.

– Que s'est-il passé ensuite ?

– J'ai été convoqué le jour même par le patron de la Sécurité Militaire algérienne, le général Mohammed Medienne, qui, après avoir exprimé ses regrets, m'a demandé quelles étaient nos intentions. Bien entendu, je lui ai affirmé que nous ferions tout pour récupérer les otages, y compris payer une rançon. Ce qui l'a vivement contrarié.

– Pourquoi ?

Robert Burton esquissa un sourire.

– L'AQMI et le SM, c'est une histoire compli-

quée. Vous savez que l'AQMI, qui s'est appelée jusqu'en 2007, GSPC – Groupe Salafiste pour la Prière
et le Combat – a été créé par Abdelmalek Droukdal,
à partir de certains éléments des G.I.A., les Groupes
Islamiques Armés.

» Peu à peu, les Algériens ont réussi à repousser
vers le sud la plupart des katibas de l'AQMI. Sauf
celle de Droukdal, qui continue à sévir en Kabylie.

» Nous pensons que si les Algériens l'avaient
vraiment voulu, ils auraient pu venir à bout de
Droukdal. Seulement, le général Medienne préfère
la laisser vivoter, de façon à nous la brandir comme
un épouvantail, pour nous extorquer de l'argent, des
informations et du matériel. Au nom de la lutte
anti-terroriste.

» Or, si la Katiba d'Abu Zeid devient très riche,
elle pourrait faire remonter une partie de son argent
à Droukdal, qui, du coup, redeviendrait un vrai danger pour les Algériens.

» En résumé, ils seraient prêts à nous aider à écra-
bouiller Abu Zeid, ses hommes et nos otages sous
un tapis de bombes, mais surtout pas à les enrichir
ou à leur permettre de récupérer certains de leurs
combattants emprisonnés en Mauritanie.

Tony Motley balaya les Algériens d'un geste sec.

– OK, on se passera d'eux !

Il prit le temps de boire un verre d'eau et demanda
à Charles Kelley, un des représentants de la Technical Division.

– Charles, que donnent les écoutes depuis le
début de l'affaire ?

– Pas grand-chose ! avoua Charles Kelley. Juste
avant la prise d'otages, il n'y a eu aucune augmen-

tation du trafic radio. Depuis, nous avons « spotté »
quelques émissions sporadiques de Thuraya dans la
zone où se trouve Abu Zeid. Malheureusement, ils
n'émettent jamais longtemps et s'éloignent de leur
base pour le faire.

– Ce n'est pas brillant, reconnut Tony Motley.
Avez-vous des suggestions pour améliorer nos per-
formances ?

– Certainement, sir ; il faudrait pouvoir lancer un
satellite militaire qui couvre cette zone afin d'utiliser des drones lancés à partir de Tamanrasset.

Tony Motley griffonna quelques mots sur son
« pad » et se tourna vers les deux analystes assis à sa
gauche.

– Fred, pouvez-vous nous briefer sur l'AQMI ?
Afin que nous sachions où nous mettons les pieds.

Fred Woodward s'éclaircit la voix et attaqua
d'une voix calme.

– L'AQMI a divisé l'Algérie en dix régions. La
dixième région inclut toute la zone saharienne et est
« tenue » par trois *katibas*, chacune d'une centaine
d'hommes, équipées de Toyota Land Cruiser à
essence avec un moteur V8. Leur armement se com-
pose de RPG 7, d'explosifs, de mitrailleuses lourdes
« Douchka » et de Kalachs.

» Ils communiquent par Thuraya ou par messa-
gers.

» Présents depuis plusieurs années dans le nord
Mali, ils ont lié des accords avec certaines tribus
arabes comme les Barrabiches et des Touaregs, en
épousant des filles de ces tribus.

» En plus, nous savons qu'ils ont de nombreuses
connections avec des Maliens, surtout à Tombouc-

tou et à Gao. C'est dans cette ville qu'ils se procurent l'explosif agricole, du nitrate, pour confectionner leurs engins…

– Ils n'ont pas d'explosifs militaires ? s'étonna Tony Motley.

– Non, ils ont toujours fonctionné avec de l'engrais. Bourré de cordons détonants, cela marche très bien.

– Que pouvez-vous nous dire sur les gens qui détiennent nos otages ?

– La Katiba Tarek Ibn Zyad est dirigée par l'Émir le plus radical, Abu Zeid. Il est déjà responsable du meurtre de John Dwyers, un Britannique, et de plusieurs Français, dont un otage de 78 ans, froidement exécuté.

» Son groupe comprend une centaine d'hommes, dont 30 % de Mauritaniens. Leur base se trouve quelque part dans le massif des Iforhas, entre Tessalit, au nord, et Kidal au sud. Une région trouée de nombreuses grottes, très difficile d'accès. Même les reconnaissances aériennes n'arrivent pas à les repérer, car ils utilisent beaucoup les tentes bédouines qui se confondent avec le paysage.

– Et ce Abu Zeid ?

– Il est né le 12 décembre 1965 à Touggourt, dans le sud algérien, non loin des gisements pétroliers de Hassi Messaoud. Dès la fin des années 80, on le retrouve proche d'un des «fondateurs» du GSPC : Abdelrazak El Para, de son vrai nom Amari Saifi. C'est lui qui enlève les premiers groupes de touristes, en 2003. Son second s'appelle alors Abu Zeid.

» Abdelzarak El Para est capturé au Tchad et remis aux Algériens et Abu Zeid prend le commandement de la *katiba*. Son premier kidnapping a lieu en Tunisie : un couple de touristes autrichiens.

» Il est depuis l'Émir le plus influent de la dixième région. Du coup, c'est sur lui que repose l'internationalisation de la branche maghrébine d'Al Qaida.

– Il y a donc peu de chances de négocier avec lui ?

– Cela sera très difficile : il nous hait et n'hésite pas à tuer, ce qui augmente son prestige.

L'ange repassa, les ailes dégoulinantes de sang. Les participants écoutaient dans un silence religieux et tendu. Finalement, Tony Motley le rompit pour lancer à Ted Boteler, assis au bout de la table, en face de lui.

– Ted, je suppose que, depuis le début de cette affaire, vous avez étudié toutes les possibilités d'entreprendre une action pour libérer nos otages ?

– Oui, sir, fit sobrement le patron de la Division des Opérations.

– Vous avez un plan ?

Ted Boteler baissa les yeux.

– Un plan qui permette de libérer nos otages avec une chance raisonnable de réussite, non, sir. Nous ignorons même leur localisation exacte et ils sont sûrement séparés.

» La seule option est celle d'une attaque brutale menée par nos « Special Forces », mais dans ce cas, il y a de fortes chances que nos otages ne survivent pas.

– Sur qui pouvons-nous compter ?

– Sur nous, sir. Les Maliens sont morts de peur, leur armée est incapable de combattre et ils n'en ont aucune envie : les gens de l'AQMI sont des musul-

mans comme eux. En plus, les Maliens sont des
« gens du fleuve », des Africains : ils ont peur du
désert qu'ils laissent aux Touaregs.

– Et eux ne peuvent pas nous aider ?

– Non, l'AQMI leur fournit des armes et de l'argent. Et ils sont incontrôlables.

– Vous sentez-vous capable de monter une opération ?

– Nous avons besoin de moyens de transport. Des
C.130 et des véhicules. Les distances sont énormes,
les pistes ne supportent pas les véhicules lourds et
les gens de l'AQMI sont très mobiles. Il faudrait
organiser quelque chose à partir de Dakar, au Sénégal. C'est là que nous sommes le mieux implantés.
Mais cela demande une longue préparation, sans
garantie de succès.

Tony Motley se dit que, par moments, la CIA
méritait bien son surnom de CYA : *cover your ass*[1].

Pourtant, Ted Boteler était un bon… Il voulut fermer une porte.

– Ted, demanda-t-il, sur une échelle de 1 à 10,
combien de chances avons-nous de sauver nos
otages ?

– 2, laissa tomber le chef de la Division des Opérations.

*
* *

Il y avait eu une sorte de pause informelle après
la réponse lapidaire de Ted Boteler. Tout le monde
se demandait comment Tony Motley allait rebondir.

1. Protège ton cul !

Celui-ci se tourna vers un homme resté jusque-là silencieux. Ira Medavoy, le chef de Station de Nouakchott, en Mauritanie. Il avait sous les yeux le rapport de ce dernier à la suite de la demande faite par Langley d'analyser la situation avec les Mauritaniens.

– Ira, dit-il, après tout ce que je viens d'entendre, il semble bien que la solution de notre problème soit entre vos mains.

» Il paraît impossible d'arracher par la force nos otages à ces enfoirés, ils ne céderont pas sur leurs demandes. Il faut donc envisager d'accepter leur offre.

» Pour les 18 millions de dollars, cela ne pose pas de problème, mais comment pouvons-nous arriver à leur remettre les trois hommes qu'ils réclament ? Il baissa les yeux et lut : Sidi Ould Sidna, Maarouf Ould Haiba et Karim Ould Semane. Ils ont tous les trois été condamnés à mort le 21 octobre dernier.

– Y a-t-il une chance de convaincre les Mauritaniens de les gracier, afin de pouvoir les remettre à Abu Zeid ? Ou de les libérer d'une façon officieuse ?

Ira Medavoy secoua lentement sa grosse tête aux cheveux frisés, comme un vieil éléphant épuisé.

– Aucune, sir.

Tony Motley lança calmement.

– Expliquez-vous !

Le chef de Station de Nouakchott leva un regard lourd.

– Sir, dit-il, notre position en Mauritanie est fragile. Ces gens ne nous aiment pas. Et ils ont peur de se voir associés à nous. La population est extrêmement croyante, même si ce ne sont pas des fanatiques et nous représentons le mal absolu à cause de l'Irak, de l'Afghanistan et de la Palestine.

» Ils nous tiennent à distance même s'ils acceptent nos infos. Tout ce qu'ils veulent c'est rester à l'écart de ce conflit. Leur équilibre est trop fragile. Proches du Maroc, ils sont en froid avec les Algériens qui leur font une peur bleue. Bien sûr, ils n'ont aucune sympathie pour l'AQMI qui s'est déjà attaquée à eux à plusieurs reprises, mais ils ne feront rien qui puisse irriter les Algériens.

» Or, aider à remettre ces trois condamnés à mort dans la nature reviendrait à un *casus belli* avec Alger.

Tony Motley baissa les yeux sur ses fiches.

– Pourtant, ils ont remis en liberté trente-trois membres de l'AQMI sans même les juger…

Ira Medavoy arriva à s'extirper un sourire.

– Certes, sir, mais c'est à l'instigation d'un religieux très écouté, le mufti Dadew, qu'ils l'ont fait. Ce dernier a certifié que ces hommes s'étaient repentis et retourneraient dans le droit chemin. Ce n'est pas vraiment le cas d'un des trois condamnés à mort : Sidi Ould Sidna. Il a insulté le tribunal de Nouakchott en le traitant de mécréant et a demandé à ce qu'on le coupe en morceaux, pour qu'il gagne le paradis plus vite…

Un ange passa et s'enfuit, effaré.

À ce degré de fanatisme, on ne pouvait plus discuter.

Patiemment, Tony Motley enfonça son clou.

– Ira, insista-t-il, avez-vous transmis notre demande ? Et à qui ?

Ira Medavoy émit un soupir à fendre l'âme.

– Sir, je ne l'ai pas fait. Une seule personne pourrait prononcer la grâce de ces trois hommes, le président Ould Ahmed Aziz. Je ne l'ai encore jamais rencontré car il n'aime pas les Américains. Aller lui présenter cette requête serait hautement contre-productif : il serait capable d'exiger la fermeture de la Station.

» Nos chances de faire libérer ces trois hommes légalement sont égales à zéro.

Il se tut, laissant les autres méditer ses paroles.

Tony Motley n'était pas vraiment étonné. C'est par acquit de conscience qu'il avait posé cette question. Il releva la tête et fixa Ted Boteler, loin, au bout de la table.

– Ted, il semble donc que ce soit à vous de jouer.

Ted Boteler eut une sorte de haut-le-corps, comme s'il avait reçu une décharge électrique.

– Sir, dit-il d'une voix ferme, je comprends votre position et je donnerais moi aussi n'importe quoi pour récupérer nos otages mais il y a des risques que je ne peux pas prendre.

– C'est-à-dire ?

– Ira dirige une toute petite Station dont les éléments sont très surveillés par les Mauritaniens. Notre Division n'y est pas représentée. Or, dans le contexte actuel, introduire dans le pays des « case-officers » pour une mission clandestine, serait extrêmement risqué, avec des conséquences politiques incalculables, en cas de pépin.

Tony Motley remarqua d'un ton incisif.

– Ce que vous dites est grave…

Ted Boteler soutint son regard.

– Sir, il y a des risques auxquels je n'exposerai jamais mes hommes. Aussi noble soit la cause.

– Donc, nous sommes dans l'impasse ! conclut Tony Motley. Nous allons laisser ces fous furieux exécuter nos gens.

Silence de mort.

Jamais l'Agence ne s'était trouvée devant un tel dilemme.

Devant la gravité de la situation, Ted Boteler ajouta.

– Nous avons un NOC[1] à Nouakchott. Il a fait du beau boulot depuis cinq ans. Il dirige une petite ONG, parle la langue et connaît beaucoup de gens. Mais, lui tout seul, ne peut rien faire. Il y a aussi un « stringer » que nous utilisons pour des petits boulots, mais je ne suis pas sûr qu'il n'ait pas d'« adhérences » avec les Services locaux.

» Il faudrait un chef de mission expérimenté, au moral d'acier pour tenter quelque chose.

– À qui pensez-vous ? demanda Tony Motley.

– À la même personne que vous, répliqua du tac au tac le chef de la Division des Opérations. S'il est assez fou pour accepter ce truc impossible.

1. Agent clandestin : NOC : Non Official Cover.

CHAPITRE IV

Accroupi à l'extérieur du portail de l'hôtel Tfeila, ex-Novotel, la perle hôtelière de Nouakchott, un Mauritanien faisait tranquillement sa toilette, grâce à une théière remplie d'eau. La versant d'abord sur ses mains, puis sur son visage et enfin, sur sa tête, frottant vigoureusement ses cheveux crépus.

Il faut dire qu'à Nouakchott l'eau courante était un produit de luxe... Les rues sablonneuses de l'immense ville étalée dans le désert à quelques kilomètres de la mer, étaient parcourues par des nuées de petits chariots plats, montés sur pneus, supportant des fûts de deux cents litres d'eau potable et traînés par des bourricots résignés, sous la houlette d'un jeune Noir, balançant ses jambes comme un métronome et rouant de coups le malheureux âne dès qu'il ralentissait... La Mauritanie était l'enfer de ces pauvres animaux exploités jusqu'à leur dernier souffle, et, souvent, mourant sous les coups...

Khouri Ould Moustapha tourna son profil en lame de couteau vers Malko.

— Où voulez-vous aller ?
— À la bourse aux voitures.

– Avenue du Centre de Conférence ?

Malko regarda ses notes.

– On m'a dit avenue Mokhtar Ould Dada.

– C'est la même chose, trancha le Mauritanien, franchissant le portail roulant du Tfeila tenu ouvert par un vigile. Il tourna aussitôt dans l'avenue Charles de Gaulle, un des rares « goudrons »[1] de la ville.

Arrivé la veille au soir directement du « Froid » après un stop à Paris pour y recevoir ses instructions, Malko n'avait pas encore pris la mesure de cette ville immense qui gagnait tous les jours un peu plus sur le désert, restant à distance respectueuse de la mer, séparée d'ailleurs de la capitale par une énorme dune de sable.

Les Mauritaniens, d'ailleurs, détestaient la mer et ses produits. Seuls, quelques « expats » téméraires se risquaient le vendredi sur la plage immense et déserte à l'ouest de la ville, où, avec une simple ligne de pêche, on pouvait pêcher cent kilos de poisson dans la matinée...

Le Hilux Pick-Up Toyota double cabine s'était lancé dans la circulation totalement anarchique des véhicules, débordant sur les bas-côtés sablonneux, empruntant les sens interdits, se faufilant à contre-sens dans les ronds-points. L'absence presque totale de feux accentuait cette pagaille plutôt bon enfant. Ils arrivèrent au carrefour avec l'avenue Abd El Nasser, les Champs-Élysées de Nouakchott, coupant la ville d'est en ouest.

Le cauchemar absolu : les feux ayant cessé de

1. Avenue asphaltée.

fonctionner depuis le dernier coup d'État, les taxis
Mercedes jaunes, les camions et des nuées de 4×4,
tous plus gros les uns que les autres, s'enchevêtraient
dans un magma dantesque.

Khouri Ould Moustapha se lança courageusement
dans la mêlée. Contournant les véhicules enchevêtrés à contre-sens, se faufilant dans une station-service pour émerger enfin de l'autre côté du carrefour.

Cette pagaille indescriptible se déroulait sans
invectives, sans coups de klaxon. Obéissant à des
règles précises et mystérieuses.

– Voilà la mosquée saoudienne ! annonça le
chauffeur, fier de son exploit, désignant deux mina-
rets tarabiscotés, au bord de Nasser Avenue.

Nouakchott, ville sans culture, sans architecture,
composée uniquement de maisons plates d'un étage
avait comme points de repère les trois grandes mos-
quées de la ville : d'abord la Mauritanienne, historique, puis la Marocaine, copie de celle de Rabat et
enfin, depuis peu, la Saoudienne. Plus quelques centaines d'autres, totalement anonymes.

Le Hilux filait désormais vers le sud par des voies
moins encombrées. Malko avait un peu le tournis :
aucun repère dans cette ville aux avenues se croisant à angles droits, plate comme une punaise, avec,
en dépit de sa supposée pauvreté, une circulation
démente de luxueux 4×4 tous plus rutilants les uns
que les autres. Il faut dire que les Mauritaniens mettaient un point d'honneur à laver leur voiture tous
les jours. Une immense place, à côté de l'ambassade
de France servait de station-service à l'air libre…

La ville semblait ne jamais s'arrêter. Khouri Ould

Moustapha désigna une coupole blanche dans le lointain :

– Voilà le Palais des Congrès, on va tourner dans l'avenue du palais des Congrès, celle que vous appelez Mokhtar Ould Dada.

Du nom du premier président de la Mauritanie, durant dix-sept ans. Apparemment, il n'avait pas laissé que des bons souvenirs…

Malko se dit que si toutes les informations données par la CIA étaient aussi imprécises, il était mal parti pour une mission qui déjà lui semblait impossible au départ.

Pourtant, Robert Burton, le chef de Station de la CIA à Alger, rencontré dans le « hub » de l'aéroport Charles de Gaulle, s'était pratiquement roulé à ses pieds pour qu'il ne reprenne pas le premier avion pour Vienne après qu'il lui eut détaillé sa mission.

La veille, le successeur de Frank Capistrano à la Maison Blanche, l'avait appelé en personne, le suppliant d'accepter cette mission dont la vie de six Américains dépendait.

Hélas, en dépit de ces encouragements, réussir ce qu'on lui demandait était à peu près aussi improbable que de se tirer indemne d'une chute de cent mètres, sans parachute.

Khouri Ould Moustapha, après avoir tourné dans une grande avenue bordée en grande partie de terrains vagues, se retourna vers Malko.

– Qui voulez-vous voir à la « Bourse » des voitures ?

– Je ne sais pas encore, dit-il. Je voudrais voir des Land Cruisers.

Sa mission commençait vraiment.

Durant son stop à Paris, Robert Burton lui en avait esquissé les grandes lignes :

Depuis le premier message de l'Émir Abu Zeid, il y avait eu d'autres contacts. Les preneurs d'otages avaient exigé, dans un premier temps, de s'assurer que la CIA entreprenait vraiment ce qu'elle s'était engagée à faire : récupérer les trois condamnés à mort de Nouakchott. Il fallait donc que son représentant contacte, à Nouakchott en Mauritanie, le soi-disant vendeur d'une Land-Cruiser bleue de 2003, avec un kilométrage de 268 000 kilomètres. Cette voiture était en vente à la bourse des voitures de Nouakchott. Son propriétaire supposé s'appelait Aman Ould Bija. C'est lui qui remettrait à Malko une preuve de vie récente et les instructions pour les futurs contacts.

Avant de lever le petit doigt, la CIA voulait être certaine que la revendication était authentique...

En dehors de l'agent « NOC » qu'il devait contacter, Robert Burton avait donné à Malko le portable de Khouri Ould Moustapha, « stringer » de la CIA, considéré comme à peu près sûr par la Station de Nouakchott.

Seulement, Malko ignorait jusqu'où il pouvait lui faire confiance.

En principe, il ne devait avoir aucun contact avec la Station de Nouakchott, qui préférait demeurer en dehors de la sulfureuse mission « Blackbird ». Bien qu'il ait les deux numéros du chef de Station, Ira Medavoy.

En cas de malheur.

Malko glissa un regard en coin au chauffeur du Hilux. Taciturne et peu communicatif. Il l'avait appelé dès son arrivée de la part de « Frank », expliquant qu'il avait besoin d'un chauffeur pour quelques jours. Ils s'étaient mis d'accord sur le prix – 20 000 ondo par jour et il était venu le chercher au Tfeila. Un petit bonhomme en tenue locale, sec et peu causant.

Malko était assez averti pour savoir que dans ce genre de pays, un personnage semblable ne grignotait pas qu'à un seul ratelier. Or, si Khouri Ould Moustapha balançait aux Services mauritaniens, Malko risquait très vite de se retrouver dans un avion pour le Maroc ou même en prison. Avec ceux qu'il était censé faire sortir.

Sinon, au cas où, par une suite hallucinante de miracles, Malko parvenait à ses fins, c'est Ira Medavoy qui était chargé de lui remettre les dix-huit millions de dollars de la rançon.

– OK, on va aller voir où il y a des Land-Cruisers, conclut le chauffeur. Il y a plusieurs « bourses ».

Il s'arrêta à la première, qui n'offrait que des véhicules modestes, Toyota Corolla ou même épaves d'antiques Peugeot.

– C'est plus loin ! annonça-t-il.

Ils repartirent : cela montait en gamme ; désormais, des centaines de Mercedes s'offraient de chaque côté de l'avenue parquées dans des carrés sablonneux. Nouakchott était vraiment « Mercedes City ». Cette marque représentant 70 % du parc automobile...

Khouri Ould Moustapha alla se renseigner une fois de plus.

Malko se fit la réflexion qu'avec la grande poche

de poitrine de son Dharaa[1], il ressemblait à un pélican.

Ils repartirent. Un kilomètre plus loin, Malko aperçut enfin, sur sa gauche, un parking en contrebas du
« goudron », rempli uniquement de Land-Cruisers.

– Ça doit être là ! annonça Khouri Ould Moustapha.

Malko mit pied à terre et traversa le « goudron »
qui paraissait violet sous le soleil aveuglant.

Il y avait une douzaine de Land Cruisers, toutes
sans plaques, afin de dissimuler leur provenance. Un
vendeur s'approcha de Malko qui l'ignora : il venait
de repérer une Land Cruiser bleue – la perle – en
contrebas. À côté d'une petite tente où les marchands
s'abritaient du soleil infernal en buvant du thé.

À peine se fut-il approché de la Land Cruiser
qu'un barbu corpulent s'approcha et demanda en
français.

– Vous cherchez une Land Cruiser, monsieur ?

À Nouakchott, l'anglais était peu pratiqué, mais
presque tout le monde parlait français…

– Oui, dit Malko. Je peux la voir ?

Il se glissa à l'intérieur et regarda tout de suite le
compteur : 268 000 kilomètres. Cela collait. On arrivait au moment délicat.

Ressorti du 4 × 4, il lança au gros homme.

– On m'a dit de m'adresser à un certain Aman
Ould Bija, c'est vous ?

– Non, il n'est pas là aujourd'hui.

– Je reviendrai.

_____

1. Vêtement traditionnel mauritanien ressemblant à une djellaba.

– Donnez-moi votre portable, je le préviendrai quand je le verrai.

– Vous n'avez pas le sien ?

– Non.

Malko lui donna le numéro de celui que lui avait fourni Khouri Ould Moustapha : un appareil rechargeable par carte. 230.1415. Le gros homme nota et lui tendit une main humide de transpiration. Impassible.

Malko rejoignit le Hilux. Pour l'instant, il n'avait plus rien à faire. Son second contact ne devait être activé qu'une fois le contact établi avec les ravisseurs.

– Je voudrais voir le quartier des ambassades, proposa-t-il.

Le chauffeur sourit.

– Il y en a plusieurs.

Ils firent demi-tour et trois kilomètres plus loin, le Mauritanien désigna à Malko un mur qui semblait ne jamais finir.

– Voilà la nouvelle ambassade de Chine.

Une véritable Muraille de Chine qui ne déparait pas le paysage : les Mauritaniens adoraient les murs. Ils en construisaient partout, et généralement, il n'y avait jamais rien derrière… Par contre, ils détestaient les arbres et ne rataient jamais une occasion d'arracher les derniers de Nouakchott.

Ensuite, ils longèrent un autre mur interminable, celui de l'ambassade de France, entourant les vingt hectares de la propriété où tous les diplomates habitaient…

– L'ambassade d'Israël est fermée depuis qu'elle a été attaquée par les Salafistes, remarqua Khouri Ould Moustapha, d'une voix égale.

Qu'est-ce qui avait pu pousser ce pays musulman à 100 % à accueillir les Israéliens ? Mystère.

Ils débouchèrent dans une large avenue et Malko aperçut aussitôt le drapeau allemand. Sur le même trottoir, s'alignaient l'ambassade de Russie, jouxtant celle d'Algérie et celle du Maroc de l'autre côté de l'avenue.

– Où est l'ambassade américaine ? demanda Malko.

– Là-bas, dit le chauffeur.

Il désignait une voie s'enfonçant en biais le long de l'ambassade d'Allemagne, barrée par des blocs de ciment, eux-mêmes gardés par des sentinelles en uniforme. À perte de vue, que des barbelés. L'entrée de l'ambassade U.S. était presque invisible.

– On ne voit pas beaucoup les Américains, remarqua avec sobriété le chauffeur. Ici, ils ne se sentent pas à l'aise.

Malko était en train de calculer la distance qu'il aurait à courir dans ce parcours d'obstacles s'il avait à se réfugier à l'ambassade.

Il n'y avait plus rien à voir de Nouakchott. Pas de boutiques, pas de cafés, la poussière, le sable et des lambeaux de goudron, à perte de vue.

– Il y a combien d'habitants, ici ? demanda-t-il.

– Un million et demi, il paraît, mais on ne les a pas comptés.

La moitié de la population mauritanienne.

Un Mauritanien en boubou se dressa brusquement devant le capot alors qu'ils étaient bloqués dans un embouteillage, frottant son pouce contre son index.

– Vous voulez changer de l'argent ? demanda Khouri Ould Moustapha.

– C'est déjà fait, assura Malko. Où peut-on bien manger ?

– Au Méditerranéen.

Cinq minutes plus tard, ils s'arrêtèrent sur le trottoir sablonneux d'une voie perpendiculaire à l'avenue Charles de Gaulle. Derrière un portail blanc, un petit jardin et une terrasse inondée de soleil. Un homme de grande taille, au menton fuyant, accueillit Malko.

– C'est pour déjeuner ?

Une table était déjà occupée : une femme seule, une Blanche. Malko s'installa à celle d'en face. Et on lui apporta un tableau noir, énumérant les spécialités du jour.

Il choisit une salade de langoustes et un steak.

Le chauffeur s'était éclipsé, discret.

D'autres « expats » arrivèrent, jetant un coup d'œil curieux à Malko. Visiblement, à Nouakchott tout le monde se connaissait.

Puis la femme seule fut rejointe par une seconde, en pantalon, avec de magnifiques yeux verts, qui lança un regard à Malko avant d'esquisser un sourire.

Juste comme son portable sonnait.

C'était si inattendu qu'il sursauta. Aucun numéro ne s'affichait. Il enclencha la communication et demanda en français.

– Qui est à l'appareil ?

Il dut s'y reprendre à trois fois pour saisir le nom qu'on lui annonçait avec un fort accent mauritanien : Aman Ould Bija.

L'homme qui avait le contact avec les preneurs d'otages de la katiba de l'Émir Abu Zeid.

CHAPITRE V

— Vous êtes Aman Ould Bija ? demanda Malko en français.

— C'est vous qui me cherchiez à la « bourse » ? répliqua le Mauritanien.

— Oui.

— Très bien. Dans une heure, une Mercedes grise vous attendra devant le Tfeila. Venez seul.

— Pour allez où ?

— Vous venez seul, répéta Aman Ould Bija, sinon, ce n'est pas la peine.

Malko n'eut pas le loisir de discuter, il avait raccroché et aucun numéro ne s'affichait. Il était tellement absorbé dans sa conversation qu'il n'avait pas vu que la fille aux yeux verts, avant de partir, avait déposé une carte sur sa table. Il l'examina. C'était une pub pour « Maison d'Hôtes Jalna » avec une photo couleur. Lorsqu'il reçut l'addition, le grand Corse au menton fuyant remarqua avec un sourire :

— Marina laisse des cartes à tout le monde pour trouver des clients. Elle a vu que vous étiez nouveau à Nouakchott.

— Qu'est-ce qu'elle fait ?

– Elle tient une maison d'hôtes, en face du Tfeila.
C'est très sympa. Juste six chambres, un grand jardin. Beaucoup moins cher que les hôtels. Allez-y
faire un tour, vous verrez.

Visiblement, le Corse l'aimait bien. Malko revit
les extraordinaires yeux verts et eut envie d'aller
voir cette maison d'hôtes.

Quand il le pourrait…

En attendant, il était devant un dilemme. Le rendez-vous qu'on lui proposait ne lui disait rien qui
vaille. Aman Ould Bija avait un lien avec les Salafistes. Or, il lui proposait une balade, Dieu sait où.
Malko n'était même pas armé, n'ayant pas encore eu
le temps de contacter le NOC de l'Agence dont il
avait le portable. Un certain Brian Kennedy.

Seulement, s'il refusait ce rendez-vous, sa mission s'arrêtait sur-le-champ. Il connaissait les Salafistes : s'ils le sentaient réticent, ils disparaîtraient.
Or, avant tout, il devait s'assurer qu'il parlait aux
« bonnes personnes ».

Il commanda un expresso, paya et alla retrouver
Khoury Ould Moustapha qui attendait dans le Hilux.

– Où va-t-on ? demanda le « stringer ».

Malko faillit lui parler de son rendez-vous mais se
ravisa : après tout, les Salafistes n'avaient aucun
intérêt à lui nuire : il venait en négociateur.

– À l'hôtel, fit-il simplement.

En voyant la Mercedes garée sur le bas-côté de
l'avenue du Général de Gaulle, en face du Tfeila,
Malko crut d'abord qu'il s'agissait d'une épave

abandonnée par son propriétaire. Le pare-brise semblait avoir été martelé au marteau et on se demandait comment le conducteur pouvait voir à travers…
Il restait quelques traces de la peinture originale de
couleur grise, mais on voyait surtout la rouille et de
la tôle nue.

Les glaces étaient ouvertes, crachant des versets
du Coran à tue-tête.

Malko s'approcha du véhicule et l'homme affalé
derrière le volant leva la tête, lui faisant signe de
prendre place dans l'épave.

Malko obéit : à l'intérieur, c'était encore pire : les
sièges éventrés et défoncés exhibaient leurs ressorts et
leur bourre, tout était d'une saleté repoussante. Quant
au tableau de bord, il avait tout simplement disparu !

Elle devait avoir un million de kilomètres au
compteur.

Dès qu'il fut à l'intérieur, le chauffeur démarra
dans un horrible grincement de pignons et la Mercedes, après avoir hoqueté un peu, se lança sur le
goudron. Assourdi par les hurlements des haut-parleurs, Malko essaya de ne pas devenir fou. Il se pencha vers l'avant.

— Où allons-nous ? demanda-t-il en français.

Le chauffeur, barbu et moustachu, drapé dans une
dharaa crasseuse, répondit quelques mots en *hassaniya* [1], puis tourna à droite dans une rue dont le sol
semblait avoir été bombardé. Malko était ballotté
d'un bout à l'autre de la banquette. Un morceau du
pavillon se détacha mais les haut-parleurs continuèrent à cracher leurs hurlements coraniques.

---

1. Dialecte arabe parlé en Mauritanie.

Et enfin, ils débouchèrent sur un autre « goudron ».

Un carrefour totalement bloqué par un magma de Mercedes, de charrettes à âne, de quelques chameaux et d'un troupeau de chèvres affolées qui se jetaient pratiquement sous les voitures. Les débris de la Mercedes arrivèrent à s'arracher à la bagarre et, plus tard, Malko reconnut, sur sa droite, la tour de contrôle de l'aéroport.

Faute de mieux, il déplia sa carte. Il se trouvait vraisemblablement sur la route d'Atar qui s'enfonçait dans le désert vers le nord-est pour atteindre Adrar, le massif montagneux au nord de la Mauritanie.

Il était tendu : ce n'était pas rassurant, sans arme, de s'enfoncer dans ce désert où pas mal d'Européens et d'Américains avaient déjà été kidnappés.

Le « goudron » filait tout droit, sans un village, dans une immensité plate, sans le moindre relief. Quelques tentes çà et là, des chameaux, des troupeaux de moutons. Sur la route, il n'y avait pratiquement que des 4 × 4. Il essaya encore de parler au chauffeur, qui ne se retourna même pas, dodelinant de la tête au rythme des versets du Coran.

Où allaient-ils ?

Il aperçut soudain une silhouette, debout au milieu de la route, à côté d'une herse, à une centaine de mètres devant.

Un gendarme accompagné de plusieurs autres sur le bas-côté. Planté au milieu de la route ils arrêtaient la circulation. Contrairement aux tenues débraillées de l'armée mauritanienne ils portaient une magnifique tenue noire avec des bottes fournies par l'armée française dans le cadre de la coopération militaire, une tenue GK qui leur donnait fière allure.

Le chauffeur de la Mercedes se retourna alors, tendant une main sale, aux ongles démesurément longs et noirs et prononça le premier mot depuis que Malko était monté dans son véhicule.

– Passeport !

Il stoppa à côté de la herse et descendit parlementer avec le gendarme. Les deux hommes s'étreignirent, échangèrent quelques mots et le chauffeur revint vers la Mercedes.

Malko avait déjà la main sur la poignée. C'était peut-être sa dernière chance d'échapper à une prise d'otage.

Il pesa sur la poignée et elle lui resta dans la main !

Le conducteur avait déjà repris son volant et démarrait poussivement. Malko se laissa aller en arrière. Résigné. Dieu ne voulait pas qu'il abandonne cette Mercedes pourrie.

Le voyage continua, toujours aussi monotone, sous un soleil de plomb. Soudain, Malko crut être victime d'un mirage : de vastes étendues d'eau étaient apparues de chaque côté de la route ! Ce n'est qu'en voyant des moutons boire dans cette eau qu'il réalisa que le désert était inondé !

La Mercedes continuait. Un autre barrage, de policiers cette fois, où le chauffeur mauritanien ne descendit même pas de voiture, se contentant de brandir le passeport de Malko par la glace, définitivement ouverte.

Bien sûr, ces barrages pouvaient rassurer, mais n'importe quel 4 × 4 pouvait les contourner, en roulant dans le désert.

Un écriteau en piteux état apparut sur la droite, annonçant Akjoujt.

Malko consulta sa carte : il se trouvait à plus de 250 kilomètres de Nouakchott ! La prochaine ville était Atar, tout à fait à l'Est.

Où allaient-ils ?

Ils traversèrent Akjoujt : quelques maisons de chaque côté de la route, des épiceries, une station service qui semblait sortir de Mad Max… Il se pencha vers le conducteur et lança :

– Atar ?

Le Mauritanien secoua négativement la tête et en profita pour changer sa cassette.

Une dizaine de kilomètres après Akjoujt, le conducteur donna un brusque coup de volant à gauche et quitta le «goudron», plongeant dans le désert !

La Mercedes n'ayant depuis longtemps plus le moindre ressort, Malko dut s'accrocher à ce qu'il pouvait pour ne pas s'assommer contre le pavillon.

Ils filaient perpendiculairement à la route vers ce qui semblait être un campement de nomades. Quelques tentes marron, une poignée de chameaux et l'inévitable troupeau de moutons.

Malko se retourna : on ne voyait déjà pratiquement plus la route ! La Mercedes pila dans un grincement plaintif, juste en face d'une tente devant laquelle se trouvait étalé un grand tapis, usé jusqu'à la corde, sur lequel étaient installés deux Mauritaniens dans la tenue «désert» : «Chèche» bleu et large dharaa blanche.

Le conducteur était déjà descendu pour lui ouvrir la portière de l'extérieur.

Malko sentit un sol spongieux sous ses pieds : ici, aussi, il avait plu.

Un des hommes s'était levé et avançait vers lui, avec un sourire découvrant quelques chicots dans un visage buriné envahi par la barbe.

– Salamaleikoum ! lança-t-il la main sur le cœur.

Poliment, Malko répondit aussitôt.

– Aleykoum Salam.

L'inconnu prit ses deux mains dans la sienne, à la mode du désert, bredouillant quelques mots en hassaniya. Visiblement plein de bonnes intentions.

Un bruit de moteur fit se retourner Malko. Son chauffeur était remonté dans la Mercedes, qui, après une gracieuse marche arrière, reprit la direction de la route de Nouakchott-Atar.

L'abandonnant en plein désert !

D'un geste aimable, le barbu lui fit signe de prendre place sur le tapis. Le second nomade, plus jeune, posa sa main sur son cœur et bredouilla quelques mots à son tour.

– Vous parlez français ? demanda Malko.

Les deux sourirent avec une incompréhension totale.

C'est alors qu'il aperçut une petite théière en train de chauffer sur un minuscule réchaud, ainsi que plusieurs petits verres cannelés.

On lui tendit quelque chose qui ressemblait à une marmite et le vieux bredouilla :

– Marseille !

C'était un lave-mains, avec du savon de Marseille ! La civilisation était venue jusque-là.

Pendant que Malko versait de l'eau sur ses mains, le vieux transvasait le contenu de la théière dans les verres, le reversant ensuite, avec des jets de plus en plus hauts.

Un cérémonial compliqué.

Enfin, il tendit à Malko un verre contenant un peu de thé que celui-ci but poliment.

Ce manège avait recommencé et il avait dû avaler trois verres d'un thé amer et pas sucré.

Un mouton s'approcha et le vieux lui lança un coup de bâton. Soudain, un nuage de poussière balaya brutalement le campement.

Malko eut l'impression d'étouffer. Du sable plein la gorge. Les deux Mauritaniens s'étaient drapés dans leurs chèches, se cachant entièrement le visage.

Le coup de vent continua, faisant tournoyer du sable et de la poussière, cachant le paysage, sans que la température ne baisse. Les deux Mauritaniens s'étaient transformés en deux boules bleuâtres, recroquevillées sur le tapis.

Hélas, Malko n'avait que sa chemise pour se protéger.

Le thé était terminé et à part quelques rafales de vent, un silence total régnait sur le campement, rompu parfois par le bêlement d'un mouton.

Les deux nomades semblaient dormir.

Tout à coup, au milieu de la poussière, Malko aperçut quelque chose qui avançait dans leur direction, venant du fin fond du désert. Un véhicule, venant de l'Est. Il stoppa à côté du tapis et il en descendit un homme jeune, la barbe bien taillée, en dharaa et en chèche. Les deux Mauritaniens s'étaient levés et les trois hommes échangèrent force embrassades.

À travers le pare-brise du 4 × 4 – omniprésente

Land Cruiser – Malko aperçut un second homme resté dans le véhicule. Le premier s'approcha de lui et demanda en français parfait.

– C'est vous l'Américain ?

Sans la moindre formule de politesse.

– Je ne suis pas américain, corrigea Malko, mais autrichien.

– Vous n'êtes pas venu à Nouakchott pour rencontrer un messager du Cheikh Abu Zeid ?

– Si.

– C'est donc vous qui devez nous remettre nos trois frères, des moudjahidin sur la voie de Dieu, injustement condamnés en échange des six mécréants que Dieu nous a envoyés.

Le pouls de Malko battit plus vite : cette fois, il était au contact des salafistes. Il aperçut la crosse d'un pistolet qui dépassait de la poche kangourou de la dharaa.

– Qui êtes-vous ? demanda-t-il.

Le nouveau venu laissa tomber.

– Appelez-moi Abu Moussa. Le cheikh Abu Zeid m'a envoyé pour vous rencontrer.

Son regard sombre était calme et froid, et son attitude, distante.

– Comment puis-je savoir que vous venez bien de sa part ? Il y a une semaine, des gens se sont fait passer pour ses envoyés et ont réclamé de l'argent à Tombouctou.

Abu Moussa eut une grimace pleine de mépris et plongea la main dans la poche de sa dharaa. Si brusquement que Malko se dit qu'il allait sortir son arme, mais ses doigts ressortirent, tenant seulement un passeport.

Un passeport bleu américain.

Il le prit et l'ouvrit. La photo d'une femme d'un certain âge lui sauta au visage et il lut Thomson Judith, née à Kalamazoo le 23 avril 1972.

Un des quatre agents de la CIA détenus par le groupe Abu Zeid.

L'homme s'était assis sur le tapis et il en fit autant.

– Je peux garder ce passeport ?

– Bien sûr, et ceci aussi !

Abu Moussa sortit une photo de sa poche et la lui tendit : la femme du passeport, les traits tirés, le regard fixe, assise dans le sable devant une paroi rocheuse, la jambe gauche allongée devant elle, un membre de l'AQMI debout derrière elle avec une Kalachnikov.

– Où sont les autres ? demanda Malko.

– Ils ne sont pas avec elle. Ceci devrait vous suffire.

– Ils sont en bonne santé ?

– Nous les traitons bien. Nous ne sommes pas cruels.

» Le Cheikh Abu Zeid m'a donné un message pour vous. Dans une semaine je reviendrai vous voir et il faudra que vous me prouviez que vous avez avancé dans la libération de nos frères.

» Sinon, nous serons obligés d'exécuter un des mécréants, car nous aurons la preuve que vous ne tenez pas vos engagements.

– C'est impossible, protesta Malko, je suis arrivé hier soir et il s'agit de quelque chose d'extrêmement difficile.

Il ne pouvait pas avouer qu'il n'avait pas encore

la moindre idée de la façon dont il allait récupérer les trois condamnés à mort.

Abu Moussa demeura impassible.

– Faites ce que je vous dis ! insista-t-il. C'est la volonté du Cheikh. Nous n'avons pas à avoir de pitié pour nos ennemis. L'Amérique scélérate et mécréante, alliée aux Juifs, mène contre nous une guerre féroce, alliée aux chiens apostats d'Alger.

Malko fit une dernière tentative.

– Vous savez que les trois hommes sont dans une prison de haute sécurité, gardés par l'armée. Il est impossible de réussir dans un délai aussi court.

Abu Moussa cracha sur le sable, juste à côté du tapis et répondit d'une voix sentencieuse.

– Rien n'est impossible pour celui qui craint Allah et respecte ses volontés. Vous avez beaucoup de dollars : les chiens de Nouakchott vont vous vendre nos frères.

Un nouveau tourbillon de poussière les empêcha de parler quelques instants. Puis Abu Moussa regarda sa montre, un gros chronographe en or. Suivant le regard de Malko, il lança d'un ton de défi :

– Cette montre appartenait à un mécréant britannique que nous avons décapité, car son pays refusait d'obéir à nos conditions. Souvenez-vous : nous n'avons peur que de Dieu. Si vous essayez de nous tendre un piège, tous les six mécréants seront égorgés.

– Je ne vous tendrai pas de piège, assura Malko. J'ai seulement besoin de temps.

– Dans une semaine, vous serez recontacté, Inch Allah.

Il fit demi-tour, sans lui serrer la main et se dirigea vers le 4 × 4.

— Comment vais-je repartir d'ici ? lança Malko.

Le salafiste se retourna.

— On va venir vous chercher, Inch Allah.

Il remonta dans le 4 × 4, qui accomplit un virage faisant fuir des moutons et repartit dans la direction d'où il était venu. Bientôt, il ne fut plus qu'un petit point dans le désert, comme un nuage de poussière.

Malko ne pensait même plus à son retour. Jamais il n'avait eu une telle responsabilité sur les épaules. Arracher les trois Salafistes condamnés à mort à leur prison mauritanienne relevait de l'impossible.

Seulement, s'il échouait, il signait l'arrêt de mort des six otages de la CIA.

Il n'avait plus qu'un choix : réussir.

CHAPITRE VI

Le 4 × 4 de l'AQMI était désormais invisible, perdu dans le désert. Malko comprenait pourquoi on lui avait donné rendez-vous si loin de Nouakchott. Il se retourna et eut un petit choc : les deux hommes qui l'avaient accueilli avaient disparu ! Rentrés vraisemblablement sous leur tente.

Il était seul, balayé par des rafales de vent brûlant. Soudain, il aperçut un véhicule qui s'approchait, venant du « goudron ». La Mercedes grise.

Le timing était parfait.

Lorsqu'il reprit place à l'arrière, les versets du Coran continuaient. Le chauffeur ne se retourna même pas.

Comme s'il avait chargé une chèvre.

Et, de nouveau, ce fut le ruban monotone. Ce qui laissait à Malko le temps de la réflexion. Maintenant qu'il se trouvait au pied du mur, il réalisa la folie de sa mission. Sauf à corrompre des officiels mauritaniens, il ne voyait pas comment parvenir à faire évader les trois condamnés à mort de l'AQMI.

C'était l'opération Jericho.

Mais, en 1944, lorsque la RAF avait tenté un raid

pour faire évader des résistants condamnés à mort par les nazis, emprisonnés à la prison d'Amiens, ils avaient des chasseurs bombardiers et une infrastructure au sol pour recueillir les évadés.

Ce n'était pas vraiment le cas en Mauritanie. En admettant que, par miracle, Malko parvienne à les faire évader, pour quitter Nouakchott, il n'y avait que deux routes vers l'Est : celle de Atar et celle de Nema plus au sud. Toutes deux facile à bloquer.

Il était désormais urgent de contacter Brian Kennedy, le NOC de la CIA supposé l'aider.

Il somnolait quand des cahots violents l'arrachèrent à sa torpeur : de nouveau la Mercedes rebondissait de trous en trous. Ils étaient de retour à Nouakchott.

La nuit tombait et le chauffeur le déposa exactement là où il l'avait pris, repartant aussitôt dans son concert de versets du Coran.

En entrant dans le Tfeila, Malko se heurta à une nuée de ravissantes Mauritaniennes, drapées dans des boubous moulant des croupes à faire fantasmer le plus blasé des sodomites.

Devant sa surprise, l'employé de la réception lui dit qu'il s'agissait de la répétition d'un défilé de mannequins pour un grand magazine africain.

En Mauritanie, pourtant pays musulman, les femmes avaient une place à part. Au lieu d'être comme dans la plupart des pays d'Islam entre le chameau et le chien, elles se situaient socialement souvent au-dessus de l'homme ! C'était une sorte de matriarcat. Elles divorçaient, se remariaient, vivaient très librement, sans la moindre hostilité. Et, plus une femme avait eu de maris, plus elle était cotée.

Une sorte de prime à la salope.

Très vite, à peine revenu dans sa chambre, la réalité le reprit à la gorge : il avait une semaine pour accomplir des miracles, car il ne fallait pas prendre à la légère les menaces de l'AQMI.

Il composa le numéro du portable de Brian Kennedy que lui avait communiqué à son escale de Paris, Robert Burton, le chef de Station de la CIA à Alger.

Un message enregistré en arabe et en français lui apprit que le numéro n'était pas joignable pour le moment. Les messageries étant inconnues en Mauritanie. Il était impuissant.

Il pensa à rappeler Khoury Ould Moustapha, puis réalisa qu'il n'avait pas l'adresse de l'agent clandestin de la CIA. C'est alors que son regard tomba sur la carte laissée au « Méditerranéen » par Marina, la fille aux yeux verts…

Il avait faim, et la salle à manger du Tfeila était sinistre : c'était peut-être une façon agréable de tuer le temps. Lorsqu'il montra la carte au Sénégalais de la réception, celui-ci tendit le bras vers le portail.

– C'est juste de l'autre côté du « goudron », monsieur. Vous allez jusqu'au fond de la rue, il y a une petite place et une vieille Renault 4. C'est là.

– Et si la Renault n'est pas là ?

– Elle est toujours là, monsieur, elle n'a plus de moteur, répliqua le Sénégalais, avec une grande sagesse.

Après le « goudron », le désert commençait : la rue non asphaltée qui s'enfonçait vers l'intérieur n'était pas éclairée, avec des trous énormes, bordée de maisons devant lesquelles veillaient des « choufs ».

Malko atteignit la petite place indiquée et aperçut la tache claire de la 4L.

À côté d'un chameau installé le long du mur.

Le portail était entrouvert. De la musique arabe. Pas de sonnette. Il entra, découvrant une petite maison entourée d'un jardin vaguement éclairé. Plusieurs personnes étaient installées à droite sous une tonnelle, et discutaient avec animation.

En voyant Malko, une femme se leva et vint vers lui. C'était la fille aux extraordinaires yeux verts, croisée au restaurant. Un large sourire éclaira ses traits et elle lança :

— Comme je suis contente de vous voir ! Je ne pensais pas que vous viendriez si vite. Ce n'est pas terrible, le Tfeila, non ? Ici, c'est beaucoup plus gai.

— Je ne sais pas encore si je vais déménager ! tempéra Malko.

Elle vendait bien son « guest house »…

— Venez déjà prendre un verre avec nous, proposa la propriétaire de la maison d'hôtes.

Ils rejoignirent le petit groupe et elle fit les présentations.

— Georges va monter un bar à jus de fruits, Michel s'occupe d'un magazine local, le Citymag, et Brian dirige une petite ONG installée à Ksar.

Malko réussit à demeurer impassible : Brian, un long jeune homme dégingandé, à la barbe très noire et bien taillée, les yeux un peu saillants, ne pouvait être que l'agent clandestin de la CIA, chargé de l'aider à réaliser son projet fou.

C'est vers lui qu'il alla d'abord pour une longue poignée de main.

– Moi, c'est Malko, annonça-t-il.

– Voilà Fatimata, ma copine, fit le jeune Américain, désignant la jeune Noire assise à côté de lui. Ravissante avec son nez un peu busqué, ses grands yeux de gazelle et sa bouche bien dessinée. Elle portait la tenue des gens du sud : un long sarong très ajusté sur les reins et un caraco, tout aussi moulant sur une poitrine lourde.

Sa poignée de main, enveloppante et prolongée, était presque une caresse.

Assis à côté d'elle, Georges, l'homme du bar à jus de fruits, l'air dans la lune, paraissait bien falot.

Quant au journaliste au collier de barbe grisonnant, il était si visiblement homosexuel que c'en était comique.

– On allait manger quelque chose ! annonça Marina. Vous restez !

C'était tout à fait l'atmosphère bon enfant des petits Blancs en Afrique.

Sans attendre sa réponse, la jeune femme disparut dans sa maison. Malko remarqua qu'elle avait échangé le pantalon du déjeuner pour une longue jupe faisant ressortir une chute de reins presque africaine. Comme tout le monde, elle était vêtue de sandales. Quelques instants plus tard, elle réapparut tenant un grand plat, suivie d'un Mauritanien à la peau très sombre, apportant des verres et des couverts.

Pas d'assiettes.

Marina posa le plat sur la table basse et annonça triomphalement.

– C'est un tajine de foie de chameau ! C'est Mamadou qui l'a préparée.

Malko avait déjà la chair de poule.

Mamadou, le cuisinier, disparut et revint avec un second plat. Contenant ce qui devait être un gros lézard noir dont on avait ouvert le ventre, pour découvrir la chair blanche. Toujours avec le même enthousiasme, Marina annonça :

– C'est du Woo. Mamadou l'a attrapé dans le jardin. Ça a le goût de la langouste.

Affirmation audacieuse.

Malko regrettait déjà d'avoir accepté l'invitation. S'il n'y avait pas eu Brian Kennedy, il se serait enfui à toutes jambes... Marina lui mit dans la main un couvert et posa une boîte de bière à côté de lui.

– Elle vient de l'ambassade du Zaïre, expliqua-t-elle ; sans eux, on n'aurait plus d'alcool après le dix du mois. Pour mon anniversaire, ils m'ont même vendu une bouteille de champagne Taittinger !

– C'est rationné ? demanda Malko.

– Oui, seuls les étrangers ont le droit d'en acheter. Une quantité limitée chaque mois, mais tout le monde se débrouille. Bon appétit.

Réprimant un haut-le-cœur, Malko s'attaqua au tajine de foie de chameau.

Comme il l'avait craint, c'était immonde.

Les autres s'étant jetés sur la « langouste », il s'en sortit à bon compte. L'homo faisait les yeux doux à Brian Kennedy, qui l'ignorait royalement, une main posée sur la cuisse de sa pulpeuse compagne.

En un clin d'œil, le plat de tajine de foie de chameau fut nettoyé. Il allait y avoir des morts.

Ensuite, on servit le nescafé.

Devant son insuccès, l'homo s'était rabattu sur le pâle jeune homme aux jus de fruits. Toutjours avec le même enthousiasme, Marina ramassa les couverts et les plats, et fonça vers la maison.

– Je vais t'aider, proposa aussitôt Fatimata.

La longue liane se déroula et ondula jusqu'à la maison. Avec une grâce incroyable. Brian Kennedy se tourna vers Malko.

– Il y a longtemps que vous êtes arrivé à Nouakchott ?

– Non, deux jours. Je suis content d'être venu ici, ce soir.

– C'est toujours sympa. Marina anime bien sa maison d'hôtes.

– Vous vous appelez bien Brian Kennedy ? demanda Malko à mi-voix.

Le jeune Américain le fixa, surpris.

– Vous me connaissez ?

Malko le fixa avec un sourire.

– Non, mais c'est vous que je dois rencontrer ici.

– Moi ? Vous êtes dans une ONG ?

– La même que la vôtre, fit doucement Malko.

Brian Kennedy lui jeta un regard presque effrayé et hocha la tête.

– Ah, c'est vous. On m'a prévenu officiellement. Vous êtes venu pourquoi ?

– Je représente un quotidien de Vienne, le Kurier. Je suis autrichien. Quand puis-je vous revoir ? C'est assez urgent.

– Le mieux serait que vous veniez à ma permanence, dans le quartier du ksar. Dans la rue 24054. Juste derrière la mosquée Budah. En face du grand marché. Tout le monde connaît. Vous avez rencontré le COS ?

– Non, je ne dois avoir aucun contact avec eux.

Brian Kennedy parut soulagé. Il se leva et s'éloigna un peu de la tonnelle, suivi de Malko.

– Cela vaut mieux. Les Services mauritaniens travaillent bien. Ils ont beaucoup d'oreilles qui traînent et ne nous aiment pas beaucoup. OK, qu'est-ce que vous êtes venu faire à Nouakchott ?

– On ne vous a rien dit ?

– Non.

À voix basse, Malko expliqua sa mission. Les grands yeux foncés de Brian Kennedy semblaient rapetisser au fur et à mesure qu'il parlait. Il émit ensuite un long soupir en secouant la tête.

– *They are fucking crazy* !

– Vous pensez que c'est impossible de faire sortir ces trois condamnés à mort ? insista Malko.

L'Américain lui jeta un regard plein de commisération.

– Je sais qu'on est en Afrique, mais il y a quand même un gouvernement, une armée. Quand vous verrez la prison, vous comprendrez. Ce n'est pas une pension de famille.

– Il s'agit de sauver les six otages, insista Malko.

– Si c'est la seule chance, ils sont déjà morts ! laissa tomber Brian Kennedy.

La silhouette de Fatimata venait d'émerger de la cuisine. Le jeune Américain dit rapidement.

– OK, venez me voir demain, vers midi, quand je rentre de ma leçon de sport. Je vais réfléchir, mais vous feriez mieux de reprendre l'avion. En plus, aider à libérer ces salauds, cela me ferait mal au ventre.

» De toute façon, il n'y a aucune chance de réussite.

CHAPITRE VII

Fatimata se rapprochait. Malko demanda à voix basse.

– Elle est au courant ?

– Non, mais elle m'est très utile. Et elle est très agréable aussi.

Brian Kennedy serra la main de Malko et lança.

– À demain !

Fatimata tendit à Malko sa longue main souple avec un regard appuyé.

À l'autre bout de la tonnelle, l'homo et le jeune homme chauve s'étaient levés à leur tour.

– Je vais raccompagner Michel ! lança l'homo.

Marina arbora une mimique comique de désappointement.

– Vous m'abandonnez ! J'allais mettre de la musique. Tournée vers Malko, elle ajouta :

– Vous aussi, vous partez !

– Je ne voudrais pas vous déranger…

– Vous plaisantez ! Prenez une autre bière, je vais mettre de la vraie musique.

Elle disparut dans la maison et, quelques instants plus tard, on se serait cru au carnaval de Rio…

Marina réapparut, ondulant au rythme de la musique, avec des coups de reins dignes d'une école de
samba.

Une danse particulièrement suggestive.

Hélas, la prophétie de Brian Kennedy le tarau-
dait. Le jeune Américain connaissait le pays. Son
avertissement n'était pas rassurant.

***

Il n'y avait plus une goutte de bière et Marina venait de se confectionner une boisson étran-
ge : tequila et coca-cola. De quoi faire gerber un
éléphant.

Depuis une demi-heure, elle s'agitait sans inter-
ruption, volubile, ses merveilleux yeux verts comme
éclairés de l'intérieur. En dépit de son long vêtement pudique, elle respirait le sexe et Malko, entre
la musique, la chaleur douce des 35° et la bière,
pensait moins aux propos de Brian Kennedy.

— Elle est belle, hein, Fatimata, la copine de
Brian, lâcha Marina.

— Très ! approuva Malko.

— Elle était barmaid à la Salamander, mais elle
n'est pas restée longtemps. Cela fait son troisième Blanc. Il paraît que c'est un coup superbe.
Remarquez, Brian est beau mec.

Dans sa bouche, ce n'était même pas vulgaire...
On était en Afrique.

La musique s'arrêta brutalement et Marina poussa
une exclamation de dépit.

— Zut, juste comme je commençais à bien
m'échauffer. Venez, on va remettre un CD et je

vais vous faire visiter la maison. J'ai six chambres,
il y en a quatre de libres en ce moment ; je peux vous
faire un très bon prix...

Malko suivit sa démarche dansante. Le living-
room était plongé dans la pénombre, éclairé par un
néon verdâtre. Marina remit le CD et coupa le néon
avec une grimace dégoûtée, ne laissant qu'une
lampe de faible intensité.

– J'ai horreur de cet éclairage ! dit-elle. Asseyez-
vous.

Il s'installa sur un vieux divan. Elle se remit à danser, ondulant en face de lui pour, finalement se laisser tomber à côté de lui. Sur le ton de la confiance,
elle dit soudain.

– J'adore cette musique ! j'étais au Cap Vert, ils
en jouent toute la journée, c'est formidable.

– Vous aimez vraiment danser.

Marina tourna vers lui ses grands yeux verts à
l'expression trouble et soupira.

– Ce n'est pas seulement cela ! Quand je danse,
j'ai l'impression qu'une énorme chaleur monte du
sol, d'abord le long de mes cuisses, puis... Elle s'interrompit avec un rire gêné. Je suis une femme, vous
comprenez. Cela me chauffe partout...

On ne pouvait être plus explicite.

Déjà, elle s'était relevée et recommençait à danser.
Presque sans bouger, aves ses brusques secousses
du bassin qui le projetaient en avant, à la rencontre
d'un sexe invisible.

Malko n'était pas particulièrement réceptif à la
musique brésilienne, mais la jeune femme dégageait
une puissante attraction sexuelle. Il se leva à son tour

et vint poser ses mains sur les hanches de Marina, qui n'interrompit pas sa danse.

– Vous savez que vous avez des yeux extraordinaires.

Elle leva le visage vers lui, avec la même expression trouble.

– Oui ?

– Oui.

Ce fut plus fort que lui. Il envoya la main droite en avant et la referma sur l'entrejambe de la jeune femme. Celle-ci s'immobilisa, comme frappée par la foudre, mais ne se déroba pas. Malko sentit son pouls s'envoler : Marina ne portait rien sous sa longue jupe.

Les doigts de Malko, crochés dans son sexe, elle continuait à bouger doucement, le regard dans le vide.

Malko accentua un peu sa pression. Il sentait sous ses doigts la chaleur molle du sexe.

– Ne faites pas ça, gémit Marina d'une voix étranglée.

Sans chercher à s'éloigner de lui.

Malko, en un clin d'œil, s'était retrouvé avec une érection de maréchal. La CIA très loin de ses pensées. Doucement, ses doigts toujours crochés dans le ventre de la jeune femme, il la fit tomber à côté de lui, sur le canapé défoncé. D'elle-même, Marina releva les jambes et sa jupe de coton léger glissa le long de ses cuisses, les dévoilant presque entièrement.

Malko abandonna sa prise pour se défaire et acheva de faire glisser la jupe vers le haut, découvrant la fourrure cuivre.

Il était en train de basculer entre les cuisses de Marina lorsque celle-ci se dégagea.

– Non, pas comme ça !

En un clin d'œil, elle fut debout, ramena les pans de sa jupe autour de sa taille et enjamba Malko, empoignant le membre dressé de la main gauche pour le guider jusqu'à son sexe. Puis elle se laissa tomber, s'empalant jusqu'au fond de son ventre !

Extatique, la bouche entrouverte, elle murmura.

– *Zein* ! [1]

Bien empalée, elle recommença à danser. Une sorte de samba incroyablement sexuelle. Les mains crochées dans ses hanches, Malko l'accompagnait de ses coups de reins.

Ce ne fut pas long. Après quelques minutes, Marina poussa un long cri et elle s'affaissa sur la poitrine de Malko, toujours fiché en elle.

Malko n'avait même pas eu le temps de jouir. Déjà, elle s'était arrachée de lui et continuait son orgasme toute seule, en ondulant en face de lui, un sourire extasié aux lèvres. Elle murmura.

– C'est merveilleux, j'ai fait l'amour avec la musique ; j'avais l'impression qu'elle entrait dans mon ventre.

Elle était très légèrement allumée, mais sympa…

Seulement, Malko était resté sur sa faim, toujours en pleine érection. Il n'hésita pas, prenant Marina par les hanches, il l'agenouilla sur le divan, face au mur, releva sa longue jupe et l'embrocha par-derrière d'un seul élan.

Marina se cambra, poussa un gémissement ravi et

1. C'est bon, en hassaniya.

se remit à «danser». Cette fois, Malko ne la laissa
pas s'échapper jusqu'à ce qu'il sente la sève jaillir
de ses reins.

La musique continuait, mais Marina, assouvie, ne
bougeait plus, la croupe haute, le sexe toujours fiché
en elle.

Une vraie bête d'amour.

Malko trébuchait sur le sol inégal du chemin de
la Maison d'Hôtes, guidé par la lumière du Tfeila. Il
entendit, à sa gauche, de la musique. Cela venait
d'un appentis baptisé «L'Endroit» où les expats
venaient faire le plein de bière à des prix prohibitifs.
Marina, apaisée, lui avait dit à peine au revoir.

L'idée d'habiter dans sa maison d'hôtes n'était
peut-être pas excellente : il y laisserait sa santé.

Désormais, il était concentré sur son rendez-vous
du lendemain avec Brian Kennedy. Il devait trouver
une solution.

La vie de six personnes en dépendait.

Le colonel Smain Abu Khader était le dernier
client du bar de l'hôtel El Amane. Il avait dîné dans
le patio de ce petit hôtel restaurant de l'avenue
Nasser, tenu par un vieux Blanc ancien radio de la
Royale, converti à l'Afrique et avait ensuite avalé
trois bières, en les faisant durer. La tête lui tournait
un peu, mais surtout, il était furieux.

Celui qu'il attendait ne s'était pas montré. Donc, il y avait eu un contretemps.

Le barman se pencha vers lui.

— Chef, je vais bientôt fermer.

L'Algérien haussa les épaules.

— Ça va. Donne-moi un peu de champagne. Tu en as ?

— Ça oui, chef. Les Zaïrois livrent toujours.

Il sortit de son frigo une bouteille de Taittinger Brut, ôta le bouchon et remplit une coupe pour le colonel algérien. Celui-ci avait été en poste à Paris où il avait pris le goût des bonnes choses.

La charia permettait de lucratifs trafics du « tchef-tchef » comme disaient les Mauritaniens.

Le colonel Abu Khader but son champagne, puis sortit une énorme poignée de billets bleus de 1 000 ondouyos qu'il aligna sur le comptoir et sortit en maugréant.

L'avenue Nasser, presque pas éclairée, était déserte. Il était en train de regagner son Cherokee 4 × 4 garé sur le large trottoir sablonneux, lorsqu'une silhouette jaillit de l'obscurité.

— Chef ! Je suis là !

Smain Abu Khader s'arrêta, furieux.

— Qu'est-ce que tu foutais !

— Je travaillais pour vous, chef, assura l'homme d'un ton plaintif.

Pêcheur en chômage technique, il était bien content de servir d'espion au colonel algérien qu'il détestait pourtant au fond de son cœur ; hélas, il avait une famille à nourrir.

Le colonel algérien s'accroupit dans l'ombre de son 4 × 4.

– Raconte et ne mens pas.

L'autre s'exécuta. Du coup, le colonel oublia ses heures à poireauter au bar de El Amane.

– Tu es certain ? demanda-t-il.

– Oui, chef.

Le Mauritanien donna encore des détails qui convainquirent l'officier des Services algériens. Cette fois, il jubilait : la chance l'avait servi.

– Très bien, dit-il, tu continues, tu ne le lâches pas d'une semelle.

Il fouilla dans sa poche et en sortit une liasse de billets bleus de 2000 ouguiyas qu'il fourra dans la paume de son informateur.

– Vas-y, maintenant.

Il attendit que l'autre ait disparu par une voie parallèle à Nasser pour remonter dans son 4×4. Ensuite, il continua à suivre la grande avenue en direction de l'ouest, vers la mer. Passant devant un « barrage » de la police ; une voiture blanche à la portière noire avec deux policiers en train de fumer, appuyés à son capot.

Le paysage changeait : les phares du 4×4 éclairaient désormais des maisons d'un étage, espacées, sans la moindre lumière, des terrains vagues, des bourricots, quelques chèvres. De temps à autre, un timide lumignon.

Il était désormais dans le quartier Schakha. C'est là que les Sénégalais et les gens du Sud échouaient lorsqu'ils arrivaient à Nouakchott. Un quartier pauvre, presque sans « goudron ». Le 4×4 rebondissait de trou en trou et ses phares éclairaient des façades lépreuses souvent à moitié effondrées. À Nouakchott, on construisait avec du mauvais béton mêlé de coquillages, qui, au bout de quelques mois, se désagrégeait.

Smain Abu Khader s'enfonçait dans des voies de plus en plus étroites. Il stoppa finalement devant une maison carrée, comportant un premier étage, ceinte d'un mur.

Il descendit du 4 × 4 et alla tambouriner sur la porte métallique bleue.

Il savait que dans cette maison, quelqu'un dormait toujours sur le toit à la belle étoile, à cause de la chaleur. Donc, on allait l'entendre.

Effectivement, après quelques minutes, une voix étouffée demanda de l'autre côté du battant.

— Qui est-ce ?
— Smain.

Il entendit un bruit de verrous et le portail s'entrouvrit. Smain Abu Khader n'entra pas mais tira celui qui venait d'ouvrir à l'extérieur.

— Viens, il faut que je te parle.

L'homme le suivit jusqu'à son 4 × 4 et y prit place.

— Ça va ? demanda, jovial, le colonel de la Sûreté Algérienne. La famille ?

— La famille va bien, affirma l'homme d'une voix mal assurée.

Il avait une peur bleue du colonel de la Sûreté Militaire, sachant qu'il était capable de tout. Si on apprenait ses liens avec lui, il serait immédiatement viré de la gendarmerie mauritanienne. Les Algériens n'y étaient pas en odeur de sainteté…

Salam El Barka avait été envoyé en école d'application de la gendarmerie en Algérie. C'est là qu'il avait rencontré le colonel Abu Khader, qui semblait s'être pris d'affection pour lui.. Il l'avait invité dans

des cafés fumer le narguileh et, de temps en temps,
aux putes. Il lui avait même donné un peu d'argent
pour envoyer à sa famille et l'avait emmené chez un
dentiste militaire pour lui mettre quelques dents en
acier. Ce n'est qu'à la fin du stage qu'il avait dévoilé
ses batteries : si Salam El Barka voulait bien coopé-
rer avec la Sécurité Militaire algérienne, il s'en trouverait bien. D'abord, on lui verserait un peu d'argent
tous les mois, comme un salaire. Pas beaucoup,
5 000 ou 6 000 ouguiyas, mais avec cette somme,
certains parvenaient à Nouakchott à faire vivre toute
une famille. En plus, chaque fois qu'il rendrait un
vrai service, il aurait une prime.

Salam El Barka avait accepté : après tout, on ne
lui demandait rien de mal. Il avait, par la suite, fourni
des informations sur les mouvements dans la gendarmerie, la mentalité des officiers, ceux qui étaient
notoirement anti-algériens, des choses comme ça.

Il écouta ce que Smain Abu Khader avait à dire
et comprit que cette fois, c'était plus sérieux… Dès
qu'il le put, il protesta.

— Chef, je ne peux pas faire ça ! Je suis un bon
musulman.

— Moi aussi, trancha le colonel, je te jure que ce
n'est pas «haram»[1].

L'autre n'était pas convaincu…

Smain Abu Khader sentit qu'il fallait frapper un
grand coup.

— Tu toucheras 100 000 ouguiyas, promit-il. Avec
ça, tu peux agrandir ta maison pour tes nouveaux
enfants.

1. Péché.

Salam El Barka en avait déjà six…

Héroïque, Salam El Barka secoua la tête.

– Non, chef, c'est trop dangereux.

L'Algérien changea brusquement de ton. Penché sur son voisin, il dit d'une voix méchante.

– Tu sais ce qui arriverait si je balançais le papier que tu as signé quand je t'ai prêté de l'argent ? Tu serais viré de la gendarmerie, tu ne pourrais plus nourrir ta famille ! Tu serais obligé d'aller vivre dans le désert avec les chameaux. Ta femme te quitterait.

» Réfléchis…

Il poussa presque hors du 4 × 4 le malheureux Mauritanien et lui lança.

– Je reviens demain. Je te donnerai ce qu'il faut. Ensuite, je ne te demanderai plus rien.

Il repartit, satisfait : le gendarme mauritanien obéirait. Donc, son problème serait résolu.

CHAPITRE VIII

Khouri Ould Moustapha était dans le parking au volant de son Hilux lorsque Malko sortit du Tfeila. Contrairement à la veille, le soleil était voilé, mais la température étouffante. Il monta dans le 4×4 et demanda au Mauritanien.

— Vous savez où se trouve la mosquée Boudah ?

— Oui, bien sûr, dans le Ksar, en haut du marché. Vous voulez aller à la mosquée ?

— Non, corrigea Malko, mais j'ai rendez-vous avec un jeune Américain que j'ai rencontré hier soir et qui a son bureau à côté.

Khouri Ould Moustapha sembla rassuré.

— Ça m'étonnait que vous alliez dans cette mosquée, expliqua-t-il, elle est islamisée, ils ne reçoivent pas d'Infidèles. Vous allez chez le « missionnaire » ?

— Le « missionnaire » ?

— Oui, c'est comme ça qu'ils l'appellent dans le quartier. Il paraît qu'il distribue des bibles pour essayer de convertir les gens. C'est la raison pour laquelle il s'est installé dans ce quartier très radical. Un jour, il lui arrivera malheur.

Ils se traînèrent jusqu'à l'avenue Nasser, tournant ensuite à droite pour filer en direction de l'aéroport. Après le rond-point de Madrid, signalé par un empilement de pierres au milieu du terre-plein, Khouri Ould Moustapha s'enfonça dans une large voie sablonneuse bordée de boutiques variées, proposant surtout des pièces de voiture.

– C'est le marché du Ksar, annonça-t-il, le plus ancien de Nouakchott, le poumon économique de la ville. Ici, on trouve de tout.

Ils remontèrent l'avenue, entre les empilements de tissus multicolores, les moteurs rouillés alignés sur le bas-côté. Affalés devant les boutiques, les marchands les regardaient passer d'un œil torve.

– Voilà la mosquée, annonça le chauffeur, désignant un bâtiment au bout de l'avenue, surmonté d'une coupole blanche et d'un modeste minaret. Il y a une école coranique à l'intérieur. On dit que les gens de l'AQMI y couchent quand ils sont à Nouakchott.

Arrivé devant la mosquée, il tourna à gauche, dans une rue en terre battue et stoppa devant une vieille maison de deux étages qui semblait prête à s'écrouler. Collé sur une porte de bois, un écriteau délavé annonçait, en français et en arabe : « Organisation sportive du Ksar ».

Malko descendit et poussa la porte. Brian Kennedy, le jeune barbu de la veille au soir, était assis derrière un bureau, en chemisette et short effiloché en jean. Il y avait peu de meubles, quelques affiches contre le sida, un vieil ordinateur, des caisses et une bicyclette rouillée.

Brian Kennedy se leva et serra chaleureusement la main de Malko.

– Je rentre juste ! Venez, on va prendre un thé.

Il poussa une porte qui donnait sur un petit patio. Fatimata, la compagne de l'Américain surgit, en T-shirt blanc moulant et jean.

– Tu nous fais du thé ? demanda Brian Kennedy.

Ils s'installèrent à l'ombre et Malko demanda aussitôt :

– Elle sait ce que vous êtes réellement ?

Brian Kennedy secoua la tête, avec un sourire.

– Non, bien sûr. Au départ, je l'avais engagée comme professeur d'hassaniya. Elle venait de divorcer et habitait un taudis un peu plus loin. Ensuite – il sourit – je l'ai trouvée très belle et elle est venue vivre avec moi. Elle pense que je suis un de ces Blancs marginaux qui s'accrochent à l'Afrique.

– Pourquoi avez-vous accepté ce job ?

Brian Kennedy soupira.

– Je sortais de Harvard, et j'étais très attiré par l'Afrique ! Seulement, je n'arrivais pas à trouver un job là-bas. Jusqu'au jour où un copain m'a présenté un « recruteur » de l'Agence. On m'a proposé un contrat de quatre ans, relativement bien payé, pour m'installer ici. Cette mosquée fascine l'Agence. C'est effectivement un nid d'Islamistes. Mon job, c'est d'essayer de nouer des contacts, de « tamponner » et d'observer ce qui s'y passe. Maintenant que je parle hassaniya, c'est plus facile, mais ces gens sont extrêmement méfiants...

» J'ai monté un club de sport : je leur fais faire du

basket, je leur apprends l'anglais. J'ai fini par être accepté dans le quartier, un peu à cause de Fatimata.

– Vous distribuez vraiment des bibles ?

Brian Kennedy sourit.

– Oui, quelques-unes. C'est ma couverture. Ils me prennent pour un missionnaire baptiste. OK, revenons à nos moutons. L'Agence veut que vous récupériez ces trois condamnés à mort. Vous avez une idée de la façon de procéder ?

– Aucune ! avoua Malko. Je pensais que vous pourriez m'aider.

Le jeune Américain secoua la tête.

– C'est un projet complètement fou ! Il s'agit d'une vraie prison, dont les gardiens appartiennent à la Garde Nationale. Des militaires. Pas question de les acheter.

– Et les politiques ?

– Si le président Aziz pouvait les libérer sans que cela se sache, il le ferait peut-être car il a une peur bleue de l'AQMI. Il craint qu'elle ne déstabilise la fragile Mauritanie. Or, ce pays n'a pas les moyens de se défendre. S'il y avait des attentats sérieux, cela provoquerait une grave crise politique.

» Il y a, paraît-il, 40 % de Mauritaniens dans l'AQMI. Des jeunes exaltés qui voulaient aller combattre en Irak en 2003, lorsque nous avons envahi l'Irak. Ils ont quitté Nouakchott mais ne sont jamais allés plus loin que le Mali. Là, ils ont été recrutés pour le Djihad par l'AQMI. Or, ils ont tous de la famille ici.

» Ce qui crée de possibles foyers d'extension, et inquiète le gouvernement.

» Je sais que, dès leur condamnation à mort, le

président Aziz a fait savoir aux Salafistes que leurs camarades ne seraient pas exécutés. D'ailleurs, il n'y a plus d'exécution depuis un quart de siècle.

– Ils ne peuvent pas être libérés ?

– Non, politiquement, c'est impossible, à cause des Algériens. Ils vont faire au moins vingt ans de prison, s'ils survivent. Voilà la situation.

Fatimata apporta le thé, souriante et sexy, puis s'éclipsa.

– Que me conseillez-vous ? demanda Malko.

– De reprendre l'avion. Je sais que vous ne le ferez pas. Je ne vois pourtant aucune solution, à part d'attaquer la prison, mais elle est bien gardée et vous ne sortiriez pas de Nouakchott : il n'y a que trois routes.

– Les gens de la Station ne peuvent rien faire ?

– Rien. Ils ne sont pas très bien vus. Moi-même, je n'ai aucun contact avec eux. Je vais me faire debriefer une fois par mois à Dakar, où c'est plus discret.

Malko réfléchissait à se faire exploser les neurones. Comment arracher à leur prison trois islamistes ? Il savait bien que l'AQMI ne ferait pas de compromis. Le thé brûlant lui fit du bien. Fatimata passa devant eux, avec le même sourire. Elle avait vraiment une croupe magnifique.

– Il y a peut-être quelqu'un qui peut au moins vous donner des informations sur ces trois hommes, dit soudain le jeune Américain. Aïcha M'Baye. C'est l'avocate d'un des trois condamnés à mort et je crois qu'elle va le voir régulièrement. En tout cas, elle connaît bien la prison. Voilà son numéro de portable : 2306421. Elle a son cabinet au coin des

rues 41084 et 4100. Un petit immeuble où il y a un
cybercafé. Tout le monde la connaît.

» Il ya aussi quelqu'un qui a des contacts avec
l'AQMI, un journaliste mauritanien qui reçoit leurs
communiqués.

» Je peux vous le faire rencontrer demain.

» En attendant, vous devriez aller voir la prison,
cela vous donnera déjà une idée. Ah oui, il y a aussi
un garçon qui fait du sport avec moi : il étudie à la
mosquée en face. Je sais que c'est le cousin d'un
des condamnés. Il s'appelle Aziz Ould Hari. Venez
demain, je vous le présenterai.

– Vous voulez déjeuner ? proposa Malko.

– Non, je ne déjeune jamais. Je vais donner des
cours de français dans une heure. Mais on peut se
retrouver pour dîner chez Marina.

– Sa cuisine est un peu bizarre…

– Oui, elle est folle de la Mauritanie ; elle s'est
fait faire un enfant par un Mauritanien qu'elle a
ensuite largué. Elle est un peu allumée mais c'est
une gentille fille. Et pas conne : elle parle parfaitement l'hassaniya. Il baissa soudain la voix et
demanda :

– Vous avez une arme ?

– Non, avoua Malko.

– Ici, beaucoup de Blancs en ont, surtout depuis
les menaces de l'AQMI. J'ai peut-être quelque chose
pour vous.

Il se leva, gagna son bureau et revint avec un
paquet enveloppé dans un chiffon, qu'il posa sur
la table. Découvrant un petit revolver Colt Deux
Pouces à cinq coups et une poignée de cartouches.

– J'ai acheté ça il y a longtemps, dit-il. Prenez-le, je n'en ai pas besoin.

Malko remercia et glissa l'arme dans sa sacoche.

– À ce soir, sept heures, conclut Brian Kennedy.

– Voilà, c'est à droite, annonça Khouri Ould Moustapha. Juste entre l'État-Major de la Gendarmerie Nationale et la Direction des Douanes. On va juste passer devant, parce qu'on n'a pas le droit de s'arrêter.

Heureusement, il roulait doucement. Malko aperçut d'abord un terrain vague cerné du bas-côté de la chaussée par des bacs en ciment. Au fond, se dressait un bâtiment dissimulé derrière un mur, de taille modeste. Au milieu du terrain vague, il y avait deux postes de garde, tenus par des soldats casqués autour d'une mitrailleuse légère.

Dépassant du mur de la prison, il aperçut un mirador, occupé lui aussi par un soldat armé...

Ils passèrent devant le bâtiment des douanes, tournèrent à droite, puis revinrent sur leurs pas. S'arrêtant de l'autre côté du « goudron » en face de l'immeuble d'une compagnie d'assurances. De l'autre côté de l'avenue, se dressait une mosquée, au minaret carré.

– C'est la plus vieille de Nouakchott, annonça Khouri Ould Moustapha. L'historique.

Malko se retourna vers la prison.

– Elle est bien gardée ! remarqua-t-il.

– Oh oui, mais il y a beaucoup d'évasions, répliqua d'un ton badin le Mauritanien.

Malko sentit son pouls s'envoler.

– Des évasions ! Comment ?

– Une fois, un prisonnier est sorti déguisé en femme. D'autres ont creusé un tunnel jusqu'à l'extérieur.

Malko sentait ses neurones s'échauffer mais le Mauritanien le refroidit aussitôt.

– C'était avant la construction du bâtiment des douanes. Derrière et sur la gauche il n'y avait rien. Il suffisait de creuser quelques mètres pour déboucher dans un terrain vague. Une dizaine de mètres, pas plus. Maintenant, c'est impossible : tout est construit autour.

– OK, dit Malko, on va voir l'avocate.

L'immeuble ne payait pas de mine. Quelques boutiques au rez-de-chaussée, une façade lépreuse, un seul étage. Malko s'engagea dans un escalier raide, débouchant sur un palier mal éclairé. Une porte s'ouvrait sur la droite, gardée par un homme émacié, sur une chaise, qui semblait dormir. Il se réveilla en voyant Malko, qui demanda :

– Mᵉ M'Baye ?

– Elle est au Palais.

– Elle revient quand ?

À ce moment, quelque chose bougea, sous le bureau, au fond de la pièce. Une grosse femme dormait, allongée sur une natte. Elle se redressa et lança.

– Je suis la secrétaire de Mᵉ M'Baye.

– Je voudrais la voir.

– Il faut attendre. Elle va revenir.

Elle lui désignait une chaise, parmi les trois dont une était cassée.

Malko était stupéfait : pas un dossier, pas un meuble, des murs nus et lépreux. Un ordinateur de l'âge de pierre sur le bureau. Même pas un téléphone…

Par une fenêtre sale, on apercevait un empilement de vieux pneus sur le balcon… Cela ne respirait pas la richesse. Il s'assit sur une chaise de fer et décida de prendre son mal en patience.

Une heure et demie s'était écoulée. Le « chouf » et la secrétaire somnolaient chacun de leur côté. Soudain, la secrétaire se leva et annonça :

– Il est quatre heures. On va fermer. Elle ne va pas revenir aujourd'hui.

Déçu, Malko regagna le Hilux. Sa visite à la prison l'avait en tout cas convaincu d'une chose : il était hors de question de récupérer les trois Islamistes condamnés à mort par la force.

Sauf à disposer d'un bataillon de « marines », ce qui n'était pas le cas.

L'option « officielle » étant écartée, il ne restait pas grand-chose.

À part l'évasion.

Qui demandait des complicités locales qu'il n'avait pas pour le moment.

Au Tfeila, le défilé battait son plein à la piscine. Malko éprouvait une sensation bizarre : lui qui avait, à de multiples reprises, risqué sa vie en luttant contre Al Qaida, il se retrouvait à son côté pour sauver des gens qui avaient assassiné des innocents... C'était un piège diabolique : ou on ne faisait rien et les six otages américains mourraient certainement, ou il parvenait à remplir sa mission et il remettait dans le circuit trois assassins fanatiques qui n'auraient qu'une idée : recommencer.

Dilemme qu'on lui avait imposé mais qu'il vivait mal.

Dès qu'il eut franchi le portail de la maison d'hôtes, Marina vint vers lui, radieuse.

– C'est gentil d'être revenu, dit-elle.

Cette fois, elle était en pantalon et il n'y avait pas de musique brésilienne. Pourtant, la même lueur trouble flottait dans ses magnifiques yeux verts. Sans même l'embrasser, elle prit Malko par le bras et l'entraîna vers la tonnelle, où il y avait déjà plusieurs personnes.

Il aperçut la barbe noire de Brian Kennedy et le boubou orange de Fatimata. Il y avait encore le journaliste et l'homo, plus un homme aux cheveux gris très courts, vêtu à la mauritanienne d'une *dharaa* brodée d'or.

Marina se pencha vers Malko.

– Brian m'a demandé d'inviter Ouma, c'est un journaliste qui collabore à notre revue. Il sait beaucoup de choses sur Nouakchott.

Elle fit les présentations et Malko se mêla à la conversation qui roulait sur les menaces planant sur la Mauritanie, à cause de l'AQMI. Brian Kennedy échangea un bref regard avec lui et annonça d'une voix égale.

– Ouma a reçu aujourd'hui un communiqué de l'AQMI qui menace la Mauritanie de représailles.

– Pourquoi ?

– Pour la condamnation à mort des trois Salafistes.

– Le gouvernement ne peut pas les gracier ?

Le journaliste mauritanien secoua la tête.

– Impossible, politiquement. J'ai parlé à un responsable de la police : ils vont renforcer les contrôles aux entrées de la ville. Ils craignent un attentat.

– C'est possible ?

– Oui. On a trouvé il y a quelques jours une ceinture d'explosifs, dans une poubelle du quartier du Ksar. Prête à servir. Vraisemblablement quelqu'un qui a renoncé, au dernier moment, à l'utiliser. Cela prouve qu'il y a des réseaux salafistes à Nouakchott, en dépit des précautions prises.

» D'ailleurs, il n'y a plus un touriste en Mauritanie : presque tout le pays est en « zone rouge ».

– Ils ne peuvent pas faire évader leurs amis ? demanda innocemment Malko.

– Non, ils n'en ont pas les moyens militaires.

– Que vont devenir les prisonniers ?

– Ils doivent être transférés dans une prison plus sûre, mais elle n'est pas encore construite.

» J'ai été les voir, il y a quelques jours : ils ont bon moral et sont persuadés de retrouver bientôt la liberté.

– Vous pouvez les rencontrer ? fit Malko, suffoqué.

Ouma sourit.

— Je suis journaliste et le responsable de la prison est un de mes cousins. Ici, nous avons le sens de la famille…

Malko prit distraitement la bière tendue par Marina. Il venait peut-être de trouver un complice pour son projet fou.

CHAPITRE IX

Marina avait remis sa musique brésilienne, ce qui permettait à Malko une conversation discrète avec le journaliste mauritanien. Ce dernier savourait une Carlsberg et semblait disposé à parler.

– Vous avez souvent rencontré ces salafistes ? demanda Malko.

– Oui, bien sûr, pour les interwiever, grâce à mon cousin. Ils parlent volontiers et sont fiers d'appartenir à l'AQMI.

– Ils sont condamnés à mort, pourtant…

Ouma sourit.

– Ils savent bien qu'ils ne seront pas exécutés. D'abord, en Mauritanie, on n'applique plus la peine de mort, ensuite, jamais le président Aziz ne prendra de risque politique, vis-à-vis de l'AQMI.

– Même s'ils ne font que vingt ans de prison, ce n'est pas gai.

Ouma secoua la tête.

– Ils pensent dur comme fer qu'Allah leur viendra en aide, qu'ils parviendront à retrouver la liberté.

– Comment ?

Le Mauritanien eut un geste évasif.

— Ils n'en savent rien encore, mais ce sont des croyants. Ils sont persuadés que Dieu va leur venir en aide. En plus, presque tous les jours, ils reçoivent des visites de leur famille qui leur apporte à manger. La nourriture de la prison est infecte. Les gardiens sont sympas avec eux. Ils ont peur, s'ils les traitent mal, de se faire égorger par leurs amis encore à l'extérieur.

— Il y a des cellules AQMI à Nouakchott ?

— Le gouvernement prétend que non, fit Ouma en souriant, mais il y en a. Il lui jeta un coup d'œil intrigué. Pourquoi me posez-vous toutes ces questions ?

— Je suis un journaliste autrichien et je prépare une étude sur l'AQMI, prétendit Malko.

— Vous voulez les rencontrer ?

— On ne me laissera jamais entrer.

— Non, mais vous pouvez les joindre sur leur portable…

Malko crut avoir mal entendu.

— Ils ont des portables ?

— Oui, bien sûr ! Tout le monde a un portable en Mauritanie.

— Même en prison ! Ils ne risquent pas de communiquer avec les Thuraya de AQMI ?

— Non. La communication est trop chère. Ils parlent juste à leur famille et à leurs amis.

Marina était partie changer le CD. Malko se pencha vers le journaliste mauritanien.

— Je pourrais rencontrer votre cousin ?

Ouma marqua une petite hésitation.

— Je vais lui demander. Pourquoi ?

— Pour qu'il demande à un des prisonniers le

numéro de son portable, que je puisse l'interwiever, par téléphone.

– Je ne sais pas s'il voudra... Il vaudrait mieux demander à l'avocate, Aïcha M'Baye.

– Je le ferai, promit Malko, mais demandez quand même à votre cousin. Ils ne pensent pas à s'évader ?

Ouma sourit.

– Bien sûr que si, mais c'est très difficile. Bien, prenez mon portable et donnez-moi le vôtre. Je vous appelle. Je dois y aller.

Brian Kennedy se leva à son tour, escorté de sa liane orange et lança à Malko.

– Je me lève très tôt demain matin, passez vers onze heures.

– Je vais y aller aussi, fit aussitôt Malko, peu soucieux de retomber dans les griffes de velours de Marina.

Celle-ci lui jeta un regard désolé quand il franchit le portail.

Malko filait déjà dans la pénombre, le cerveau en ébullition. Il entrevoyait une façon possible de remplir sa mission qui le dégoûtait. Dans un pays aussi pauvre et corrompu que la Mauritanie, ce ne devait pas être impossible d'organiser une triple évasion.

Khouri Ould Moustapha, au volant du Hilux, fumait une cigarette dans le parking. Il était à peine neuf heures mais le soleil tapait déjà férocement.

– Je voudrais retourner voir la prison, dit Malko.

Le Mauritanien démarra sans commentaire. Après

s'être dépêtré des embouteillages habituels, le chauffeur s'arrêta sur la bande sablonneuse qui servait de trottoir, face au bâtiment des douanes. Malko examina les lieux. À droite de la prison, s'élevait le QG de la gendarmerie, collé à elle. Même en creusant un très long tunnel, on aboutirait au milieu de la cour, où circulaient sans cesse des militaires.

À gauche, cela semblait être la même chose. Il n'y avait qu'un espace d'un mètre entre le mur de la prison et celui d'un bâtiment à droite dans la cour, une sorte de hangar… Malko voulut vérifier quelque chose.

– Khouri, demanda-t-il, je voudrais visiter le bâtiment des douanes. C'est possible ?

– On va essayer ! dit le Mauritanien.

Malko sur ses talons, il se présenta à la grille où devisaient quelques douaniers. L'un d'eux lui tomba dans les bras ! Ils bavardèrent quelques instants, puis Khouri fit signe à Malko qu'ils pouvaient entrer.

Alors qu'ils traversaient la cour, Malko bifurqua brusquement sur sa droite, en direction du grand hangar collé à la prison.

– Où allez-vous ? demanda Khouri, je leur ai dit que vous vouliez visiter les bureaux. Il n'y a rien là-bas…

– Je veux vérifier quelque chose.

Il accéléra, suivi des yeux par des douaniers intrigués. Il entendit un appel et Khouri lui lança :

– Il faut revenir !

Malko était déjà à l'entrée du hangar. Il y entra. Cela sentait l'huile et la poussière et il était presque entièrement vide, à part quelques véhicules visiblement hors d'usage. Il regarda le sol, s'attendant à trouver du béton. C'était de la terre tassée.

Il ressortit aussitôt, dissimulant sa satisfaction : il venait de poser la première pierre de son plan fou.

*
* *

Brian Kennedy était sous sa douche, après sa séance de sport et Fatimata installa Malko dans le patio, et lui servit un nescafé. Elle avait repris sa tenue africaine : caraco et long sarong imprimé moulant. Une très belle plante.

Brian Kennedy apparut, chemisette et pantalon de toile, visiblement d'excellente humeur.

– Je crois que j'ai une idée ! attaqua Malko.

Il l'expliqua longuement au jeune Américain. Brian Kennedy écoutait en jouant avec sa barbe. Finalement, il hocha la tête.

– Je n'y aurais pas pensé, reconnut-il, mais c'est évidemment une possibilité. Au moins, ce n'est pas brutal. Mais, en admettant que vous arriviez à les faire sortir de cette prison, qu'allez-vous en faire, avec toutes les forces de sécurité sur le dos ? Or, pour les mettre en sécurité, il faut les emmener très loin et très vite. Or, il n'y a que deux itinéraires : un par Nema, l'autre par Atar. Facilement bouclables.

» Si vous vous faites prendre, les autorités d'ici ne seront pas tendres avec vous. C'est vous qui risquez de prendre leur place en prison…

– C'est un risque ! reconnut Malko, mais je n'ai pas tellement le choix. Je suis responsable de la vie de six otages. Si on ne fait rien, ils seront décapités… Pensez-vous pouvoir m'aider ?

– Comment ?

– Vous avez confiance en Fatimata ?

– Pourquoi ?

– Parce qu'on pourrait peut-être l'utiliser. Elle est Mauritanienne, elle peut se faire passer pour une parente.

Brian Kennedy semblait perplexe.

– Il faut lui demander. Mais elle n'aime pas beaucoup les salafistes.

– Moi, encore moins ! rétorqua Malko. Le problème n'est pas là. Ce sont des fous furieux, mais il faut les faire évader.

– OK, je lui demanderai. J'ai une idée pour les planquer éventuellement. Vous avez votre voiture ?

– Oui.

– On va y aller.

– Où est-ce ?

– Au bord de la mer. Là où les Mauritaniens ne vont jamais : il y a deux choses qu'ils haïssent : la mer et les arbres… Je connais un endroit qui pourrait constituer une planque parfaite pour quelques jours.

» Où personne ne pensera à venir vous chercher.

– OK, on y va.

Il ramassa son sac à dos, embrassa Fatimata et s'engagea dans le petit couloir. Ils débouchèrent dans la rue poussiéreuse au sol défoncé. Le Hilux était garé un peu plus loin, en face de la mosquée.

Malko était en train de traverser, l'Américain sur ses talons, quand une détonation sèche claqua dans son dos.

Il se retourna, le pouls à 200.

Se trouvant nez à nez avec un homme au visage

presque entièrement masqué par une chèche beige,
un pistolet à la main. Brian Kennedy était étendu sur
le sol poussiéreux, immobile, et du sang tachait le
col de sa chemisette.

Malko croisa le regard du tueur, le vit lever le
bras, tenant toujours son arme. L'autre fixait sa poitrine, là où il allait tirer. Malko fit un bond de côté,
la détonation claqua, et le projectile le rata.

Déjà, il plongeait la main dans sa sacoche, en
sortant le petit Colt donné par Brian Kennedy.

Désarçonné, le tueur hésita : il ne s'attendait vraisemblablement pas à ce que Malko soit armé. Puis,
au moment où ce dernier sortait le Colt de sa
sacoche, il fit demi-tour et détala dans une petite
ruelle.

Malko se lança aussitôt à sa poursuite.

L'homme perdit ses sandales, mais détala de plus
belle, prenant de l'avance sur Malko : les commer-
çants assis devant leur étal leur jetaient des regards
stupéfaits. Ce n'était pas tous les jours qu'on voyait
un Blanc poursuivre un Mauritanien, une arme à la
main, dans les rues de Nouakchott…

Malko entendit des glapissements derrière lui et
vit des hommes se lever et se lancer à sa poursuite.
Il se dit que s'ils le rattrapaient, ils allaient le lyn-
cher… Mais sa rage de rattraper l'assassin était la
plus forte. Désormais, il ne savait plus où il se trouvait, toutes les rues se coupant à angle droit étant
identiques, bordées des mêmes maisons plates et
carrées, sans le moindre signe de repère.

L'homme devant lui détalait encore plus vite.
Soudain, il disparut au coin d'une rue.

Lorsque Malko atteignit à son tour le croisement, il ne vit plus personne.

Des dizaines de portes s'ouvraient des deux côtés : il n'allait quand même pas fouiller les maisons ! Derrière lui, il entendit des cris vengeurs : on le poursuivait. Il valait mieux abandonner. Pour échapper à ceux qui le poursuivaient, il décida de continuer tout droit pour revenir vers la mosquée Budah. La police allait certainement arriver, appelée par les voisins.

Tout à coup, au moment où il allait rentrer son arme, il vit surgir d'une porte devant lui, l'assassin de Brian Kennedy, brandissant toujours son pistolet.

Le bras tendu, l'homme au chèche visa Malko, à un mètre de distance.

Malko avait déjà levé son Colt.

Les deux hommes appuyèrent en même temps sur la détente, comme dans un duel de western. À cette distance, il n'y avait aucune chance de rater sa cible.

CHAPITRE X

Il n'y eut qu'une seule détonation.

Malko avait instinctivement bandé tous ses muscles, dans l'attente du projectile. Il ne sentit rien, mais vit son adversaire tituber puis reculer sous le choc de la balle de calibre 38 de son Colt. En un éclair, il vit la culasse de l'automatique que son adversaire serrait dans sa main droite en position ouverte.

La douille précédente s'était coincée dans la fenêtre d'éjection.

Une tache sombre commençait à s'élargir sur le boubou bleu pâle du tueur. Celui-ci lâcha son arme, fit demi-tour et détala.

Malko allait se lancer à sa poursuite lorsqu'il fut entouré d'une foule hurlante d'hommes en dharaa qui l'insultaient en français et en hassaniya, le bousculant et commençant à le frapper… Il était au bord du lynchage.

D'un coup de pied, il repoussa le plus proche et, levant son arme, tira deux fois en l'air. Ce qui eut pour effet de refroidir quelques vocations de lyncheurs…

Profitant de l'accalmie, il fonça dans la direction d'où il était venu, priant pour ne pas se perdre. Il lui restait, en tout et pour tout, deux balles dans le barillet du Colt. Pas assez pour tenir tête à une foule déchaînée…

Enfin, il aperçut la rue 54001. Le corps de Brian Kennedy était toujours étendu sur le sol, entouré de badauds, Fatimata agenouillée à côté de lui, hurlait comme une sirène en s'arrachant les cheveux. Une voiture de police blanche et noire déboula, dégorgeant des policiers en uniforme, nerveux et désemparés.

Khouri Ould Moustapha courut vers lui.

– Qu'est-ce qui s'est passé ?

– Un homme a tiré sur nous, il a tué Brian Kennedy. Je l'ai poursuivi, mais il m'a échappé.

Déjà, les policiers les entouraient, plus que méfiants. Heureusement que Malko avait rentré son pistolet. Pour le moment, avec le cadavre de Brian Kennedy, il faisait figure de victime, mais cela risquait de ne pas durer quand la meute lancée à ses trousses allait débouler. Eux, l'avaient vu tirer…

Les consignes de cloisonnement sautaient devant ce cas non-conforme.

Il composa sur son portable un numéro qu'il n'était pas supposé appeler : celui d'Ira Medavoy, le chef de Station de la CIA à Nouakchott.

La conversation fut très courte. Juste le temps d'exposer les faits. Déjà, une foule vociférante l'entourait, menaçante, devant les policiers interloqués.

Fatimata se redressa pour venir à son secours et apostropha les policiers. Après une longue discussion, elle se tourna vers Malko.

– On va vous emmener à la Sûreté Nationale.

Avant de monter dans la voiture de police, il eut le temps de rappeler Ira Medavoy.

***

Depuis plus d'une heure, Malko poireautait dans un salon aux murs verdâtres, en face du bureau du général Mohammed Ould Cheikh Ould Hadi, le directeur général de la Sûreté Nationale.

Ira Medavoy était arrivé presque en même temps que lui. L'Américain se leva.

– Je vais voir Ould Hadi. On se connaît bien. Je vais essayer d'arranger les bidons.

Resté seul, Malko se mit à gamberger furieusement.

Qui avait voulu le tuer, lui et Brian Kennedy ?

Et pourquoi ?

Une demi-heure plus tard, la porte de la salle d'attente s'ouvrit. Ira Medavoy, flanqué d'un moustachu corpulent aux cheveux gris, en costume bleu, qui vint vers lui et lui serra la main. Malko comprit que les choses s'arrangeaient. Le général s'adressa à lui d'un ton onctueux.

– Je suis désolé pour ce qui est arrivé ce matin. M. Medavoy m'a appris qui vous étiez. Il aurait dû me faire part de votre présence.

Malko se contenta de sourire, sans répondre, se demandant ce que le chef de Station avait pu lui dire sur sa présence à Nouakchott… Le général enchaîna.

– Nous avions eu des informations récentes selon lesquelles certains jeunes qui fréquentaient la mosquée Budah avaient pris ombrage de la présence de

M. Brian Kennedy dans ce quartier ; on prétendait
qu'il distribuait des bibles pour convertir les habitants. Il semble que ce soit un jeune du quartier qui
se soit excité.

– Il a aussi essayé de me tuer, remarqua Malko.

Le général ne se troubla pas.

– Évidemment, il ne voulait pas laisser de témoin.
Bon, vous allez pouvoir retourner à votre hôtel avec
M. Medavoy.

– Et le meurtrier ?

– Nous le recherchons activement, affirma l'officier mauritanien. Il sera sûrement bientôt arrêté.

Malko s'abstint de lui dire qu'il l'avait probablement touché. On n'avait pas mentionné le fait qu'il
soit armé, et cela valait mieux.

Le général commandant la sûreté d'État, les
accompagna jusqu'à la grille, passant devant un
peloton de gendarmes équipés GK de la tête aux
pieds qui manœuvrait dans la cour.

– *Well*, vous êtes « grillé » mais cela aurait pu se
terminer plus mal.

– Qu'est-ce que vous lui avez dit ?

– Que vous veniez épauler Brian et que vous
apparteniez au B.N.D. Je vais prévenir mon homologue allemand. Vous vous en êtes bien tiré ! D'habitude, les Mauritaniens sont très sourcilleux.
Heureusement que vous avez été victime.

– Pourquoi a-t-on tué Brian ? demanda Malko
alors qu'ils franchissaient la grille.

– Je n'en sais rien, avoua Ira Medavoy. C'est un
quartier très islamisé. Il suffit qu'un jeune se fasse
monter la tête et qu'on lui donne une arme…

Malko secoua la tête.

– J'ai vu brièvement le visage de cet homme : il avait facilement quarante ans. C'est troublant. J'ai bien eu l'impression que j'étais visé. Il pouvait s'enfuir après avoir tué Brian, il ne l'a pas fait et m'a attendu pour tenter de me tuer…

– C'est bizarre, reconnut le chef de Station. Que voulez-vous faire maintenant ?

– Réfléchir, fit Malko. Déposez-moi au Tfeila.

Ce n'est qu'en remontant l'avenue Charles de Gaulle que l'Américain demanda avec prudence.

– Vous continuez votre mission ? Cela ne va pas être facile. Ils vont vous surveiller désormais. Or, ils sont bons…

– Je vais voir, répondit Malko évasivement.

Ce qui venait d'arriver ne lui simplifiait pas la tâche. Brian Kennedy aurait pu être d'une aide précieuse. Même s'il avait déjà des éléments pour continuer sa folle entreprise.

Mais qui pouvait bien avoir voulu le tuer ? Tout désignait les Salafistes, mais c'était complètement illogique… Malko mort, ils n'avaient aucune chance de faire libérer leurs hommes.

Il n'avait pas répondu à la question lorsque Ira Medavoy le déposa dans l'entrée du Tfeila. À peine eut-il pénétré dans le hall qu'une silhouette jaillit de la pénombre du bar : Fatimata, la « fiancée » de Brian Kennedy.

Les yeux rouges, les traits tirés, la jeune Mauritanienne se jeta pratiquement dans les bras de Malko.

– Pardon de venir ici, mais j'avais trop peur, je ne pouvais pas rester là-bas.

Elle s'accrochait à son bras et sa voix partait dans

les aigus. Les gens de la réception commençaient à regarder…

– Venez, fit Malko en l'entraînant vers l'ascenseur.

À peine dans la chambre, elle s'effondra sur le lit et se mit à sangloter. Il lui laissa le temps de se calmer, puis lui offrit un verre d'eau.

Ses beaux yeux d'antilope respiraient la tristesse et elle semblait sincèrement bouleversée.

– Brian était si gentil ! dit-elle en reniflant. Je lui avais dit de se méfier. J'avais entendu des choses très méchantes sur lui : on disait que c'était un missionnaire qui venait débaucher de bons musulmans.

– Qu'est-ce que vous allez faire ? demanda Malko.

Les traits de la jeune femme s'affaissèrent.

– Je ne sais pas, avoua-t-elle, mais je ne veux pas rester au Ksar toute seule. Ils risquent de revenir pour me tuer.

– Où allez-vous aller ?

Elle redressa la tête et dit, son regard planté dans le sien.

– Vous pourriez me prendre avec vous quelques jours. Après, je vais me retourner. Aller chez des cousins. Il y en a un qui est prêt à m'accueillir, mais si j'y vais maintenant, il va vouloir tout de suite coucher avec moi. Il ne me plaît pas.

Visiblement, le grand écran plat de la chambre ne lui déplaisait pas. Et l'idée que Malko la mette dans son lit, non plus. C'était un peu gênant.

– Fatimata, dit-il, j'ai une meilleure idée : je vais vous installer chez Marina. Elle a des chambres libres. On verra ensuite.

Une légère ombre passa dans le regard sombre de la jeune femme. Ce n'était pas exactement ce qu'elle avait souhaité, mais elle s'arracha un sourire.

– Oui, c'est une bonne idée. Je peux rester ici un peu pour me détendre ? Ensuite, vous m'emmènerez chercher mes affaires au Ksar.

Malko sauta sur l'occasion.

– Parfait. Je vous laisse là.

Il n'eut pas le temps de gagner la porte. Fatimata s'était levée pour venir se coller à lui, des seins aux genoux. D'une voix de petite fille salope, elle murmura :

– Merci, j'ai eu si peur ! Je serai très gentille avec vous.

Malko la repoussa. Brian Kennedy était encore chaud ; elle ne perdait pas de temps.

– À tout à l'heure, promit-il.

Brian Kennedy mort, il devait à tout prix joindre Aïcha M'Baye l'avocate.

– Elle n'est pas là, lança la grosse secrétaire en boubou. Mais elle va revenir. Asseyez-vous.

Malko prit place sur une chaise, décidé à ne plus bouger.

Une heure plus tard, il entendit des pas dans l'escalier et, presque aussitôt, vit surgir d'abord un turban mauve, puis une petite bonne femme à la tête de carlin, en boubou assorti à son turban. Une Noire. La secrétaire avait dû l'avertir car elle ne sembla pas surprise de voir Malko.

– Venez dans mon bureau, proposa-t-elle simplement.

Elle déverrouilla une porte et ils pénétrèrent dans la pièce voisine. Là, il y avait des dossiers, des meubles, une vague décoration, avec un verset du Coran et la déclaration des Droits de l'Homme sur un mur.

– Pourquoi vouliez-vous me voir ? demanda-t-elle.

– Vous êtes l'avocate de Sidi Ould Sidna ?

– Oui.

– Vous le voyez régulièrement ?

– Non, cela dépend. Pourquoi ?

– Je voudrais lui faire passer un message.

Elle sembla surprise.

– Un message ! Quel message ?

– Je ne peux pas vous le dire. Vous pourriez lui remettre une lettre ?

L'avocate hésita.

– C'est délicat. Qui êtes-vous ? Que voulez-vous lui dire ? C'est mon client.

Malko décida de plonger.

– Vous êtes liée par le secret professionnel ?

– Bien sûr.

– Très bien, je vais écrire cette lettre ici, vous la lirez et si vous estimez que vous pourrez la transmettre, vous le faites.

– D'accord. Je vous laisse faire, je vais voir ma secrétaire.

Malko s'installa au bureau et se mit à écrire en français, car son « client » ne parlait sûrement pas anglais.

« Je suis à Nouakchott pour tenter de vous aider à

retrouver la liberté. Par une méthode qui a déjà été
utilisée. De quoi avez-vous besoin ? Donnez la
réponse à la personne qui vous remettra ce mot. »

Il venait de finir quand l'avocate revint dans la
pièce. Il lui tendit le mot, qu'elle lut sans un mot,
lançant ensuite un long regard intrigué à Malko.

– Qui êtes-vous ? Pour qui travaillez-vous ?

Malko sourit.

– Je ne peux pas vous répondre. Je compte sur
votre discrétion. Si vous ne voulez pas le faire, c'est
votre choix.

Elle le fixa longuement, plia soigneusement le
mot qu'il avait écrit et le glissa dans une enveloppe. Visiblement, elle ne saisissait pas la situation.
Qu'un Blanc veuille aider un assassin de l'AQMI la
dépassait.

– Vous avez un portable local ? demanda-t-elle.

– Oui. 8301415.

Elle nota le numéro, puis glissa l'enveloppe dans
son sac.

– Je vous appellerai, promit-elle, maintenant, je
retourne au Palais. J'ai encore une audience.

Lorsque Malko retrouva la chaleur poisseuse, il
était quand même satisfait : en dépit de la mort de
Brian Kennedy, il avait progressé.

Mais qui pouvait avoir voulu le tuer ?

*
* *

À peine eut-il ouvert la porte de sa chambre qu'il
aperçut deux longues jambes noires s'agiter. Fatimata en train de regarder la télé, venait de sauter sur
ses pieds pour saisir le long pagne qu'elle avait ôté

pour se reposer. Il eut le temps d'apercevoir un minuscule triangle de nylon noir, puis elle se drapa dans son vêtement, et demanda.

– On va à Ksar ?

– On y va, répondit Malko.

Khouri Ould Moustapha ne fit aucun commentaire quand la jeune Noire s'assit à l'arrière. La nuit tombait et la circulation était encore plus cahotique.

– Il y a des nouvelles de l'attentat ? demanda Malko.

– Il paraît que la police a arrêté plusieurs jeunes gens qui fréquentent la mosquée, mais on n'a pas retrouvé l'assassin.

Dans le quartier du Ksar, les boutiques étaient encore ouvertes – à Nouakchott, rien ne fermait avant onze heures du soir.

– Je n'en ai pas pour longtemps, lança Fatimata, avant de disparaître dans la petite maison.

Effectivement, moins de dix minutes plus tard, elle réapparaissait avec un gros sac plastique et une petite valise.

– J'espère qu'ils ne vont pas tout voler ! soupira-t-elle. Mais je ne peux pas dormir seule ici. J'ai trop peur.

– On va à la Maison d'Hôtes, indiqua Malko au chauffeur.

Lorsque Marina les vit débarquer, elle fut visiblement surprise. Ignorant ce qui s'était passé, le matin. Quand Malko l'eut mise au courant, elle soupira.

– C'est terrible ! Ces Salafistes sont des fous furieux. Viens, dit-elle à Fatimata, je vais t'installer.

Malko s'installa sous la tonnelle. Perplexe et soucieux.

Désormais, les Mauritaniens savaient qu'il était dans la mouvance de la CIA. Cela n'allait pas faciliter une tâche déjà impossible...

Abruti par la chaleur et la tension nerveuse, il somnolait presque quand Marina réapparut.

– Fatimata veut vous voir, annonça la jeune femme. Elle est très secouée. Je crois qu'elle tenait beaucoup à Brian. C'est au fond du couloir, au premier, précisa la jeune femme.

Fatimata sanglotait, la tête dans ses mains, allongée sur le lit. Elle sembla ne pas s'apercevoir que Malko était entré dans la pièce. Il vint s'asseoir sur le lit et écarta les bras qui lui couvraient le visage.

– Qu'est-ce qu'il y a ?

– J'ai peur. Je ne sais pas ce que je vais devenir ! gémit Fatimata. Il faut me protéger.

Brusquement, elle jeta ses bras autour du cou de Malko et l'attira contre elle. Avec une force inattendue. Il sentit les seins lourds emprisonnés dans le caraco s'écraser sur sa poitrine et elle enfouit sa bouche dans son cou.

– Je vais m'occuper de vous ! promit-il, ému par cette détresse.

– Oh oui ! Ne m'abandonnez pas.

Tout à coup, elle fut contre lui, souple comme une liane, l'épousant de tout son corps. Il sentit le ventre de la jeune femme presser le sien, et sa bouche s'écrasa sur la sienne. Pas pour un baiser chaste.

Fatimata était sûrement secouée par la mort de son amant, mais la vie reprenait le dessus.

Tout en embrassant Malko, elle envoya une main entre leurs deux corps et saisit son sexe, à travers l'alpaga du pantalon.

La langue de la Noire se démenait dans sa bouche et il ne put s'empêcher de laisser sa main glisser le long de la chute de reins callipyge qui recula aussitôt. Pas pour le fuir : Fatimata venait de défaire son zip, d'empoigner son membre à pleine main, et avait besoin d'espace…

Elle glissa son autre main dans son dos et les pressions du caraco sautèrent, libérant deux seins magnifiques.

Elle continuait à le caresser. Malko sentit sa libido se réveiller. Fatimata s'en rendit compte et, d'un geste précis, défit son long pagne.

Révélant un triangle d'astrakan bien taillé.

Elle avait déjà ôté sa culotte, avant l'arrivée de Malko. Le jugeant assez excité, elle bascula sur le dos, ouvrit largement les cuisses et l'attira sur elle.

Trente secondes plus tard, Malko s'enfonçait dans son ventre.

Fatimata appuya sur ses reins pour l'enfoncer encore plus en elle. En même temps, son bassin dansait sans musique. Malko ne résista pas longtemps et se vida dans un cri sauvage.

Demeurant fiché dans le ventre de Fatimata, le cerveau vidé par le plaisir. La vie était injuste : Brian Kennedy reposait dans le tiroir d'une morgue tandis qu'il venait d'éprouver un plaisir fou avec la femme avec qui l'Américain faisait encore l'amour la veille.

*
* *

Fatimata avait repris l'attitude modeste d'une veuve éplorée et Marina faisait le service normalement ; les clients habituels étaient là. Une sorte de retenue freinait les conversations. Malko commençait à comprendre les amoureux de l'Afrique, de cette sexualité chimiquement pure, sans frein, sans fioriture. Juste l'appel de la chair.

Un vent léger refroidissait l'atmosphère et la musique en sourdine évoquait des vacances.

Le portail grinça et Malko devina dans la pénombre le crâne rasé d'Ouma.

Le journaliste vint s'asseoir à côté de lui.

– J'ai appris ce qui est arrivé. Vous avez eu de la chance… dit-il.

– Qui a pu vouloir nous tuer ? demanda Malko.

Le Mauritanien demeura quelques secondes silencieux, prit le temps de décapsuler une boîte de Carlsberg et dit à voix basse :

– La police a découvert tout à l'heure le cadavre d'un homme dans un terrain vague du Ksar, non loin de l'endroit où vous avez été attaqué. Il avait une balle dans la poitrine.

– Qui était-ce ?

– Un certain Salam El Barka. Un gendarme en activité.

CHAPITRE XI

Malko médita quelques instants la révélation du journaliste mauritanien. L'homme qu'il avait entraperçu pouvait être ce mort. Mais pourquoi un gendarme ?

– Vous pensez qu'il y a un lien entre l'attentat et le gendarme ? demanda-t-il.

Ouma sourit.

– Bien sûr. Avez-vous tiré sur lui ?

– Oui.

– Il n'est pas mort sur le coup, il a été se cacher dans un coin, mais n'a pas pu aller plus loin.

– Comment interprétez-vous cela ?

– Je ne sais pas, avoua le journaliste mauritanien. Il agissait sûrement pour le compte de quelqu'un. On a retrouvé l'arme dont il s'est servi. Un pistolet automatique Makarov fabriqué sous licence en Chine. C'est son arme de dotation dans la gendarmerie.

– Vous pensez qu'il agit pour le compte du gouvernement ?

– Pourquoi l'aurait-il fait ?

– Je ne sais pas, avoua Malko, qui ne pouvait

pas révéler la véritable raison de son séjour à Nouakchott.

Le Mauritanien caressa ses cheveux ras, visiblement perplexe.

– Je ne crois pas. Ce n'est pas leur façon de procéder. Ils n'avaient aucune raison de liquider cet Américain, et vous, encore moins. Ils auraient pu l'expulser, au pire.

– Alors, qui ?

– Les Salafistes… Ils ont toujours voulu éliminer Brian Kennedy. Et ils n'ont pas voulu utiliser quelqu'un qui fréquente la mosquée Budah, pour ne pas avoir de problème.

– Ce gendarme n'était pas un jeune homme.

– Cela ne veut rien dire… Les Salafistes ont aussi des membres plus âgés…

Malko ne comprenait pas. Pourquoi les Salafistes qui savaient, eux, la raison de sa présence à Nouakchott, auraient-ils voulu l'éliminer ?

– Moi, je pense que cela n'a rien à voir avec vous, conclut le Mauritanien. Brian Kennedy était menacé depuis longtemps. C'est juste une coïncidence qu'il ait été assassiné lorsqu'il était avec vous.

– C'est vrai, reconnut Malko, sa compagne, Fatimata, m'a dit qu'on les avait menacés…

Le journaliste regarda sa montre.

– Je vais y aller, j'ai un article à faire.

Pris d'une inspiration subite, Malko demanda soudain.

– Vous savez où on a trouvé le cadavre ?

– Pas exactement, mais je peux le savoir. Pourquoi ?

– J'aimerais le voir. Pour vérifier s'il a pu s'enfuir jusque-là.

– Bien, fit le journaliste, déjà debout. Je peux vous y conduire. Je vous retrouve devant la concession Toyota du quartier Ksar. À neuf heures. Tout le monde connaît.

À peine fut-il parti que Malko alla retrouver Fatimata, en grande conversation avec Marina, qui s'éloigna discrètement.

Fatimata coula un regard humide à Malko. Rassurée sur son sort immédiat.

– Brian m'avait dit qu'il connaissait un garçon, membre de son club de sport, qui est le cousin d'un des trois condamnés à mort. Il ne m'a pas donné son nom. Vous pourriez essayer de le retrouver ?

– Oui, dit-elle sans enthousiasme. Je dois aller là-bas demain matin pour vendre des meubles dont je n'ai plus besoin.

– Parfait, approuva Malko. Je viendrai vous chercher pour déjeuner.

Il s'éclipsa et, à peine sorti, il prit le petit Colt dont il avait regarni le chargeur dans sa sacoche, et le garda dans sa main droite, le bras le long du corps. Invisible dans l'obscurité.

En cas d'attaque, il pourrait riposter instantanément. Heureusement il arriva sans encombre au Tfeila.

Pour s'endormir d'un bloc : la journée avait été longue. Et chargée d'adrénaline.

***

C'est la sonnerie du portable qui le réveilla; le local. Une voix d'homme dont il eut du mal à comprendre le nom.

– C'est pour la Land-Cruiser, je voudrais vous rencontrer… Aman Ould Bija, le contact de l'AQMI.

Le pouls au plafond, Malko demanda aussitôt.

– Où?

– Dans le quartier Arafat. Vous prenez la route de Atar. Au rond-point de la deuxième Centrale Électrique, vous verrez un «goudron» qui part sur la gauche. Il faut le suivre jusqu'au poteau 18. Là, quelqu'un vous attendra. Venez dans une heure.

– Impossible, refusa Malko, j'ai déjà un rendez-vous.

– Alors, dans deux heures, conclut son interlocuteur, avant de raccrocher.

La concession Toyota était cachée au fond d'une voie sablonneuse et défoncée. Malko aperçut une Toyota Corolla arrêtée en face d'où Ouma émergea.

– Je sais où c'est, annonça le Mauritanien. Ce n'est pas loin.

Malko monta à côté de lui et ils s'enfoncèrent dans les ruelles du quartier Ksar, débouchant en face de la mosquée Budah, puis continuant derrière, pour s'arrêter une centaine de mètres plus loin, en face d'une maison écroulée donnant sur un petit terrain vague.

– C'est là! annonça le journaliste.

À peine étaient-ils descendus de la Toyota que plusieurs gamins les entourèrent, morts de curiosité.

Ouma leur jeta une question et le plus audacieux s'avança vers le terrain vague et s'y allongea, mimant le cadavre. Malko avait rapidement évalué la distance : c'était très possible qu'avec une balle dans la poitrine, le meurtrier de Brian Kennedy ait pu parcourir une centaine de mètres…

– Bien, conclut-il, ce doit être lui…

Au moment où ils regagnaient la voiture, un des gamins jeta une phrase brève à Ouma, qui se retourna vers Malko.

– Il prétend qu'il a ramassé un portable que le mort était en train d'utiliser.

Le gosse avait sorti de sa poche un petit Nokia qu'il dissimulait dans le creux de sa main… Le pouls de Malko s'envola.

– Il faut le récupérer !

Ouma était plus réservé.

– C'est peut-être tout simplement un portable qu'il a volé quelque part, objecta-t-il. Ils sont malins.

– Combien veut-il ?

Le gosse jeta un chiffre et le journaliste esquissa le geste d'une torgnole.

– Il est fou. Il demande 10 000 ouguiyas !

Le prix d'un repas à deux dans un bon restaurant de Nouakchott. Malko était sur des charbons ardents et plongeait déjà la main dans sa poche. Ouma se pencha vers lui.

– Donnez-moi 2 000 ouguiyas.

Malko lui tendit le billet bleu.

Le gosse s'en empara comme un lézard gobe une

mouche et s'enfuit, poursuivi par ses copains qui voulaient une part du gâteau.

Ouma tendit le Nokia à Malko.

– Vous avez peut-être perdu 2 000 ouguiyas, fit-il avec philosophie.

C'était peut-être un bon investissement, se dit Malko. Il vérifia le Nokia : il ne s'alluma pas. Le Mauritanien avait peut-être raison : le gosse lui avait refilé un vieux truc sans valeur.

Il n'avait plus qu'à se rendre à son second rendez-vous. Cette fois, il avait besoin de Khouri Ould Moustapha.

*   *
*

Le ruban d'asphalte s'enfonçait vers l'est, desservant des dizaines de rues sablonneuses bordées de petites maisons au toit plat. Le quartier Arafat grandissait tous les jours, nourri par le flux constant des Mauritaniens attirés par la ville ou ruinés par la sécheresse.

Quelques boutiques, les éternels marchands de pièces détachées de voiture. Un paysage plat, poussiéreux, sans un étranger. Ici, même si le centre n'était qu'à une dizaine de kilomètres, on était dans un autre monde.

Khouri Ould Moustapha zigzaguait entre les charrettes de fûts d'eau potable tirés par les petits ânes résignés. Ici, il n'y avait ni eau potable, ni tout à l'égout et très peu d'électricité…

Malko comptait les poteaux électriques. Au dix-septième, il demanda au chauffeur de ralentir puis il s'arrêta en face du dix-huitième poteau. La route continuait encore sur plusieurs kilomètres, se terminant en plein désert.

Malko descendit du Hilux sur le bas-côté poussiéreux, en face d'une pile de bouteilles de Butagaz offertes à la vente. Une Mercedes de l'âge de pierre était sur des cales, à côté, en train de retrouver une nouvelle jeunesse sous les doigts habiles de trois mécanos.

Khouri Ould Moustapha alla se garer un peu plus loin à l'ombre. Malko commençait à cuire sous le soleil brûlant lorsqu'un jeune homme, en *dharaa* beige s'approcha, appuya la main droite sur son cœur, avant de la lui tendre pour la serrer entre ses mains.

– Salamaleikoun.

– Aleykoun salam, répondit Malko.

Quand même sur ses gardes, le zip de sa sacoche ouvert afin de pouvoir saisir rapidement son Colt Deux Pouces.

Avec un sourire engageant, le jeune homme lui fit signe de le suivre. D'abord un passage entre deux maisons, puis un terrain vague au sol inégal qu'ils traversèrent en biais, débouchant sur un groupe de constructions.

Malko aperçut le minaret d'une mosquée dépassant d'un mur d'enceinte.

Son «guide» poussa une porte de fer et ils débouchèrent sur une cour en travaux.

Un peu plus loin, des jeunes enturbannés lisaient debout dans la petite cour : des étudiants. Apparemment, la mosquée comportait aussi une école coranique.

Son « guide » le mena jusqu'à un bâtiment moderne, plutôt froid, et s'engagea dans l'escalier.

Il frappa à une porte du premier étage, l'entr'ouvrit et s'éclipsa. Le battant fut ouvert par un homme de très petite taille, une allure d'intellectuel, drapé dans une dharaa, avec une barbe noire fournie et bien coupée.

Il tendit la main à Malko et annonça d'une voix onctueuse :

– Je m'appelle Anouar Ould Haiba. Je suis professeur dans notre école d'oulemas.

– Ce n'est pas une mosquée ?

– Si, c'est la mosquée de notre Mufti Dadew, qu'Allah veille sur lui. Il est en ce moment à l'étranger et se rend ensuite à notre saint pèlerinage du Hadj, à La Mecque. Asseyez-vous.

Malko était à peine dans son fauteuil que le jeune homme qui l'avait amené entra avec un plateau sur lequel se trouvaient des verres et une théière.

Inévitable cérémonial.

L'atmosphère était confite en dévotion, un peu comme dans un couvent. Malko vida son verre de thé et demanda.

– C'est vous qui avez demandé à me voir ?

– Non, non, celui qui veut vous voir va venir. Voulez-vous visiter l'école des oulemas, en attendant ?

Malko déclina poliment.

Au troisième verre de thé, la porte s'ouvrit sur un colosse barbu avec des lunettes métalliques, dans la même tenue qu'Anouar Ould Haiba, qui fit les présentations.

– Le frère Moktar désirait vous rencontrer. Vous parlez anglais ?

– Oui, pourquoi ?

– Le frère Moktar ne parle qu'hassaniya et anglais ; il vient de Malaisie.

Le nouveau venu fixait Malko d'un regard à la fois bienveillant et dominant. Il s'assit en face de lui et croisa les mains sur ses genoux.

Anouar Ould Haiba enchaîna : il arrive de Tombouctou. Il a rencontré là-bas certains de nos frères « égarés » qu'il tente de faire revenir à une notion plus juste de l'Islam.

– Des gens de l'AQMI ?

Le sourire onctueux du professeur s'élargit.

– Il va vous le dire. Je crois qu'il a un message très important pour vous.

CHAPITRE XII

Il dit quelques mots à l'homme de Tombouctou qui s'adresssa aussitôt en anglais à Malko.

– Nous avons appris que vous avez été victime d'une tentative d'attentat. Nos frères de la katiba « Tarek Ibn Zyad » tiennent à vous faire savoir qu'ils ne sont pour rien dans cette affaire.

Malko se dit que l'AQMI ne perdait pas de temps pour réagir.

– Qui cela peut-il être ? demanda-t-il.

Le Mauritanien eut un geste évasif.

– Nous l'ignorons. Peut-être les mécréants du gouvernement du président Ould Aziz.

– Ce ne serait pas plutôt la personne qui se trouvait avec moi, Brian Kennedy, qui était visée ? interrogea Malko.

Moktar secoua la tête.

– Cet homme était en effet un « missionnaire » essayant d'arracher des croyants à la vrai foi, mais rien n'était programmé contre lui.

Il semblait catégorique : le mystère restait entier. Malko se dit que le portable « parlerait » peut-être et enchaîna.

– Je vous remercie. Avez-vous un autre message à me transmettre ?

Enfoncé dans son fauteuil, les mains croisées sur son ventre replet, Anouar Ould Haiba semblait somnoler. L'interlocuteur de Malko se pencha légèrement en avant.

– Le Cheikh Abu Zeid a décidé de donner une leçon aux infidèles qui nous combattent et mènent un double jeu contre nous, en dépit de nos accords.

– Un double jeu ?

Malko ne comprenait plus.

– Oui, confirma le grand barbu. Depuis deux jours, la zone où se trouve le Cheikh Abu Zeid a été survolée par des appareils militaires, à très basse altitude. L'un d'eux a largué ce que nous croyons être une balise radio. Il s'agit d'un geste hostile, alors que nous vous avons accordé un délai pour répondre à nos demandes.

Décontenancé, Malko protesta.

– Je ne suis au courant de rien ! Moi, je me trouve à Nouakchott où je m'efforce de trouver une façon de faire libérer vos trois condamnés à mort.

Le grand barbu eut un geste apaisant, signifiant qu'il ne reprochait rien à Malko et enchaîna.

– Je vous crois, cependant, à la suite de cet incident, le Cheikh Abu Zeid a pris la décision d'éliminer un des otages en sa possession pour éviter le retour d'un incident semblable. Inch Allah, il sera décapité demain matin.

Malko sentit son sang se glacer dans ses veines. Puis se mettre à bouillir.

– Vous êtes fou ! protesta-t-il. Vous aviez promis de ne pas toucher aux otages avant sept jours.

Nouveau geste apaisant, mais le grand barbu continua de la même voix monotone et douce.

– Je ne suis qu'un messager. Voilà ce que j'avais à vous dire. Le Cheikh Abu Zeid se sent trahi. Même si vous n'y êtes pour rien.

Il se leva, prêt à partir. Malko étouffait de fureur. Machinalement, sa main s'enfonça dans sa sacoche de cuir, effleurant la crosse du Colt deux Pouces. Il ne réfléchissait plus, envahi par une fureur aveugle. Avec les cinq cartouches de son barillet, il pouvait abattre les deux hommes en face de lui et s'enfuir de la mosquée.

Comme s'il avait lu dans ses pensées, le grand barbu précisa :

– Il ne sera rien fait aux cinq autres otages tant que le délai prévu ne sera pas dépassé, Inch Allah.

Malko serrait la crosse du petit revolver quand le large dos de l'envoyé de l'AQMI franchit la porte. Il savait que l'abattre n'aurait servi à rien. Ce sont les otages qui auraient probablement payé pour lui… Il se tourna vers Anouar Ould Haiba.

– Vous avez entendu ?

L'autre inclina silencieusement la tête.

– Vous ne pouvez rien faire ?

Anouar Ould Haiba secoua sa barbe noire.

– Personne ne peut se mettre en travers d'une décision du Cheikh Abu Zeid. Les Américains n'ont rien à faire en Afrique. S'ils se retiraient, cela serait beaucoup mieux.

Malko s'étranglait de rage. Il se leva et gagna la porte sans même dire au revoir. Ces Salafistes étaient des fous furieux qu'il fallait éradiquer par tous les moyens. Hélas, pour l'instant, ils pouvaient faire chanter la plus grande puissance du monde qui avait une autre idée qu'eux de la vie humaine.

Lorsqu'il sortit de la mosquée, il avait envie de crier. Il regagna le « goudron » et Khouri Ould Moustapha donna un coup de phare.

— Ça va ? demanda-t-il, quand Malko monta dans la Toyota.

— Non, laissa tomber Malko. On va à l'ambassade américaine.

— Je ne pourrai pas aller jusqu'à la grille, avertit le Mauritanien. Il faut une autorisation spéciale.

— Ça ne fait rien, je marcherai.

Ira Medavoy, le chef de Station de la CIA à Nouakchott, bien que retranché derrière ses barbelés, ses caméras et ses blocs de béton, était effondré.

— Je ne suis au courant de rien, concernant ces survols, affirma-t-il. Je vais tout de suite vérifier avec Dakar et Tamanrasset. Les vols ne peuvent venir que de là. Mais cela m'étonnerait : on sait que tout repose sur vous et qu'il n'y a aucune chance de libérer nos otages par une opération militaire.

Malko, encore ivre de rage, faillit oublier le portable Nokia récupéré au Ksar. Il le sortit de sa sacoche et expliqua sa provenance.

— Il faudrait le faire parler. Si c'est vraiment celui de l'assassin de Brian Kennedy, cela pourrait donner quelque chose. À propos, est-ce que vos homologues vous ont parlé de ce gendarme, qui pourrait être l'assassin ?

— Non, pourtant ce matin, j'étais chez eux pour

leur signaler qu'un camion d'explosifs avait été chargé à Gao, en vue d'un attentat en Mauritanie.

– C'est bizarre, conclut Malko. Vous ne voulez pas leur en parler ?

– Cela ne servira à rien ! Ils sont très cachotiers. S'ils ne m'ont rien dit, c'est qu'ils sont mal. Il vont m'enfumer, me dire que cela n'a rien à voir avec le meurtre de Brian. En plus, nous ne connaissons même pas le nom de cet homme. Nous avons juste un témoignage officieux.

» On va ausculter ce Nokia, promit-il, mais si ce sont des numéros locaux, cela ne mènera à rien… Et votre affaire, cela avance ?

– C'est trop tôt pour le dire, assura Malko, évasif.

Le chef de Station n'insista pas, se contentant de soupirer.

– J'espère que vous ne mordrez pas la ligne rouge. Tenez, prenez une bière.

Ils avaient presque fini leur Budweiser lorsque la secrétaire entra et déposa un message juste décrypté sur le bureau du chef de Station. Celui-ci y jeta un coup d'œil et leva les yeux vers Malko.

– Aucun appareil de chez nous n'a survolé cette zone, annonça-t-il. Nous avons reçu l'ordre de ne pas bouger tant que les négociations sont en cours.

– Alors, d'où peut venir cet avion ?

– Le choix est vite fait. Cela peut être un Breguet de reconnaissance français, mais ils volent à haute altitude ou alors, un appareil algérien venu de Tamanrasset. Les autres pays n'ont rien qui puisse voler aussi loin.

» On va demander aux Algériens et vérifier avec nos relevés radar.

– Ils savent que nous négocions ?

– Non, bien sûr. Et on ne veut surtout pas leur dire. Ils seraient fous furieux.

– Pourtant, vous êtes très proches de leurs services.

L'Américain eut un sourire amer.

– Nous avons besoin les uns des autres, mais ils ne nous aiment pas et nous n'avons aucune confiance en eux. C'est comme les Mauritaniens : ils ne savent jamais rien, même si on leur donne des tas d'informations recueillies grâce aux moyens techniques. Ils sont fermés comme des huîtres.

– Vous allez transmettre l'avertissement d'Abu Zeid ?

– Dès que vous serez sorti de ce bureau. J'espère que c'est du bluff. Ils font cela souvent : ils menacent et puis, au dernier moment, accordent un délai supplémentaire. Ils adorent jouer avec nos nerfs…

Malko hocha la tête.

– Si on récupère ces otages, il faudrait vraiment les aplatir jusqu'au dernier.

– Donnez-moi deux F.16 ! renchérit Ira Medavoy, avec quelques bombes à fragmentation et il n'en restera rien. En attendant, il faut serrer les dents.

Il donna une vigoureuse poignée de main à Malko.

– *Take care*. Et que Dieu soit avec vous !

Malko dut parcourir deux cents mètres à pied avant de retrouver le Hilux. Toujours noué. Il lui restait deux cartes à jouer : l'avocate et le cousin d'un des condamnés.

Pourvu que Fatimata l'ait retrouvé.

– On va à la Maison d'Hôtes ! dit-il.

Fatimata n'était pas revenue et Malko regagna le Tfeila.

Obsédé par le message d'Abu Zeid : il n'arrivait pas à y croire, c'était trop abominable, ce meurtre décidé froidement, lucidement, juste pour montrer sa force. Cela lui coupait l'appétit. Il s'allongea sur son lit et, sans s'en rendre compte, s'endormit. La fatigue nerveuse. Lorsqu'il se réveilla, il était sept heures. Il descendit à la piscine pour s'aérer. Sans nouvelles de personne.

Les chauves-souris plongeaient dans la piscine pour se désaltérer, dans la tiédeur du soir. En dépit des 35°, on n'éprouvait pas une impression de chaleur.

Il regarda le ciel où apparaissaient les premières étoiles. Priant pour que Abu Zeid change d'avis.

Le soleil commençait à rosir le ciel, de l'autre côté du massif des Iforhas, découvrant les crêtes du Tassili avec une netteté incroyable. Le silence était absolu : dans cette région déserte, inhospitalière, il n'y avait presque pas d'animaux, à peine quelques oiseaux, surtout des aigles et des vautours. Mohammed Ould Bechar se glissa hors de sa tente et gagna un petit promontoire surplombant l'emplacement où se trouvait la moitié de la katiba d'Abu Zeid.

Arrivé là, il déplia un petit tapis de prière troué et sortit de la poche de sa djellaba un transistor. Celui-ci était réglé sur Radio Tombouctou qui diffusait les cinq prières de la journée à l'intention de ceux, comme lui, qui se trouvaient isolés en plein désert, loin de toute mosquée.

Il était pile à l'heure. Les premiers versets du Coran lui serrèrent la gorge : c'était toujours aussi beau. Il s'agenouilla, tourné vers le sud-est, là où se trouvait La Mecque, et commença la première prière du jour.

Avec une piété particulière.

Aujourd'hui, il allait remplir la volonté d'Allah le Tout Puissant et le Miséricordieux.

Lorsqu'il se releva, il était plein de courage. Il roula son tapis et regagna sa tente. À part les « *choufs* »[1] disséminés sur les hauteurs entourant le campement, il était encore le seul à être debout. Il alla s'installer contre une Land-Cruiser dissimulée sous une bâche couleur désert, adossée à une grotte, et sortit le long poignard qui ne le quittait jamais. Se servant de sa Kalachnikov comme d'une pierre à aiguiser, il se mit à promener la lame pourtant déjà tranchante sur l'acier bruni.

Quand il jugea que la lame était assez aiguisée, il remit le poignard dans son étui et se leva pour gagner une grotte un peu en retrait. Un homme veillait à l'entrée, assis en tailleur, sa Kalachnikov posée en travers de ses genoux. Il se leva et étreignit silencieusement Mohammed Ould Bechar. Ce dernier lui glissa, à voix basse.

– C'est l'heure d'accomplir la volonté d'Allah, mon frère.

_____
1. Guetteurs.

Ils pénétrèrent tous les deux dans la grotte où une forme était étendue sur le sol, enroulée dans une toile beige. Mohammed Ould Bechar fit glisser la toile, découvrant une femme endormie en chien de fusil.

Elle sursauta en sentant la toile glisser et se dressa, en s'appuyant sur ses mains.

Judith Thomson allait beaucoup mieux, mais souffrait encore d'une dysenterie tenace. La nourriture et l'eau.

Son gardien la prit sous les aisselles pour l'aider à se lever. Elle se laissa faire. C'était l'heure où on la traînait dehors pour qu'elle se vide sans empuantir la grotte où elle passait le plus clair de son temps. Les six otages avaient été répartis dans différents endroits au cas improbable d'une opération surprise.

Elle parcourut quelques mètres, clignant des yeux devant le soleil levant. Épuisée, elle se laissa tomber à genoux, sur le rocher plat, accompagnée par l'homme qui la maintenait. Ses douleurs abdominales reprenaient. Elle serra son ventre à deux mains, le comprimant comme pour empêcher la boue fluide et malodorante d'en sortir. Depuis longtemps, elle avait abdiqué tout sentiment de honte.

La tête penchée sur sa poitrine, elle ne vit pas l'homme qui l'avait aidée se placer devant elle et sortir d'une poche de sa djellaba une petite caméra numérique compacte qu'il braqua sur l'otage.

Judith Thomson ne vit la caméra que quelques secondes plus tard, lorsqu'une main saisit ses cheveux pour lui rejeter la tête en arrière.

Elle sentit quelque chose de froid sur sa gorge. Une sensation désagréable qui ne dura pas, suivie d'une brûlure atroce.

Elle ouvrit la bouche pour crier, mais aucun son n'en sortit. La lame effilée du poignard de Mohammed Ould Bechar venait de lui trancher la gorge d'une carotide à l'autre.

Le cameraman recula vivement pour ne pas être arrosé de sang tandis que le corps décapité plongeait en avant.

Mohammed Ould Bechar essuya sa lame au vêtement de la femme qu'il venait d'égorger.

L'âme en paix.

Comme le Coran l'exige, il avait égorgé l'Infidèle, alors qu'elle était tournée vers La Mecque. Sans la faire souffrir, car il avait aiguisé son poignard, afin de lui éviter toute douleur inutile.

En bon musulman.

La même règle religieuse était valable pour les moutons qu'on égorgeait avant l'Aid El Kebir et pour les Infidèles. Allah le Tout Puissant interdisait de faire souffrir inutilement.

CHAPITRE XIII

– *They did it ! The bastards ! They did it ! We should kill them all !* [1]

Le chef de Station criait, tempêtait, sanglotait au téléphone. Malko l'écoutait, glacé. Revoyant le grand barbu et son allure d'intellectuel bien sage. Ainsi, l'Émir Abu Zeid avait exécuté sa menace.

Le coup de fil de l'Américain l'avait arraché au sommeil et désormais, il était lucide, ivre d'une rage froide et impuissante. Profitant d'une pause d'Ira Medavoy, il demanda.

– Qui ont-ils exécuté ?

– Judith Thomson, la seule femme du groupe. Celle qui avait été blessée dans l'accident du King Air ; une jambe cassée.

Malko voulut se raccrocher à un dernier espoir.

– C'est certain ? Ce n'est pas du bluff ?

– Non, ils ont mis en ligne la décapitation, filmée en direct. Al Jezirah a refusé de la diffuser, mais elle est passée sur le site Al Ansar, comme le communi-

---

1. Ils l'ont fait ! Les salopards ! Ils l'ont fait ! On devrait tous les tuer.

qué 22 du Cheikh Abu Zeid. C'est Washington qui m'a prévenu.

– C'est abominable ! conclut Malko, tordu de fureur.

– Ils vont faire la même chose avec les autres ! reprit l'Américain. Ils font pression sur nous. L'avion qui les a survolés, c'est sûrement bidon. Ils veulent être certains qu'on va faire droit à leur demande.

La conversation devenait dangereuse si elle était écoutée. Dans sa rage et sa douleur, le chef de Station risquait d'être imprudent.

– Vous êtes à l'ambassade ? demanda Malko.

– Oui.

– Je viens vous voir. Prévenez la Sécurité.

Il était à peine neuf heures du matin. Malko avait d'autres choses à faire, mais il prit juste le temps d'appeler Aïcha M'Baye. Tombant sur son répondeur.

Désormais sa mission impossible prenait un relief différent. Il fallait à la fois réussir, et venger Judith Thomson.

*
* *

Ira Medavoy avait les yeux rouges et les traits tirés. À peine Malko fut-il dans son bureau qu'il fit pivoter vers lui l'écran de son ordinateur.

– Regardez.

Malko se força à regarder. C'était horrible, encore plus à cause de la crudité des couleurs. Une voix faisait un commentaire en arabe, tandis qu'un homme dont le visage était dissimulé par un chèche beige, attrapait les cheveux de la femme agenouillée et approchait un poignard de sa gorge. Malko ferma les yeux quand la lame déchira le cou de la victime. Il entendit seulement dans un brouillard les derniers mots de la harangue du commentateur invisible : « Allah ou Akbar ». Dieu est Grand.

Cela le ramenait des années plus tôt en Irak, quand les groupes salafistes égorgeaient systématiquement leurs otages.

– Éteignez ça ! demanda-t-il, cela ne nous apprendra rien de plus.

Ira Medavoy obéit et alluma une cigarette bien que le bureau, comme toute l'ambassade, soit « non fumeur ».

– Les salauds ! répéta-t-il. Si je tenais ce type, je l'étranglerais de mes propres mains.

– Ce n'est qu'un fanatique parmi d'autres, tempéra Malko. C'est toute cette mouvance qu'il faut éradiquer. Par tous les moyens.

Le chef de Station releva la tête.

– Où en êtes-vous ?

– Je n'ai pas beaucoup avancé, avoua Malko.

Rapidement, il résuma les deux pistes qu'il suivait. Toutes deux très aléatoires.

– Il faut que vous réussissiez ! martela le chef de Station. Quand on m'a parlé de ce projet, j'étais réticent. Aider des salauds pareils à s'évader, cela me hérisse. Seulement, c'était avant cette vidéo… Nous avons encore cinq camarades dans ce foutu désert. Ils vont y passer si on ne fait rien.

Devant le silence de Malko, il ajouta aussitôt.

– Je sais ce que vous pensez : mettre en liberté des types pareils, c'est un crime contre l'humanité…

Seulement, laisser égorger nos copains, c'en est un aussi. Sauvons-les d'abord. Ensuite, on verra. Je ne veux pas revoir une vidéo pareille.

– Je vais mettre le turbo ! affirma Malko. J'éprouve les mêmes sentiments que vous, mais il faut être pragmatique. Seulement, il y a encore un problème. Qui a essayé de m'assassiner ? Si ce sont des gens téléguidés par le gouvernement maurita-nien, ils vont me mettre des bâtons dans les roues.

– J'aurai les résultats de l'examen du portable ce soir, affirma Ira Medavoy. En attendant, ne perdez pas une minute.

– Vous pouvez compter sur moi.

La Maison d'Hôtes semblait complètement endor-mie. Malko traversa le jardin et aperçut dans la cuisine une Noire en train d'éplucher des légumes.

– Madame Marina dort encore, annonça-t-elle. Ils ont fait la fête hier soir.

– Ça ne fait rien, affirma Malko en s'engageant dans l'escalier.

La porte de la chambre de Fatimata n'était pas fermée à clef. Elle grinça légèrement quand Malko la poussa. La Noire se dressa sur son lit, d'abord effrayée, puis se détendit.

– Malko !

Il s'assit au bord du lit.

– Vous ne m'avez pas appelé hier. Vous avez pu rencontrer le « cousin » ?

– Mon portable était déchargé. Oui, je l'ai vu, mais ça n'a pas été facile. Je l'ai attendu longtemps et ensuite, il ne voulait pas me parler parce que je suis une femme. Il est très religieux… Enfin, lorsque je lui ai dit qu'un Blanc s'intéressait à son cousin Anouar Ould Haiba, il ne me croyait pas.

– Et après ? insista Malko, qui trépignait intérieurement.

– Il veut bien te rencontrer. Vers trois heures, aujourd'hui, mais pas dans le quartier du Ksar.

– Où ?

– Il m'a donné rendez-vous au rond-point de Madrid. À la station-service Star.

– Vous savez conduire ?

– Non, pourquoi ?

– Pour rien. Je vous retrouve ici à deux heures.

Elle le fixa avec une moue sensuelle.

– Vous ne restez pas un peu ?

Malko repoussa la tentation. Il lui suffisait de repenser à l'abominable vidéo pour sentir sa libido se recroqueviller.

– J'ai besoin d'un Nokia avec une carte qui permette de téléphoner longtemps sans être rechargé, annonça Malko à Khouri Ould Moustapha.

– Bien, on va aller au Ksar Market, dit le Mauritanien.

Une demi-heure plus tard, ils étaient dans l'allée des portables. Malko resta dans le Hilux tandis que le chauffeur négociait. Il revint avec un Nokia gris, un chargeur et plusieurs cartes pour le recharger. Le numéro était noté au feutre sur une des cartes.

– OK, on retourne à l'hôtel.

Arrivé au Tfeila, il se tourna vers le chauffeur.

– J'ai besoin de votre véhicule tout à l'heure.

Le Mauritanien se rembrunit.

– Sans moi ?

– Oui. Je conduirai ; j'en ai pour deux heures.

– C'est difficile de conduire à Nouakchott. Il n'y a pas d'assurance…

– Je m'en sortirai, affirma Malko et, s'il y a un pépin, je paierai les dégâts.

Sans attendre la réponse de Khouri Ould Moustapha, il remonta dans sa chambre et rappela l'avocate. Toujours sur répondeur.

Le colonel Smain Abu Khader avait mal dormi, dans la chambre spartiate qui lui était réservée dans le compound de l'ambassade d'Algérie. S'attendant à chaque seconde à recevoir un coup de fil de ses homologues mauritaniens. Mais, plus le temps passait, plus les chances d'avoir un problème diminuaient. Visiblement, Salam el Barka, l'assassin de Brian Kennedy, n'avait pas parlé. Lui mort, il était tranquille. Ce serait très difficile d'établir un lien entre ce gendarme recruté des années plus tôt en Algérie, et lui.

Ce qui laissait son problème entier.

L'homme que les Américains avaient dépêché à Nouakchott pour faire évader les trois condamnés à mort, était toujours dans la nature et le colonel algérien ignorait où en était son projet. Évidemment, il avait toujours une solution extrême : prévenir les autorités mauritaniennes qui mettraient aussitôt les condamnés au secret dans une caserne. Cependant, son esprit tordu répugnait à une solution aussi directe : il préférait rester dans l'ombre. Il décida d'attendre encore quarante-huit heures et de recontacter sa « taupe ».

Malko évita de justesse un taxi en loques qui remontait à contresens l'avenue Gamal Abdel Nasser et Fatimata poussa un cri effrayé. Nouveau coup de volant et le 4×4 pila en face d'une Mercedes arrêtée au milieu du carrefour.

Sa conductrice était tranquillement en train de téléphoner, indifférente au magma de véhicules bloqués par sa désinvolture.

– Ah, ici, les femmes, elles font ce qu'elles veulent ! dit en riant Fatimata.

Un policier, à trois mètres de là, regardait la scène d'un œil torve. S'il était intervenu, l'automobiliste lui aurait arraché les yeux. Malko baissa les yeux sur son poignet. Deux heures moins dix et le rond-point de Madrid était encore loin. Impossible de reculer, bloqué par un camion citerne. Heureusement, il n'y avait pas de bus à Nouakchott. À côté de lui, les trente passagers d'un taxi brousse, hébétés de fatigue et de chaleur, ressemblaient à des ruminants qu'on mène à l'abattoir.

– Essaie de lui parler ! proposa Malko.

Gentiment, Fatimata descendit du Hilux et alla parlementer avec la femme. Miracle, celle-ci ferma son téléphone et daigna avancer de quelques mètres,

libérant une centaine de véhicules. Fatimata remonta
en riant.

– Je lui ai dit que j'avais rendez-vous avec mon
amant… Elle a compris.

Miracle de la solidarité féminine. Vingt minutes
plus tard, Malko aperçut la pyramide de livres en
ciment surmontée d'une petite pyramide en pierre
marquant le centre du rond-point de Madrid. Étonnant dans cette ville totalement déculturée. Il était
en retard et avait l'estomac noué.

La station-service Star, de l'autre côté du rond-point, semblait à des années-lumière.

De nouveau, tout était bloqué.

– Vas-y à pied, lança Malko à Fatimata.

La Noire partit en zigzaguant entre les véhicules
bloqués dans l'embouteillage. Malko mit quand
même dix bonnes minutes avant de la rejoindre. Un
jeune Mauritanien très maigre, en sandales et *dharaa* blanche, la barbe peu fournie, une moustache
réduite à un trait, attendait à un mètre d'elle.

Lorsque Malko s'arrêta à leur hauteur, Fatimata
ouvrit la portière avant du pick-up et monta à l'arrière. Le jeune homme prit place à l'avant et tourna
vers Malko un regard intrigué. Il le salua, la main
droite sur le cœur.

– Salam aleikoun.

Malko lui rendit son salut tandis que Fatimata
précisait :

– Il parle seulement hassaniya, juste quelques
mots de français. Il est très jeune : vingt ans.

Malko redémarra et s'engagea sur la route de
Nema. Cinq cents mètres plus loin, il descendit sur
le vaste bas-côté sablonneux et s'arrêta à côté d'un

troupeau de moutons. Tourné vers Fatimata, il lança
à la jeune femme.

– Dis-lui que je veux du bien à son cousin, Maarouf, et que je voudrais entrer en contact avec lui.

Le jeune homme lâcha quelques mots.

– Il demande qui vous êtes, pourquoi vous vous
intéressez à lui ? Vous qui êtes un mécréant.

Malko avait préparé sa réponse. Il tendit au jeune
homme un papier sur lequel se trouvaient le nom et
le numéro du Mufti Dadew, le contact d'AQMI.

– Dis-lui que s'il a un doute, il aille voir cet
homme. Il lui dira qu'il peut avoir confiance en moi.

Le nom du Mufti Dadew sembla dégeler un peu
le jeune homme, qui mit le papier dans sa poche.

– Est-ce qu'il voit souvent son cousin, en prison ?

Réponse confuse.

– Lui, non, il n'a pas le temps, mais quelqu'un de
la famille va presque tous les jours apporter de la
nourriture. Sinon, il mourrait de faim. Cela coûte très
cher parce qu'il faut acheter les gardiens.

– Parfait, dit Malko, tirant de sa sacoche le Nokia
tout neuf et son chargeur. Qu'il prenne ce téléphone
et qu'il se débrouille pour le faire parvenir à son
cousin. Est-ce qu'il parle français ?

– Un peu.

– Bien. On se débrouillera. Je mets mon numéro.
Dès qu'il a le Nokia, qu'il m'appelle. Il croit que
c'est possible ?

Le cousin de Maarouf Ould Haiba inclina la tête
affirmativement. Cependant, le portable posé sur ses
genoux, il hésitait encore. Malko comprit le message
muet. Il plongea la main dans sa poche et en sortit

tout l'argent qu'il avait, des liasses de billets de
1 000 et 2 000 ouguiyas, et les tendit au «cousin».

– Ça l'aidera.

Aussitôt, le «cousin» enfouit dans la profonde
poche de sa dharaa le Nokia et l'argent, comme un
pélican affamé, et lâcha quelques mots.

– Il demande si on peut l'emmener à la mosquée
du Mufti Dadew.

Au moins, il ne perdait pas de temps.

– On y va !

Le temps d'écarter quelques moutons suicidaires,
d'éviter une charrette à âne, Malko était reparti jusqu'au carrefour de Madrid pour prendre la route
d'Atar et gagner le quartier Arafat. Ils n'échangèrent
plus un mot jusqu'au poteau 18. Le «cousin» remit
la main sur son cœur, descendit et traversa pour
gagner la mosquée.

Dès qu'ils repartirent, Fatimata soupira.

– C'est l'heure de la sieste !

C'était vrai. Tout s'arrêtait jusqu'à cinq heures.
Elle coula un regard énamouré à Malko et demanda
timidement :

– Vous avez beaucoup de choses à faire, maintenant ?

Il faillit dire «oui» puis le regard insistant de
Fatimata le fit fondre. Il avait besoin de se sortir de
l'horreur de la matinée.

Et, en plus, il n'avait rien à faire. Sinon harceler
au téléphone l'avocate. Ce qu'il faisait toutes les
heures.

Encouragée par son silence, Fatimata posa ses
longs doigts sur la cuisse de Malko, comme une pro-
messe muette de détente.

CHAPITRE XIV

À peine arrivé dans la chambre de Fatimata, à la Maison d'Hôtes, Malko appela une énième fois Aïcha M'Baye, l'avocate.

Miracle : une voix répondit enfin. Mais ce n'était pas elle.

— Mᵉ M'Baye est « descendue »[1] du bureau, annonça la secrétaire. Il faut rappeler demain.

Il coupa. Si l'avocate avait eu une réponse pour lui, elle l'aurait appelé. Dépité, il posa le portable sur la table basse. Fatimata le fixait en souriant. Elle s'approcha de Malko, de sa démarche ondulante et s'appuya à lui.

— Toi, fit-elle gaiement, je vais te laver la tête…

Elle voulait probablement dire « le cerveau ». C'était la première fois qu'elle tutoyait Malko.

Il la laissa ouvrir sa chemise et coller ses lèvres épaisses contre sa poitrine, l'excitant habilement de la langue. Tandis qu'elle le massait avec douceur. Sans ôter son long boubou, elle sortit le membre qu'elle venait de caresser et s'agenouilla en face

1. Partie.

de Malko. C'était la première fois qu'il faisait la connaissance de sa bouche. De toute évidence, la fréquentation des étrangers l'avait civilisée. Sa caresse était sophistiquée, vorace et extrêmement efficace.

Elle se releva, contempla son œuvre avec satisfaction, puis, avec la rapidité d'un prestidigitateur, se débarrassa de son caraco sous lequel elle ne portait jamais de soutien-gorge, de son long boubou, ne gardant que le string de nylon noir qui protégeait vaguement son ventre. Tirant ensuite Malko jusqu'au lit en riant.

Là, à genoux, elle reprit brièvement sa fellation, se débarrassant enfin de sa culotte sans s'interrompre, et pivota, lui offrant ainsi une vue imprenable sur sa croupe callipyge.

Un appel au viol.

Quand il s'approcha et qu'elle sentit la chaleur de son sexe, elle écarta ses magnifiques fesses à deux mains, en un geste d'une impudeur extrême.

Malko n'eut qu'à donner un léger coup de reins pour s'enfoncer dans son ventre, tandis qu'elle se vrillait à lui.

Il commençait à la prendre de plus en plus fort quand Fatimata tourna la tête et demanda d'une voix douce :

– Mets-le-moi derrière ! Mais pas fort et pas loin.

Ébloui de plaisir, Malko se retira de son ventre pour peser progressivement sur le sphincter de la jeune femme, encore clos. Il parvint à l'ouvrir et s'enfonça légèrement dans les reins de la Somalienne. Puis, il se mit à bouger un peu, sans aller plus loin.

Fatimata commença à gémir.

Puis ses gémissements se muèrent en cris comme il se vrillait dans ses reins, sans vraiment s'y enfoncer; sa tête s'agitait dans tous les sens, elle mordait les draps. Jusqu'à ce qu'elle pousse un vrai cri. Alors qu'il n'était enfoui en elle que de quelques centimètres. Elle se retourna, extasiée.

– J'ai la tête qui tourne ! C'est si bon comme ça ! Maintenant, tu peux te faire plaisir…

Il était encore engagé dans ses reins et ses mauvais instincts reprirent le dessus instantanément. Il hésita un dixième de seconde puis, empoignant Fatimata par les hanches, il donna un puissant coup de rein qui enfonça son membre d'un seul coup.

– Ahaaaaahhh !

Le cri avait jailli à faire trembler les murs. Malko reprit son souffle, fiché jusqu'à la garde dans la croupe magnifique. C'était tout simplement divin. Il se retira ensuite et la viola de nouveau progressivement cette fois. La tête entre ses mains, Fatimata gémissait doucement à chaque coup de boutoir. Résignée.

Malko, quant à lui, ne pensait plus à rien que de transpercer cette croupe de rêve. Pas à pas, il s'y mouvait presque aussi facilement que dans un sexe. Si facilement qu'il se demanda soudain si le long cri de Fatimata n'était pas un « *golden hello* » plutôt qu'une protestation.

Il aurait voulu que cela dure très longtemps, mais l'excitation était trop aiguë. Il sentit la sève monter de ses reins, se laissa tomber de tout son poids sur la croupe qu'il était en train de transpercer, aplatissant Fatimata sur le lit.

Étourdi de plaisir.

Alors qu'il était toujours fiché en elle, la jeune femme se retourna et dit d'une voix mourante.

– Dis donc, tu m'as bien cassé le cabinet ! Tu es méchant.

Malko allait répliquer lorsque la sonnerie de son portable l'arracha à sa récréation érotique.

Fatimata poussa un petit cri lorsqu'il la quitta. Il était déjà en train de répondre. Pourvu que ce soit Aïcha M'Baye, l'avocate !

Ce n'était qu'Ira Medavoy.

– Le portable a parlé, annonça-t-il laconiquement, je vous attends.

*
* *

Ira Medavoy n'avait pas meilleure mine que le matin, à part les poches un peu plus marquées sous les yeux. Dès que Malko fut assis, il annonça.

– C'est un miracle d'avoir récupéré ce portable. Nous y avons trouvé un numéro qui explique beaucoup de choses.

– Lequel ?

– Celui d'un de nos homologues. Le colonel Smain Abu Khader, le responsable de la Sécurité Militaire algérienne à Nouakchott. Nous l'avions dans notre banque de données.

– Vous pensez que c'est lui qui a donné l'ordre de m'assassiner ? Quel lien avec le gendarme ?

– Ça, nous n'en savons encore rien, reconnut l'Américain. Certains gendarmes mauritaniens ont été formés en Algérie : celui-là a pu être recruté là-bas... Mais c'est logique que les Algériens cher-

chent à vous éliminer. Ils ne veulent à aucun prix
que les trois condamnés à mort soient remis dans le
circuit. C'était bien vous qui étiez visé. Ce pauvre
Brian, c'était l'habillage. Une manip plutôt vicieuse.
Très algérienne.

– Qu'est-ce qu'on va faire ?

L'Américain eut un geste évasif.

– La route est étroite. Pas question d'en parler à
nos homologues mauritaniens… Aux Algériens
encore moins, ils nous riraient au nez. Donc, il faut
être vigilant…

Malko était assommé. Se sentir visé par les Services algériens ajoutait encore à son problème de
base.

– Il a fallu pas mal d'éléments pour monter cet
attentat, remarqua-t-il. Des filatures, des informateurs.

– Les Algériens ont des gens ici, depuis longtemps, répliqua Ira Medavoy.

– Il y a un point essentiel, remarqua Malko.
Comment les Algériens ont-ils su ce que je faisais
ici ?

Ira Medavoy demeura muet. Malko insista.

– Quelqu'un de l'Agence a-t-il pu parler ?

– Impossible, « Black Bird » est totalement hermétique. Seule une poignée de gens connaissent
votre rôle.

– Les Algériens ont pu faire une interception
technique…

– Impossible. Ils ne peuvent pas casser nos codes.

– Il ne reste donc qu'une hypothèse, conclut
Malko. Ils ont une taupe chez les Salafistes.

L'Américain approuva.

– Ce n'est pas impossible. Du temps des GIA, nous savons qu'ils ont manipulé plusieurs Emirs. Ils ont pu continuer avec AQMI.

– Ce n'est pas rassurant…

– Non. Mais pour identifier leur taupe…

– Il faut prévenir l'AQMI, dit soudain Malko.

– Comment ?

– Par l'intermédiaire d'Anouar Ould Haiba, l'homme que j'ai rencontré à la mosquée du Mufti Dadew. Lui a le contact avec l'AQMI.

– Allez-y, accepta Ira Medavoy, mais soyez prudent. Nous ne savons pas tout. Je comprends maintenant l'histoire de l'avion qui a survolé la zone de la katiba Abu Zeid. Les Algériens ont voulu foutre la merde et ils y sont parfaitement arrivés.

– Ils n'étaient pas prévus dans le tableau ! remarqua amèrement Malko.

– À propos, enchaîna le chef de Station, j'ai reçu un message de Washington : le DG a obtenu que l'on modifie l'orbite d'un de nos satellites militaires, de façon à ce qu'il puisse couvrir la zone saharienne.

– Cela va nous apporter quoi ?

– Pour l'instant, pas grand-chose, sinon la possibilité d'obtenir des images régulières de la zone. Et le cas échéant, celle d'utiliser des drones guidés par satellites. Pour observer ou pour taper.

» Évidemment, tant que les otages sont là-bas, il faut être extrêmement prudent.

Malko se leva.

– OK, je vais voir cette crapule d'Anouar Ould Haiba.

**

Malko avait retrouvé facilement la mosquée du Mufti Dadew. Il quitta le «goudron» et traversa le terrain vague qui ressemblait à un champ labouré par des cratères de bombes pour se garer le long de la mosquée. Les mêmes barbus se promenaient dans la cour et lui jetèrent des regards intrigués. Il gagna directement le bâtiment où il avait rencontré les deux barbus, deux jours plus tôt, et monta au premier.

Il poussa la porte. Anouar Ould Haiba était assis derrière son bureau. Il leva un regard étonné sur Malko, puis s'extirpa un sourire, plutôt forcé.

— Vous ne m'avez pas téléphoné…

— Par prudence, répondit Malko en s'asseyant.

Le petit Mauritanien fit le tour du bureau et le rejoignit.

— Vous avez les moyens de joindre vos amis de l'AQMI? demanda Malko.

— Ce ne sont pas mes amis, protesta le Mauritanien, avec un sourire gêné. Pourquoi?

— Pour leur transmettre une information importante, vitale même.

Il raconta ce qui s'était passé, comment les Américains avaient identifié le colonel de la Sécurité Militaire algérienne et conclut :

— Quelqu'un, au sein de l'AQMI, travaille avec les Services algériens. Il faudrait le démasquer. Vite. Sinon mon opération ne marchera pas.

Anouar Ould Haiba, les yeux plissés, semblait accablé.

— Je vais les prévenir, promit-il. Vous n'avez aucune idée de l'identité de cette personne?

— Aucune.

Le Mauritanien se leva ; il avait visiblement hâte de se débarrasser de Malko.

– Je vais faire le nécessaire, promit-il.

Quand Malko ressortit de la mosquée, il n'était que modérément rassuré. Rien ne disait que les Salafistes débusquent la « taupe » de la Sécurité Militaire algérienne. Or, il ne pouvait pas se permettre de mener son opération à bien avec ce vautour juché sur son épaule.

Anouar Ould Haiba regarda ses mains grassouillettes qui tremblaient légèrement. Jamais il ne s'était trouvé aussi mal de sa vie. Il maudit cet imbécile de gendarme qui avait pris son portable avec lui. C'était un miracle que l'agent de la CIA soit venu se plaindre à lui. Cependant, il était face à un dilemme : prévenir le colonel algérien ou non ? S'il le faisait, le colonel Smain Abu Khader pouvait être tenté de l'éliminer. S'il prévenait les Salafistes, comment allaient-ils réagir ? Eux savaient qu'on l'avait soupçonné, à un moment, de travailler pour les Services mauritaniens.

Ce qui était exact.

Or, qui a trahi une fois, trahira deux fois…

Pour l'instant, il décida d'appliquer un proverbe arabe de bon sens : la parole que tu dis devient ton maître ; celle que tu tais est ton esclave.

Il ne dirait rien à personne.

La nuit tombait lorsque Malko gagna le Tfeila. Khouri Ould Moustapha surgit de l'ombre du parking, visiblement rassuré de voir son pick-up en un seul morceau.

Malko se sentait vidé. Il y avait peu de chances pour que l'avocate appelle à cette heure-là. Il n'avait plus qu'à prendre un repos bien gagné. Tous les appâts étaient lancés. Si personne ne répondait, il n'avait plus qu'à reprendre l'avion, abandonnant les cinq otages américains à leur sort.

Ce qui le rendait malade à l'avance.

C'est la sonnerie de son portable qui le réveilla à huit heures. Il reconnut tout de suite la voix un peu chantante d'Aïcha M'Baye.

– Je vais au Palais à neuf heures, annonça-t-elle et je vais y rester toute la journée. Il faudrait que je vous voie avant. Je suis à mon bureau.

– J'arrive ! lança Malko, explosant d'adrénaline.

Est-ce que ce serait une bonne ou une mauvaise nouvelle ?

La porte du bureau de l'avocate était entrouverte et Malko la trouva accroupie devant une pile de dossiers, avec des papiers étalés partout. Elle se redressa et lui serra la main.

– Je n'ai pas beaucoup de temps, je suis en retard.

– Vous avez vu votre client ?

– Oui.

– Il vous a donné un mot pour moi ?

– Non.

Malko sentit toute son excitation s'envoler et remarqua.

– Vous pouviez me le dire au téléphone.

– Il ne m'a pas donné de mot mais il m'a dit quelque chose.

– Quoi ?

– De voir avec « Papa Marseille » qui était le seul à pouvoir vous aider.

– Qui est « Papa Marseille » ?

– Un ancien client à moi. Un Français. Entrepreneur en bâtiment. Cela marchait bien pour lui quand il a rencontré une petite de seize ans qui venait de divorcer ; il en est devenu fou. Comme sa femme voulait la virer, il l'a étranglée.

– Et alors ?

– Je l'ai bien défendu, mais il a quand même fait quatre ans à la « prison des cent mètres ».

– Pourquoi pourrait-il m'aider ?

– Pendant sa détention, il a pratiquement refait la prison ! Depuis, il continue à y effectuer régulièrement des travaux. Il est au mieux avec tous les gardiens, il y entre comme il veut.

– Qu'est-ce qui pourrait le motiver ?

– Il est au bout du rouleau. Il vit de petits boulots. Il a dit à mon client que s'il avait de l'argent, il rachèterait le troupeau de chameaux d'un de ses copains mauritaniens qui en a marre de vivre dans le désert.

– Et sa copine ?

– Il y a longtemps qu'elle est partie, mais, avec

une centaine de chameaux, il en trouvera facilement
une.

Tout cela semblait parfaitement fou, mais on était
en Afrique.

– Pourquoi l'appelle-t-on « Papa Marseille » ?

– Parce qu'il est vieux et qu'il est de Marseille.
Imparable.

– Vous pensez qu'il peut être intéressé ?

L'avocate le fixa, avec un sourire ironique.

– Je ne lis pas dans l'âme des gens, mais la dernière fois que je l'ai vu, il n'était pas brillant, il m'a
emprunté 3 000 ouguiyas pour s'acheter de la bière.
Alors…

– Où habite-t-il ?

– Je ne sais pas. Il est souvent à l'Agence El
Wadel sur l'avenue Nasser, là où ils louent des 4 × 4
aux touristes. Il leur sert parfois de chauffeur et,
régulièrement, de mécanicien.

Elle ramassa sa serviette et lui tendit la main.

– Bonne chance ; je préfère ne pas vous revoir,
c'est trop dangereux. J'ai déjà été deux fois en prison pour des raisons politiques, je ne veux pas y
retourner.

C'était presque en face de l'hôtel El Amane.
Malko se gara sur le large trottoir sablonneux et
pénétra dans une échoppe sombre qui arborait une
pancarte peinte à la main.

« El Wadel. Location voitures, guides. Voyages
organisés »

On y voyait à peine à l'intérieur. Un très vieux et

très maigre Mauritanien fumait, accoudé à un comptoir en bois. Il leva son visage émacié avec un sourire édenté.

– Bonjour, monsieur, vous désirez louer un véhicule ?

Il parlait un français châtié. Malko lui rendit son sourire.

– Probablement. Mais avant, je cherche « Papa Marseille ». Il est là ?

Le vieux Mauritanien eut l'air surpris qu'un étranger connaisse ce nom.

– Je crois qu'il est derrière, fit-il, je vais l'appeler.

Il se leva et disparut dans une pièce encore plus sombre, laissant son assistant jouer avec une calculette. Depuis que les touristes avaient fui la Mauritanie, les affaires devaient être calmes…

À 25 000 ouguiyas par jour le pick-up, il n'y avait pas beaucoup de clients mauritaniens.

Le vieux réapparut, escorté d'un homme qui le dépassait de vingt centimètres. Saharienne beige, cheveux blancs, moustache assortie, teint brique : un major de l'armée des Indes. Il fixa Malko avec surprise et un peu d'inquiétude : il ne devait pas avoir beaucoup de bonnes surprises dans sa vie actuelle.

– Vous me cherchez ? demanda-t-il.

– Oui.

– Qui êtes-vous ? Vous voulez un chauffeur ?

– Peut-être. C'est Mᵉ Aïcha M'Baye qui m'envoit.

Le visage de « Papa Marseille » s'éclaira légèrement.

– Ah bon !

– J'aimerais vous parler tranquillement.

– OK. On va en face, à l'Amane. Ils ont de la bière fraîche.

Il jeta quelques mots en hassaniya au vieux Mauritanien et précéda Malko.

Il leur fallut plusieurs minutes pour traverser la grande avenue où des dizaines de Mercedes déglinguées semblaient faire les 24 heures du Mans. Enfin, ils se retrouvèrent dans le patio désert de l'hôtel El Amane.

Malko attendit que « papa Marseille » ait vidé avidement la moitié de sa bière pour se pencher vers lui.

– Je sais que vous avez très envie d'acheter un troupeau de chameaux qui vous permettrait de changer de vie, attaqua-t-il. Je pourrai vous financer cet achat.

CHAPITRE XV

« Papa Marseille » venait de terminer sa troisième bière. Le temps qu'il avait fallu à Malko pour expliquer son projet.

Le vieux Blanc remarqua.

– Je les ai croisés à la prison, ces Salafistes ; ils ont l'air gentils, polis, ils saluent la main sur le cœur, ils ne fument pas, ne boivent pas, mais ce sont des fous furieux. Ils ne pensent qu'à égorger. Le reste du temps, ils prient, repliés sur eux-mêmes. Ils font peur, même à leur famille.

Malko l'arrêta.

– Pensez-vous que mon plan soit réalisable ?

– Ce n'est pas irréalisable, nuança « Papa Marseille ». Il va falloir que j'aille à la prison. Justement, j'ai un lavabo à livrer. À mon avis, c'est une question d'argent.

– Pour vous ?

– Oui, bien sûr. Mais aussi à cause des gardiens. On ne peut rien faire si on ne les achète pas.

– C'est faisable ?

– Ils gagnent 70 000 ouguiyas[1] par mois... Si vous arrivez avec assez d'argent, ça devrait les intéresser.

– J'ai examiné les lieux de l'extérieur, expliqua Malko. Je pense qu'il faudrait creuser à partir de la prison un tunnel en direction du bâtiment des douanes, qui aboutirait dans le grand hangar qui jouxte le mur de la prison. J'y ai été : le sol est en terre. La seule méthode est de creuser à partir d'une des cellules. J'espère que les Salafistes ne sont pas au premier étage.

– Toutes les cellules sont au rez-de-chaussée, affirma « Papa Marseille ».

Enfin une bonne nouvelle.

Il lissa sa petite moustache et demanda.

– Et moi ?

– Je vous l'ai dit, vous aurez vos chameaux.

Le vieil homme eut un sourire malin.

– C'est un peu court. Voilà ce que je veux. Moi, je vais risquer beaucoup... Pour repartir dans la vie, il me faut cinquante chameaux.

– Quel est le prix d'un chameau ?

– Autour de 150 000 ouguiyas. C'est-à-dire 400 euros. Avec la sécheresse, les prix ont baissé. En plus, j'ai besoin d'un peu d'argent pour la petite que j'ai en vue. Son père ne me la laissera pas à moins de 500 000 ouguiyas. Elle n'a que seize ans, mais elle est très douée.

Décidément, il n'avait pas changé de distraction.

– Donc, voilà ma proposition. Si je vous dis OK, vous me donnez tout de suite trente millions d'ou-

1. 200 euros.

guiyas. Ensuite, le jour où ils s'évadent ou ils sont en situation de s'évader, je touche le reste.

— Vous allez rester à Nouakchott, ensuite ?

— Non, je filerai sur Atar, je connais le coin par cœur. D'ailleurs, la petite que j'ai en vue est de là-bas. Ensuite, je m'installe dans le désert avec elle et mes chameaux. Personne ne viendra me chercher, parce que je me mettrai sous la protection d'un chef de tribu local.

» Cela vous va ?

— Pas de problème, assura Malko qui aurait été prêt à payer deux fois plus.

« Papa Marseille » se retourna vers le bar.

— Moussa !

Le barman accourut, une boîte de bière à la main. Mais le nouvel associé de Malko lui lança.

— Dis-moi, tu as encore du champagne français ?

— Oui, monsieur Marseille. Les Zaïrois en ont livré.

— Eh bien, apportes-en une bouteille. C'est mon ami qui régale. Tourné vers Malko, il enchaîna : Ça fait des années que je n'en ai pas bu ! Forcément, avec mes ennuis. Avant, j'en avais toujours à la maison.

Moussa était déjà de retour avec une bouteille de Taittinger Brut dans un seau à glace qu'il déboucha avec componction. « Papa Marseille » vida sa coupe avec une lenteur extasiée, les yeux clos, et la tendit à nouveau pour que Moussa la remplisse.

— Putain ! que c'est bon !

Malko le laissa profiter de ce retour à la vie civilisée avant de demander.

– Combien de temps cela peut-il prendre de creuser ce tunnel ?

– Ça dépend. De l'état du sol, du nombre de gardiens qu'on pourra convaincre. Moi, je dirai entre trois semaines et un mois.

Malko demeura silencieux : son enthousiasme sérieusement douché : il allait devoir convaincre Abu Zeid d'attendre et ce n'était pas gagné.

– Bon, conclut « Papa Marseille », vous m'apportez l'argent quand ?

– Demain, ici à la même heure.

– Ça marche.

Il se leva et empoigna le Taittinger Brut.

– Je l'emmène, ce serait dommage de la laisser perdre.

Malko le regarda sortir. Ce n'était pas un velléitaire. Un homme qui étrangle sa femme pour obtenir sa liberté a de la ressource.

Un seul point continuait à le mettre mal à l'aise : aider à remettre trois criminels en liberté. Il chassa cette idée désagréable de son esprit pour se concentrer sur la mécanique de l'opération. Son interlocuteur n'avait pas eu l'air de trouver son projet impossible. C'était plutôt bon signe.

Anouar Ould Haiba, après avoir mûrement réfléchi, avait pris un taxi collectif pour gagner le centre de Nouakchott. Se faisant déposer sur la place ombragée où s'activaient les laveurs de voitures. Il avança jusqu'à ce qu'il trouve le 4 × 4 du colonel Abu Khader. Ce dernier fumait à côté de son véhicule, tandis que trois Mauritaniens faméliques le briquaient comme des fous. Il aperçut Anouar Ould Haiba et se dirigea vers lui sans se presser, achetant un journal au passage. Ici, les gens bavardaient entre eux, même sans se connaître.

Les deux hommes ne se serrèrent même pas la main.

– Il y a du nouveau ? demanda le colonel algérien, d'une voix égale.

Il y en avait forcément puisque son informateur l'avait appelé.

Le petit barbu grassouillet regarda autour de lui, visiblement inquiet.

– J'ai reçu une mauvaise visite, hier, fit-il à mi-voix.

Il relata avec précision ce que lui avait dit l'agent de la CIA. Le colonel Abu Khader sentit le sang se retirer de son visage : partagé entre la panique et la fureur. Pourquoi cet imbécile de Salam el Barka avait-il gardé son portable ! C'est vrai que les Mauritaniens ne se séparaient jamais de ce « status symbol »

– Cet agent américain est très actif, continua Anouar Ould Haiba et maintenant, il sait que vous avez voulu le tuer. Il va peut-être se plaindre aux autorités.

Le colonel algérien esquissa un sourire mauvais.

– Ça m'étonnerait. Mais tu as raison, cet homme est trop actif. Il faut l'éliminer.

– J'ai l'impression qu'il est armé, objecta Anouar Ould Haiba qui n'était pas un foudre de guerre, mais un intellectuel.

Smain Abu Khader se rapprocha de sa voiture qui,

maintenant, brillait sous le soleil, puis se retourna vers le Mauritanien avec un mauvais sourire.

– Il faut battre le fer pendant qu'il est chaud ! fit-il d'une voix sentencieuse. Je vais éliminer cet homme et tu vas m'y aider.

Le professeur sentit ses jambes se dérober sous lui.

– Moi ! fit-il d'une voix chevrotante.

Devant sa panique visible, Abu Khader élargit son mauvais sourire.

– Ne crains rien, je ne vais pas te demander de l'égorger.

Il lui expliqua posément ce qu'il attendait de lui et Anouar Ould Haiba reconnut que c'était dans ses cordes.

– Je te rappelle dès que je suis prêt, conclut le colonel. En attendant, qu'Allah veille sur toi.

Il y avait une certaine ironie dans sa voix : pendant toute sa carrière, il avait lutté férocement contre les Islamistes et n'avait pas mis les pieds dans une mosquée depuis des lustres. C'est lui qui avait mis au point une méthode pour décourager les islamistes infiltrés dans les forces de Sécurité.

Lorsqu'il en prenait un, au lieu de l'égorger avec quelques fioritures, il lui administrait un « traitement spécial »…

On remplissait d'eau aux trois quarts un fût de deux cents litres et on la chauffait jusqu'à ce qu'on la fasse bouillir. Ensuite, grâce à un palan, on soulevait le coupable et on le laissait retomber dans le fût, ce qui l'ébouillantait vivant. Cependant, on ne l'y laissait pas assez longtemps pour qu'il meure.

Une fois remonté, un assistant enlevait avec un poignard les morceaux de chair bouillie qui se détachaient facilement. Un médecin administrait au torturé un toni-cardiaque et on le replongeait dans l'eau bouillante.

Les sujets les plus solides ne résistaient pas à plus de trois passages.

Du coup, les « taupes » du GIA s'étaient raréfiées et le colonel Abu Khader avait gagné le surnom de « colonel bouilloire ». Évidemment, il n'avait pas intérêt à tomber entre les mains des Islamistes.

En Mauritanie, le risque était limité.

Cette initiative lui avait permis de passer très vite du rang de lieutenant-colonel à celui de colonel plein.

Il monta dans son 4 × 4, adressa un petit signe de main à Anouar Ould Haiba et s'éloigna.

Malko trouva Fatimata dans le hall du Tfeila. Maquillée, moulée dans un boubou noir, le caraco éclatant sous la pression de sa poitrine.

— Je suis venue à pied de chez Marina, dit-elle. J'ai eu un message du garçon que j'ai vu hier.

— Il t'a appelée ?

— Non, il m'a envoyé son petit frère de onze ans. Pour me dire que son cousin avait reçu le Nokia et qu'il te remerciait. Il ne s'en servira pas, il attend que tu l'appelles.

C'étaient des gens sérieux. Dommage que ce soient des assassins.

– Je peux aller à la piscine ? demanda timidement
Fatimata.

– Bien sûr.

– Il faut que je me change dans ta chambre.

Ils montèrent ensemble et, en un clin d'œil, elle
fut nue.

Avant de passer son maillot, elle glissa un regard
caressant à Malko.

– Tu as beaucoup de travail ?

– Oui, je repars.

Direction l'ambassade américaine. Pour la première fois depuis son arrivée, il avait une vraie
bonne nouvelle à annoncer à Ira Medavoy.

Peut-être une chance de sauver les cinq otages.

Rick Samson essaya de se lever et dut s'age-
nouiller pour y parvenir : ses mains liées dans son
dos rendaient tout mouvement pénible. Il était en
nage, sous la petite tente où il devait régner une chaleur de 40°. Et, les premiers jours, cela avait été
pire…

Grâce à son entraînement physique, l'agent de la
CIA n'avait pas trop souffert, mais son corps amai-
gri parlait pour lui : il avait dû perdre six ou sept
kilos.

Certes, on ne les laissait pas mourir de faim. Un
régime à base de dattes, de riz, de poisson séché
et de pois chiche. De l'eau toujours tiède, souvent
malsaine qui provoquait des diarrhées brutales et
dévastatrices.

Entendant du bruit, son gardien passa la tête sous la tente, braquant sa Kalach sur le prisonnier.

Leur hantise, c'était une évasion : pourtant, quasiment impossible.

Il était à peine six heures du matin, mais il faisait déjà une chaleur d'enfer. Bien entendu, dès le premier jour de leur capture, ils s'étaient approprié leurs montres et leur argent.

Du canon de sa Kalach, le jeune Arabe au visage en partie masqué par son chèche, fit signe à Rick Samson de sortir. L'Américain émergea, respirant un air relativement frais après l'atmosphère empuantie de la tente.

D'autres membres de la katiba s'affairaient un peu plus loin, autour des Toyota soigneusement camouflées et de tentes plus grandes.

Tous ceux qui étaient en contact avec les prisonniers dissimulaient leurs visages.

Rick Samson aperçut l'un d'eux en train d'orienter les panneaux solaires qui leur servaient à alimenter leurs ordinateurs et leur système de communication.

Il avait été surpris de la sophistication de leur matériel, ultramoderne. Pour la katiba, il y avait une vingtaine de Thurayas qu'ils rechargeaient grâce aux batteries des véhicules. Ils n'écoutaient jamais la radio, ne chantaient jamais, parlaient peu. Des moines soldats.

L'agent de la CIA gagna le coin où il se reposait le matin : le dos au rocher, il contempla le ciel immuablement bleu où ne volaient que de rares oiseaux. Cette région, totalement désertique, ne vivait que par ses rares points d'eau.

Depuis leur capture, Rick Samson ignorait ce

qu'étaient devenus ses compagnons d'infortune. Ils avaient été séparés, très vite, après la traditionnelle photo de groupe, et il n'avait plus jamais eu de nouvelles. Il essayait de garder le compte des jours qui passaient, mais ce n'était pas facile, tant la vie était monotone.

Il regarda le ciel, se demandant comment allait se terminer leur équipée.

Certain que l'Agence remuait ciel et terre pour les sortir de là. Hélas, il savait qui était Abou Zeid. De l'argent ne suffirait pas à le satisfaire. Il essaya de ne pas penser à l'avenir.

– Vous aurez l'argent demain matin, assura Ira Medavoy. Heureusement, ici, tout se paie en liquide. La banque ne sera pas étonnée que je sorte autant de billets. Mais ça va tenir de la place… J'espère que ce type n'est pas un escroc…

– Moi aussi ! renchérit Malko, mais c'est notre seule chance d'arriver à nos fins.

– C'est quand même tiré par les cheveux ! remarqua l'Américain. Je ne vois pas comment il peut goupiller cela.

– On verra bien, conclut Malko.

Le chef de Station de la CIA leva les yeux au ciel.

– Pourvu que personne, jamais, ne soupçonne notre implication dans cette affaire. Les Mauritaniens seraient capables de rompre les relations diplomatiques.

– Le colonel Abu Khader ne risque pas de les

avertir ? Apparemment, il est prêt à aller très loin pour nous empêcher de mener à bien notre projet.

– C'est vrai, reconnut Ira Medavoy. Cependant, je ne pense pas que cela dépasse le cadre d'une opération clandestine. S'il se mouillait officiellement, nous finirions par le savoir et nous en ferions payer le prix aux Algériens. Il le sait.

– J'espère que vous avez raison, conclut Malko. Maintenant que j'ai une chance, même minime, d'aboutir, ce serait bête d'être trahi par un « allié » des États-Unis.

Visiblement, le sujet dérangeait le chef de Station. Hélas, la plupart des « alliés » des États-Unis, jouaient le double-jeu, comme le Pakistan.

– OK, conclut-il, venez demain, vers onze heures. J'aurai l'argent.

Malko était encore dans l'ambassade quand son portable sonna.

Il reconnut aussitôt la voix douce d'Anouar Ould Haiba, qui lui demanda d'une voix onctueuse s'il pourrait passer le voir le lendemain en fin de matinée.

– Plutôt vers deux heures, proposa Malko.

À midi, il avait rendez-vous avec « Papa Marseille » pour lui remettre l'argent destiné au financement de l'évasion des trois Salafistes.

– Très bien, à deux heures, accepta le petit Mauritanien. À demain, Inch Allah.

Le colonel Smain Abu Khader se trouvait encore dans le cybercafé, à côté de l'hôtel Halima, proche

de l'ambassade d'Algérie, lorsqu'il reçut le SMS
d'Anouar Ould Haiba.

Ravi, il décida, du coup, de reprendre un quart
d'heure de connection avec les sites pornos qu'il
affectionnait.

Les choses se présentaient bien.

CHAPITRE XVI

– J'ai de bonnes nouvelles, annonça Anouar Ould
Haiba, dès que Malko se fut assis et qu'on leur eut
apporté le sempiternel thé.

– Lesquelles ? interrogea Malko. Vos amis de
l'AQMI ont débusqué la « taupe » qui renseigne le
colonel de la Sécurité Militaire algérienne ?

– Hélas non ! déplora le petit Mauritanien. Cela
sera difficile. Mais le Cheikh Abu Zeid a fait savoir
qu'il prolongeait l'ultimatum qui expirait ce soir.
Donc, aucun mal ne sera fait aux otages.

Malko n'avait pas osé aborder le sujet d'emblée.
Indiciblement soulagé, il se contenta de remarquer.

– C'est une décision qui l'honore.

– Le Cheikh Abu Zeid a, je crois, eu des preuves
de votre implication réelle dans la libération de nos
trois frères « mudjahiddin sur la voie de Dieu », com-
pléta Anouar Ould Haiba.

Ce devait être la remise du portable à Maarouf
Ould Haiba, un des trois condamnés à mort, qui avait
convaincu l'AQMI que Malko cherchait réellement
à faire évader les trois prisonniers.

– J'espère aboutir, confirma celui-ci, mais il me faut encore du temps.

Il avait noté avec satisfaction que le Cheikh Abu Zeid n'avait pas fixé de nouvelle échéance pour son ultimatum. Deux heures plus tôt, il avait remis à « Papa Marseille » deux gros sacs pleins de billets pour démarrer l'opération. Le Français semblait avoir le diable à ses trousses et était resté à peine deux minutes dans le Hilux, jetant à Malko.

– On fera le point ce soir ! avait-il lancé. Venez ce soir au restaurant La Salamandre vers neuf heures.

– Où est-ce ?

– Tout le monde connaît ! C'est le restaurant des deux gouines.

Il s'était enfui si vite que Malko s'était demandé s'il n'allait pas directement rejoindre sa fiancée et ses chameaux… Et si toutes ses promesses n'étaient pas un conte de fée. Il avait encore quelques heures à attendre pour le savoir. Rassuré sur les intentions de l'AQMI, il se leva.

– Je vous appellerai dès que je pourrai établir un calendrier, promit-il.

Onctueux comme du miel, Anouar Ould Haiba le reconduisit jusqu'à la cour. Prenant congé avec une poignée de main particulièrement moite et un regard plutôt fuyant.

À tel point que Malko se demanda s'il lui avait bien dit la vérité sur la position de l'AQMI.

Khouri Ould Moustapha, que Malko avait récupéré après son rendez-vous avec « Papa Marseille », discutait avec des gosses à l'extérieur de la mosquée. Ils repartirent par le chemin habituel : d'abord le terrain vague, puis le passage entre deux maisons pour regagner le « goudron ».

Au moment où ils débouchaient sur la chaussée pour tourner à droite, un violent coup de klaxon les fit sursauter. Un énorme semi-remorque arrivait derrière eux à toute vitesse, visiblement peu disposé à freiner.

Khouri Ould Moustapha n'avait que quelques secondes pour réagir et leur éviter d'être écrabouillés par les trente tonnes du semi-remorque.

Un choix entre deux mauvaises solutions : soit se rabattre sur la droite sur le bas-côté sablonneux, soit traverser la chaussée en biais pour gagner le bas-côté gauche. Problème : s'il se rabattait à droite, il allait se jeter sur la carcasse d'un vieux camion jouxtant un empilement de bouteilles de gaz exposées à côté.

Et, en se rabattant vers la gauche, il allait se jeter sur une Mercedes, elle aussi lancée à toute vitesse, qui allait les emboutir de plein fouet…

Khouri Ould Moustapha choisit la seconde solution, accélérant à mort sous le nez de la Mercedes. Son conducteur, peu soucieux d'emboutir le Hilux dans un pays où l'assurance était inconnue, freina à mort.

L'arrière du Hilux passa à quelques centimètres de l'avant gauche de la Mercedes qui salua l'exploit d'un sérieux coup de klaxon, continuant sa route.

Malko n'eut pas le temps d'évacuer l'adrénaline de ses artères. Au moment où ils descendaient sur le bas-côté gauche, le semi-remorque les frôlant à leur droite, il y eut une formidable explosion.

Malko vit l'énorme camion se balancer comme si la chaussée se dérobait sous ses pneus, puis basculer vers la gauche, se couchant au milieu de la chaussée dans une gerbe d'étincelles, balayant dans sa trajectoire une charrette à âne.

La cabine se détacha, roulant à travers la route pour rebondir sur la gauche, continuant jusqu'à une épicerie qu'elle réduisit en poussière.

Automatiquement, Khouri Ould Moustapha écrasa le frein, juste avant d'arriver à la cabine déjà en train de brûler.

Des flammes entouraient le semi-remorque et le diesel répandu sur la chaussée commençait à s'enflammer.

Malko porta son regard sur sa droite et son pouls grimpa brutalement. Bien que le semi-remorque n'ait pas touché le bas-côté droit de la route, la carcasse du camion qui s'y trouvait déjà, avait été projetée à plusieurs mètres, dans une boulangerie, et le tas de bouteilles de gaz avait disparu, remplacé par un trou fumant dans le sol meuble...

Il sauta à terre dès que le Hilux s'arrêta et traversa la route en courant.

Un bourricot éventré était en train d'agoniser, des gens gisaient sur le sol, morts ou blessés. Il regarda le semi-remorque en train de brûler. Son flanc droit avait été totalement déchiqueté, comme enfoncé par un coup de poing géant.

Des gens couraient partout, avec des seaux d'eau, tentant d'éteindre les divers incendies.

Il comprit instantanément ce qui s'était passé. Quelqu'un avait déclenché à distance une charge explosive dissimulée dans l'empilement des bouteilles de gaz, déclenchant la déflagration.

Si le semi-remorque ne les avait pas forcés à changer de trajectoire, le Hilux aurait été pulvérisé par l'explosion des bouteilles de gaz.

C'était un attentat !

Un attentat destiné à le tuer.

Un système relativement simple. À deux réserves près. Il fallait un dispositif de mise à feu assez sophistiqué, même s'il était actionné par un opérateur se trouvant à proximité, pour repérer leur passage.

Mais il fallait surtout savoir quand le Hilux passerait devant ces bouteilles de gaz...

La fureur le submergea : une seule personne pouvait avoir eu connaissance du moment de son départ de la mosquée du Mufti Dadew, Anouar Ould Haiba.

Il retraversa. Khouri Ould Moustapha était debout, à côté du Hilux, pâle comme un mort. Choqué.

– Qu'est-ce qui s'est passé ? demanda-t-il d'une voix mal assurée.

– Quelqu'un a fait exploser les bouteilles de gaz au moment où nous aurions dû passer devant. Le semi-remorque nous a sauvé la vie.

– Ce n'était pas notre heure, conclut le Mauritanien. Allah ne voulait pas nous rappeler à Lui.

Il semblait totalement déboussolé, comme s'il ne réalisait pas encore qu'il s'agissait d'un acte volontaire. Malko remonta dans le Hilux et lui lança.

– On retourne à la mosquée.

Khouri Ould Moustapha se remit à son volant comme un automate. Il dut s'y reprendre à trois fois pour démarrer, tant sa main tremblait. Ensuite, ils effectuèrent un long détour pour contourner la zone de l'attentat. Désormais, la circulation était

interrompue dans les deux sens. Le camion continuait à brûler dans une âcre fumée noire. Quelques
gamins audacieux s'approchaient des flammes pour
voir ce qu'il y avait à piller.

À peine arrivé devant le mur ocre de la mosquée,
Malko sauta du Hilux, le véhicule à peine arrêté. Il
se précipita à l'intérieur, traversa la cour et gagna le
bâtiment où il avait rencontré Anouar Ould Haiba
quelques minutes plus tôt.

Arrivé au premier, il ouvrit violemment la porte
du bureau. Anouar Ould Haiba était en train de
téléphoner, le portable collé à l'oreille.

Malko vit une lueur de panique incrédule passer
dans son regard, embué par les lunettes, en le voyant
débarquer. Il posa son portable sur le bureau et tenta
d'esquisser ce qui ressemblait très vaguement à un
sourire.

Malko avait déjà contourné le bureau. Il plongea la main dans sa sacoche et sortit son Colt
Deux Pouces, enfonçant le court canon dans le cou
grassouillet du Mauritanien.

– Qu'est-ce qu'il y a ? Qu'est-ce que vous
voulez ? bredouilla le professeur de français.

Sans lui répondre, Malko ramena en arrière le
chien extérieur du petit revolver, avec un clique-
tis métallique qui semblait liquéfier Anouar Ould
Haiba.

– Je n'ai rien fait ! couina celui-ci d'une voix
tremblante.

Quand il sentit l'extrémité du canon s'enfoncer
encore plus dans son cou, il jappa :

– Ce n'est pas moi !

Cela valait tous les aveux.

– C'est qui ?

– C'est lui.

– Le colonel Abu Khader ?

Anouar Ould Haiba inclina la tête, incapable d'articuler une parole.

Les soupçons de Malko se transformaient en certitude. Ainsi, c'était Anouar Ould Haiba la «taupe» qui renseignait la Sécurité Militaire algérienne !

Et c'était donc le colonel Abu Khader qui venait d'essayer de le tuer. Pour la seconde fois…

Malko rafla le portable du Mauritanien posé sur le bureau, le fourra dans sa sacoche et le saisit par les cheveux, lui ramenant la tête en arrière.

– Anouar ! dit-il d'une voix glaciale, si vous dites au colonel que je sais tout, je préviens les Salafistes que vous travaillez pour lui. Vous savez ce qu'ils vous feront… Si vous ne dites rien, vous avez une petite chance de rester en vie.

Les yeux exorbités, Anouar Ould Haiba semblait au bord de l'infarctus. Malko lâcha ses cheveux, écarta le revolver de son cou, rabattit le chien et remit l'arme dans sa sacoche. Les mains du petit Mauritanien, posées à plat sur le bureau, tremblaient comme s'il avait été atteint de la maladie de Parkinson au dernier stade.

– Je reviendrai vous voir, lui lança-t-il. D'ici là, si vous ne voulez pas mourir, vous ne dites rien.

» À personne.

Khouri Ould Moustapha n'était pas encore dans son assiette.

– On va à l'ambassade américaine ! lança Malko.

Lorsqu'ils passèrent devant le lieu de l'attentat, les incendies brûlaient toujours et une vieille

ambulance enfournait des blessés. Quelques policiers essayaient de rétablir la circulation.

Le cerveau de Malko bouillait. Si «Papa Marseille» lui confirmait l'opération, lors de leur prochain
rendez-vous, il ne voyait pas comment continuer avec
le colonel algérien acharné à sa perte.

– C'est incroyable ! laissa tomber Ira Medavoy.
Je savais que les Algériens étaient vicieux, mais à
ce point-là...

– Le colonel Abu Khader n'a pas agi de son
propre chef, remarqua Malko. C'est une opération
décidée à l'État-Major de la Sûreté Militaire. Une
affaire d'État.

» Désormais, nous savons que les Algériens feront
tout pour faire échouer ce projet. Le colonel Abu
Khader dispose visiblement dans ce pays de nombreux appuis. Il peut donc encore tenter de nous
nuire.

– Vous êtes certain à 100 % qu'il est le coupable ?

Malko lui désigna le portable qu'il venait de
déposer sur le bureau du chef de Station.

– Je mettrai ma main à couper qu'Anouar Ould
Haiba était en train de lui rendre compte.

– Bien, conclut Ira Medavoy. Je vais avertir le
DG. Exposer la situation. Nous avons besoin
d'instructions précises.

Malko se leva.

– Je vais en savoir plus tout à l'heure. Si «Papa
Marseille» ne vient pas au rendez-vous, ce n'est pas
la peine de remuer ciel et terre.

– Ne parlez pas de malheur ! soupira l'Américain.
Il vaut mieux encore se battre avec les Algériens.

*
* *

Le colonel Smain Abu Khader était fou furieux,
ruminant hargneusement son échec, dans son bureau
de l'ambassade algérienne. Celui qu'il avait chargé
de déclencher l'explosion, un Mauritanien stipen-
dié depuis longtemps, n'avait même pas osé se
manifester.

Alors que c'était une opération facile ! Le colonel
algérien avait reçu par la valise diplomatique un dispositif explosif fabriqué par la SM, commandé à
distance par un téléphone portable. La nuit précédente, l'homme chargé de déclencher l'explosion
l'avait dissimulé sous le socle du cadre contenant les
bouteilles de gaz. Guère plus gros qu'un paquet de
cigarettes, il se voyait à peine.

Tout de suite après l'explosion, le coup de fil
d'Anouar Ould Haiba annonçant qu'elle venait
d'avoir lieu l'avait rempli de satisfaction. Il avait aussitôt pris une voiture banalisée pour aller inspecter les
lieux de l'attentat. Pour vérifier le résultat lui-même.
Il avait compris très vite, en examinant les lieux et en
bavardant avec des badauds, pourquoi l'attentat avait
échoué. L'opérateur, peu expérimenté, avait déclenché l'explosion quelques secondes trop tard…

Un cas non-conforme.

Ivre de fureur, il avait regagné l'ambassade.
D'abord pour rédiger un rapport pour la Sûreté Militaire à Alger, et, aussi, pour penser à l'avenir.

Il ne pouvait pas se permettre une troisième

tentative contre cet agent de la CIA. Déjà, les Services mauritaniens allaient se poser des questions. L'AQMI n'utilisait pas de méthodes aussi sophistiquées.

Il allait donc être réduit à surveiller de près son adversaire, grâce à son réseau local.

Pour guetter une occasion de faire échouer son plan dont il ne connaissait pas tout.

C'était aléatoire, or, Alger lui avait intimé l'ordre de réussir : les trois Salafistes devaient demeurer en prison. Sinon, il risquait de se retrouver dans un poste peu enviable…

La Salamandre se trouvait en plein centre, à côté de l'unique église à l'architecture futuriste de Nouakchott. Lorsque Malko se gara devant, il avait l'estomac noué. Après son équipée à Arafat, il était revenu à l'hôtel pour décompresser.

Sans donner signe de vie à Fatimata qui se trouvait, elle, à la Maison d'Hôtes. Elle en savait déjà trop. Il avait encore dans les oreilles le fracas de la déflagration. Une fois de plus, ce n'était pas son heure…

Khouri Ould Moustapha lui avait laissé le Hilux sans discuter, pressé de rentrer chez lui se remettre de ses émotions.

Il pénétra dans le restaurant et parcourut la salle des yeux.

Pas de « Papa Marseille ».

Pourtant, il était déjà neuf heures vingt.

Il prit une table au milieu, examinant les autres.

Plusieurs tables étaient déjà occupées, des Expats et des locaux. Une grande blonde officiait au bar, entourée de deux barmaids noires.

Visiblement surveillée par une brune aux cheveux courts, installée sur un tabouret en face d'elle, pantalon, visage dur. L'allure d'une lesbienne de choc, ce qu'elle était probablement.

C'était inattendu de trouver un tel couple à Nouakchott.

Décidément, on n'arrêtait pas le progrès.

– Chef, il n'y a pas de vodka, annonça le garçon, un grand Sénégalais, en revenant du bar.

Malko n'eut pas le temps de ruminer sa déception. « Papa Marseille » venait de pousser la porte et se dirigeait vers lui.

CHAPITRE XVII

L'ex-entrepreneur assassin de sa femme ressemblait à un retraité bien sage, avec sa crinière blanche bien coiffée, sa fine moustache et son visage rubicond.

Il rejoignit la table de Malko et, aussitôt, commanda une bière, glissant à Malko :

– Vous voyez la brune sur le tabouret. C'est le « mari » de la grande blonde. Ça fait onze ans qu'elles sont ensemble. Un beau couple, non… Baissant la voix, il ajouta, d'une voix gourmande.

– Je crois que j'ai bien avancé.

Du coup, Malko commanda une bière aussi.

Après avoir commandé des salades et des steaks, « Papa Marseille » attaqua ses confidences.

– On a de la chance ! annonça-t-il. Le gardien qui dirige l'équipe de nuit est un ami. Je lui ai rendu déjà pas mal de services et il a très besoin d'argent…

– Pour quoi faire ?

– Il veut s'acheter une nouvelle épouse et il n'a pas les moyens avec ses 70 000 ouguiyas mensuels. Une fille de quinze ans. Et puis, il voudrait aussi une petite maison pas trop loin de la prison. Bref, il est

OK pour fermer les yeux. On le paiera à la journée, ou plutôt, à la nuit. 50 000 ouguiyas. Réglés chaque matin, je lui apporterai l'argent à la mosquée, juste en face de la prison.

– Il ne risque pas gros ?

« Papa Marseille » eut une moue dubitative.

– Au pire, il se fera virer. Il dira qu'il n'a rien vu, qu'il dormait. Ou qu'on l'a convaincu parce qu'il avait un cousin parmi les trois. Ici, c'est courant. Avec son pécule, il montera un petit commerce d'eau.

Malko n'en croyait pas ses oreilles : il avait beau savoir que la corruption était omniprésente en Afrique, là, il la touchait du doigt.

– Bien, approuva-t-il. Vous savez où ils vont creuser et combien de temps cela va prendre ?

« Papa Marseille » était si heureux qu'il termina sa première bière d'un coup.

– C'est là qu'on a peut-être encore de la chance ! exulta-t-il. Il y a deux ans, en 2008, il y a déjà eu une tentative d'évasion. Elle a raté parce qu'un douanier a marché sur l'endroit où aboutissait le tunnel et qui n'était pas étayé. Il est tombé dedans. Évidemment, ils sont remontés jusqu'à la cellule d'où partait le boyau.

– C'était déjà un Salafiste ?

– Non, un trafiquant de cocaïne, franco-guinéen, qui avait beaucoup d'argent.

– Et alors ?

– Alors, comme ce sont des gros flemmards, les Mauritaniens ont seulement rebouché le trou dans la cellule et, à l'autre bout, dans le bâtiment des douanes. Entre les deux, le tunnel est resté intact...

Ce qui fait que désormais, il y a beaucoup moins à creuser : juste au départ et à l'arrivée.

– Ils sont dans cette cellule ?

– Non, mais je vais en faire transférer un. Cela ne pose pas de problème.

Malko commençait à y croire.

– Même s'il n'y a pas beaucoup de gravats, objecta-t-il, cela tient de la place. Où vont-ils les mettre ?

– Il y a des toilettes désaffectées, avec une fosse septique dessous, ajouta « Papa Marseille ». J'ai toujours la clef, ils mettront les gravats dedans.

– Et les outils ?

– Je les fournis. On me laisse entrer avec dans la prison. Il faut juste une pioche, une pelle et des sacs pour mettre la terre. Une lampe électrique aussi. Je vais vous facturer tout ça…

Cynisme joyeux. Il attaqua sa salade avec appétit. Malko continuait à chercher les pièges de ce plan mirifique.

– Les trois condamnés sont dans la même cellule ? objecta-t-il.

« Papa Marseille » abandonna sa salade quelques secondes et assura avec un clin d'œil rassurant.

– J'ai un passe pour toutes les cellules. C'est moi qui les avais changées quand j'étais dedans. En plus, la nuit, les gardiens en service, se retirent au premier étage, où ils ont leurs logements. Déjà, en temps ordinaire, ils ne font pas beaucoup de rondes. Là, bien « graissés », ils n'en feront pas du tout.

Malko n'avait même plus faim, tant il était excité. À la fin du repas, il n'avait trouvé aucune objection.

«Papa Marseille», qui décidément, était conscien-
cieux, pointa une difficulté possible.

— Peut-être qu'entre-temps, le vieux tunnel
s'est effondré. Il n'était pas étayé. Si c'est le cas,
cela va demander une semaine pour déblayer. Au
minimum...

Comme pour contrebalancer cette éventuelle
mauvaise nouvelle, il commanda une autre bière, la
but d'un trait et se tourna vers Malko.

— Cela vous va?

— Évidemment.

— Alors, voilà ce que vous devrez me donner
demain matin.

Il plongea la main dans sa poche et en sortit un
papier qu'il tendit à Malko. Tout était griffonné au
revers d'une vieille enveloppe. Les prix exprimés
en ouguiyas. Rien ne manquait : l'argent pour les
gardiens, la «location» du matériel à un prix prohi-
bitif. Et un budget spécial pour quarante bières...

— C'est pour vous?

— Non, pour les gardiens. Cela les aidera à penser
à autre chose.

Il y en avait quand même pour 100 000 ouguiyas. Par jour... En plus de ce qu'il prenait à titre
personnel.

— On va fêter ça!

Il leva la main et une des barmaids accourut.

— Tu as encore du champagne zaïrois? demanda
«Papa Marseille».

— Oui, chef.

— Amènes-en une bouteille.

La Noire ravissante, avec ses cheveux tressés et
son visage triangulaire retourna au bar pour revenir

avec une bouteille de Taittinger. Le champagne « zaïrois ».

– J'y ai repris goût, lança « Papa Marseille », épanoui.

Ils trinquèrent sous l'œil envieux des occupants des tables voisines qui n'avaient pas les moyens de se payer ce champagne facturé à prix d'or.

« Papa Marseille » soupira.

– Je voudrais bien être plus vieux de quelques jours ! J'en ai assez de végéter à Nouakchott, à faire le larbin.

Il buvait le champagne Taittinger avec la même célérité que la bière...

Quand la bouteille fut vide, Malko paya une addition monstrueuse pour le pays, sous le regard émerveillé de la barmaid, qui lui aurait volontiers abandonné ce qui lui restait de vertu. En Afrique, l'argent était respecté.

Lui et « Papa Marseille » se séparèrent devant le restaurant.

– Demain, onze heures, devant le El Amane, fixa « Papa Marseille » avant de s'éloigner à pied dans l'obscurité.

Au volant du Hilux, Malko remontait l'avenue Charles de Gaulle, plutôt euphorique. Malgré l'épisode de l'attentat, l'avenir était presque souriant. Il donna un coup de frein, ayant vu l'entrée du Tfeila trop tard. Il était obligé de faire demi-tour. Il continua un pau plus loin et repartit sur l'autre voie. Arri-

vant en face du chemin conduisant à la Maison
d'Hôtes.

Presque sans réfléchir, il prit à droite et arrêta le
Hilux en face du portail de la Maison d'Hôtes, puis
pénétra dans le jardin.

Personne, sauf un « chouf ».

Il traversa, entra et monta au premier. La porte de
la chambre de Fatimata n'était pas fermée à clef,
mais elle grinça. La jeune femme, entendant du
bruit, sursauta et alluma la lampe de chevet.

Arborant un sourire ravi en voyant Malko.

– Tu dois être fatigué ! lança-t-elle. Viens te
coucher.

Lorsqu'il la rejoignit, elle était couchée en chien
de fusil, sa merveilleuse croupe tournée vers lui. À
peine fut-il dans le lit, qu'elle vint se visser au ventre
de Malko, commençant un mouvement tournant
extrêmement érotique. Sans se retourner. Elle savait
ce qu'elle faisait. Malko l'enlaça et prit ses seins
à pleines mains ; il les tenait toujours lorsque son
membre, désormais dur comme du bois de fer,
trouva naturellement le sexe de Fatimata.

D'un léger coup de rein, elle l'aida à s'y enfoncer. Accroché à ses seins comme à des bouées de
sauvetage, il se mit à lui donner de violents coups
de reins jusqu'à ce qu'il explose.

Ils restèrent ainsi, emboîtés comme des petites
cuillères.

Après ce qu'il avait vécu dans la journée, c'était
exquis. D'autant, que l'avenir n'était pas totalement rose : poursuivre son entreprise avec l'ombre
du colonel Abu Khader, c'était comme courir un

cent mètres avec un sac de cinquante kilos sur les épaules.

Fatimata semblait s'être rendormie, son sexe toujours fiché en elle. Il en fit autant.

Ira Medavoy avait écouté le compte rendu de la dernière rencontre avec «Papa Marseille», avec une excitation grandissante.

– Donc, conclut-il, vous pensez avoir une chance de réussir à faire sortir ces trois salopards..

– Oui, confirma Malko. S'il n'y a pas de problèmes.

– C'est-à-dire?

– Des tas de choses peuvent arriver. Un gardien peut changer d'avis, le tunnel peut s'effondrer. Mais surtout, il y a la menace algérienne…

Le chef de Station se rembrunit.

– Je sais. J'ai envoyé un très long rapport à Langley. C'est eux qui doivent décider. Ils ont le choix entre plusieurs solutions. Soit intervenir auprès des autorités algériennes, soit trouver une solution pour neutraliser ce colonel…

– Comment?

Ira Medavoy eut un geste évasif.

– Je ne sais pas. Attendons leur réponse. J'ai assez d'argent ici pour les 100 000 ouguiyas. Ça commence à faire beaucoup…

– Vous savez ce que coûte une journée de guerre en Afghanistan? ne put s'empêcher de remarquer Malko. Même si vous lui donnez encore beaucoup

d'ouguiyas et à moi, assez pour refaire entièrement
mon château, ce sera encore un cadeau…

*
* *

Malko vit surgir la haute silhouette de « Papa Marseille » qui arrivait à pied de l'autre côté de l'avenue
Nasser. Il se glissa à côté de Malko, qui aussitôt, lui
tendit une lourde enveloppe.

– Voilà les 100 000 ouguiyas.

« Papa Marseille » ouvrit l'enveloppe et entreprit
de compter les liasses de billets de 2 000 ouguiyas
avec un soin méticuleux. Il se tourna ensuite vers
Malko.

– OK, vous êtes un type sérieux. Je vais aux
« Cent Mètres » et ça démarre. Je vous rappelle qu'il
faut payer les gardiens tous les matins.

» Donc, on se donne rendez-vous ici demain, à la
même heure. Même montant. Des questions ?

– Oui, lequel allez-vous changer de cellule pour
le mettre dans la « bonne » ?

– Cela m'est égal. Ils vont décider entre eux. De
toute façon, la nuit, ils creuseront ensemble. Les
autres regagneront leur cellule avant l'appel du
matin.

– Je voudrais que ce soit Maarouf Ould Haiba
qui soit mis dans cette cellule.

– Pas de problème. Je vais transmettre.

C'était celui à qui Malko avait fait parvenir le
portable.

Visiblement satisfait, « Papa Marseille » enfouit
l'enveloppe dans une vieille sacoche d'officier et se
tourna vers Malko. ·

– Une précision : mon boulot se termine lorsqu'ils émergent hors de la prison. Après, vous les prenez en charge. D'ailleurs, je ne serai plus là.

– Où serez-vous ?

– Sur la route d'Atar. L'évasion risque de faire du bruit. Ils n'iront pas me chercher là-bas. Donc, vous me donnez le solde de ce que vous me devez le soir précédent la nuit de l'évasion. Quand il ne restera presque plus rien à creuser.

Malko tiqua intérieurement, de nouveau pris par le doute.

Le «plan» mirifique de «Papa Marseille» pouvait n'être qu'une magnifique arnaque. Après tout, il n'avait aucune preuve de ce qui se passait réellement à l'intérieur de la prison. Tout reposait sur la parole de «Papa Marseille»…

Il fallait à tout prix trouver une «sécurité», pour s'assurer, avant de lui remettre l'argent, que le tunnel avait été réellement creusé. Pour cela, il ne voyait qu'un moyen : que celui à qui il avait donné le portable le prévienne avant qu'il ne remette l'argent à «Papa Marseille».

Juste avant de s'évader.

Il fallait transmettre le message par l'intermédiaire du «cousin» de la mosquée Budah.

Malko se dit qu'il allait vivre dans l'angoisse jusqu'à la dernière minute.

*
* *

Lorsque Malko pénétra dans le bureau d'Ira Medavoy, il remarqua tout de suite l'expression grave de l'Américain. Ils ne s'étaient pas revus depuis la veille et Malko venait seulement chercher les 100 000 ouguiyas quotidiens.

– Il y a un problème ? demanda Malko.

Le chef de Station lui adressa un sourire un peu crispé.

– Non, mais j'ai reçu la réponse de Langley concernant le colonel Abu Khader.

– Et alors ?

– C'est remonté jusqu'à la Maison-Blanche. Cette histoire d'otages est traitée au plus haut niveau. Il y a eu un meeting entre les gens de la Maison-Blanche, le DG Ted Boteler et Tony Motley, le responsable de la cellule qui gère l'opération «Blackbird». À la suite de ce meeting, le président a signé un «*executive order*» pour que soit réglé le cas, autorisant les mesures à prendre.

Il tendit à Malko un document portant le sceau de la Maison-Blanche et la signature du président Barack Obama.

Il le parcourut et quatre mots lui sautèrent aux yeux : «*terminate with extreme prejudice*».

Il s'agissait du colonel Smain Abu Khader... Le Président des États-Unis autorisait donc son élimination physique.

CHAPITRE XVIII

Malko rendit l'*Executive Order* à Ira Medavoy. Troublé. Il était relativement fréquent que la Maison Blanche autorise l'élimination physique d'ennemis de l'Amérique, mais c'étaient toujours des terroristes. C'était la partie « souterraine » de la lutte anti Al Qaida.

Seulement, dans le cas présent, il s'agissait d'un officier d'un Service de Renseignement, en principe ami.

Ce qui violait une règle essentielle : les grands Services ne pratiquent pas entre eux ce genre de règlement de compte.

Comme s'il avait lu dans les pensées de Malko, le chef de Station lança.

– Je comprends que vous soyez surpris. Je l'ai été aussi et j'ai appelé Tony Motley pour en savoir plus.

» D'après lui, cette décision n'a pas été facile à prendre. Ceopendant, deux éléments ont joué en faveur de sa recommandation.

» D'abord, le colonel Abu Khader est considéré comme responsable de la mort de Brian Kennedy, un « field officer » de l'Agence. Nous ne laissons jamais ce genre de crime impuni… Or, il est impossible de traduire ce colonel algérien devant un tribunal américain. Cela ne laisse qu'une solution.

» Ensuite, l'opération «Blackbird» est une priorité absolue, à la fois pour l'Agence et pour l'Administration. Après avoir lu mon rapport, Tony Motley a conclu que la réussite de l'opération que vous avez lancée et qui doit aboutir à la libération de nos cinq otages, est mise en péril par les actions du colonel Abu Khader.

» Il est susceptible de continuer cette obstruction. Donc…

Il laissa sa phrase en suspens.

Malko chercha son regard.

– Je comprends, dit-il, et je ne défendrai pas le colonel Abu Khader qui a tenté de m'assassiner à deux reprises et est responsable de nombreux dommages collatéraux lors du dernier attentat. Mais j'ai une seule question : qui va exécuter cet ordre ?

Le silence d'Ira Medavoy valait tous les aveux.

L'Américain se gratta la gorge et dit d'une voix qu'il voulait assurée :

– Je comprends votre réticence, mais, dans les circonstances actuelles, je ne vois pas comment faire autrement. Cela prendrait trop de temps de faire venir ici des gens de la D.O., de les briefer et de monter l'opération. Évidemment, vous n'êtes pas forcé d'accepter. C'est une question d'éthique personnelle.

– Je n'aurai aucune réticence à éliminer ce colonel algérien, répliqua Malko, étant donné ce qu'il a fait. Seulement, sur le plan pratique, cela pose certains problèmes.

– Lesquels ?

– D'abord, je ne sais rien de lui et de ses habitudes. Son élimination est une opération complexe à elle toute seule. Or, je dois suivre l'opération principale.

– Pour l'instant, vous n'avez pas grand-chose à faire, souligna l'Américain. À part vos rendez-vous quotidiens avec « Papa Marseille ».

» Quant aux habitudes du colonel Abu Khader, j'ai relu sa fiche. Il a deux lieux préférés. Chaque matin, vers dix heures, il se rend à un cybercafé, non loin de l'ambassade d'Algérie, pour y passer un moment devant un site porno. C'est le patron, un Sénégalais, qui nous l'a dit. Il va aussi fréquemment au bar de l'hôtel El Amane, sur Nasser Avenue. Il conduit lui-même une Jeep Cherokee immatriculée AF697600 CD.

– Je suppose qu'il est toujours armé ?

– Ce n'est pas certain, mais je n'ai rien là-dessus.

Malko demeura silencieux. Sachant déjà qu'il allait accepter. C'était cela ou l'abandon de sa mission.

– Bien, dit-il, je vais étudier le problème.

Ira Medavoy lui jeta un regard inquiet.

– Bien entendu, rien ne doit relier cette affaire à la Station.

Toujours l'obsession de la CYA[1]... Pourtant, dans cette affaire, toutes les règles de sécurité étaient piétinées... En théorie, jamais Malko n'aurait dû avoir de contact avec la Station de Nouakchott.

_____

1. Cover Your Ass.

– Vous ne pensez pas que les Mauritaniens vont finir par se poser des questions ? interrogea-t-il.

Ira Medavoy balaya la question d'un geste sec.

– Qu'ils se posent des questions, ce n'est pas grave. Tant qu'ils n'ont pas de preuves. Well, que comptez-vous faire ?

– Ce que vous attendez de moi… Vous savez bien que je n'ai pas le choix.

– Que Dieu vous aide ! fit simplement Ira Medavoy. Pourvu que tout cela serve à quelque chose.

– Vous avez l'argent pour « Papa Marseille » ?

– Bien sûr.

Le chef de Station sortit une enveloppe d'un tiroir et la tendit à Malko, qui la prit et se leva.

– À demain, dit-il sans aucun commentaire.

« Papa Marseille » était en retard. Même avec la clim, le Hilux était un four.

Enfin, Malko aperçut le vieux Français traverser l'avenue Nasser en biais, se dirigeant vers lui. Il devait dormir dans l'appentis du loueur de voitures.

À peine monté dans le 4 × 4, « Papa Marseille » tourna vers Malko un visage radieux.

– Ils ont creusé comme des taupes ! Jusqu'à l'aube.

Malko l'aurait embrassé !

– Vous avez l'argent ? Mon type m'attend à la mosquée. Il vient de quitter son service.

Malko lui tendit l'enveloppe contenant les

100 000 ouguiyas quotidiens, destinés au gardien-chef de la prison.

– Vous savez combien de temps il va falloir ? demanda-t-il.

– En une nuit, ils ont pu, à trois, dégager toute la terre qui avait servi à reboucher le trou dans la cellule. C'est-à-dire qu'ils ont retrouvé le tunnel creusé il y a deux ans. Il est un peu effondré mais on peut s'y glisser.

– Combien de temps avant qu'ils puissent sortir ?

« Papa Marseille » hésita.

– Si ça continue comme ça, ils sont dehors dans quatre ou cinq jours.

« Papa Marseille » avait déjà la main sur la portière quand Malko lui lança.

– J'aurai besoin d'un véhicule. Votre ami pourrait m'en louer un.

Le colonel Abu Khader connaissait le Hilux.

– Il loue toujours avec chauffeur, objecta « Papa Marseille ».

– J'ai besoin sans chauffeur.

Le vieux Français soupira.

– OK, je vais me porter garant pour vous. Évidemment, il va falloir payer un peu plus. Vous le voulez quand ?

– Maintenant, si c'est possible…

– On y va. Il n'y a qu'à traverser l'avenue.

Ils descendirent ensemble de l'Hilux et gagnèrent la baraque de l'agence El Vadel. Le vieux squelettique était toujours là. La discussion entre « Papa Marseille » et lui s'éternisa. Finalement, ce dernier se tourna vers Malko.

– Il veut 30 000 ouguiyas par jour pour la vieille

Land Cruiser qui est devant et une caution d'un million[1]…

– C'est cher…

«Papa Marseille» gloussa.

– On ne peut pas tellement discuter. Vous récupérerez la caution, en principe.

– Pourquoi, en principe ?

– Parce qu'il fera tout pour ne pas vous la rendre. C'est un vieux brigand.

– OK, qu'il prépare la voiture, conclut Malko, je vais chercher l'argent.

Heureusement, on changeait les dollars et les euros à tous les coins de rue.

– Je vous attends ici, proposa «Papa Marseille», je vais vérifier qu'elle n'est pas trop pourrie…

La Toyota Land Cruiser n'avait plus de ressorts depuis longtemps et les sièges étaient lacérés comme si des fauves avaient joué dessus. Seuls deux cadrans ornaient encore le tableau de bord : la jauge du carburant et la température. Autour, il n'y avait que des trous noirs. On avait du mal à voir à travers le pare-brise, fendu en plusieurs endroits et le kilométrage avait été pudiquement masqué par un trait de peinture noire. En partant avec, Malko découvrit qu'elle n'avait plus de suspension.

Il avait laissé le Hilux en face du El Amane. Khouri viendrait le récupérer. Pendant qu'il cahotait

---

1. 2 500 euros.

dans les trous de la chaussée, il fit le point mentalement.

Anouar Ould Haiba avait eu assez peur pour tenir sa langue. Côté prison, il ne pouvait que prier et payer sa dîme quotidienne.

Il était trop tard pour s'attaquer au colonel Abu Khader : il n'avait pas vu sa Cherokee devant le El Amane et le seul endroit où il pouvait désormais le retrouver, c'était le cybercafé. Seulement, le colonel algérien ne s'y rendait que le matin.

Désormais, après le rapport de «Papa Marseille», les choses s'accéléraient. Donc, il fallait prévoir ce qu'il allait faire avec les trois prisonniers évadés. Quand ils émergeraient de leur tunnel.

Il ne voulait pas mettre Khouri Ould Moustapha dans le coup. Trop risqué. Une seule personne pouvait l'aider : Fatimata.

La jeune femme avait assisté à pas mal de choses et devait bien se douter que Malko n'était pas un journaliste ordinaire. Le tout était de savoir jusqu'où il pouvait la mettre dans la confidence.

Vingt minutes plus tard, moulu, il stoppa à côté du chameau agenouillé en face de la Maison d'Hôtes. Fatimata était dans le jardin, en grande conversation avec Marina.

Elle la planta aussitôt pour rejoindre Malko.

– Je t'emmène déjeuner, proposa ce dernier. Au Méditerranéen.

– C'est bon, là-bas, approuva-t-elle. Attends, je vais m'habiller.

Elle disparut dans la maison.

Réapparaissant dix minutes plus tard dans une

tenue à faire perdre la foi au plus radical des Salafistes.

Un haut en jersey orange qui collait à ses seins comme une seconde peau et un jean si ajusté qu'il paraissait peint sur elle.

Malko dut faire un effort prodigieux pour ne pas la violer sur place.

— Tiens, tu as une nouvelle voiture ! remarqua-t-elle lorsqu'ils regagnèrent la Land Cruiser.

Elle fit la grimace en s'installant.

— J'espère que tu ne l'as pas payée trop cher ! Elle est très vieille.

La terrasse du Méditerranéen était vide. Ils prirent une table avec un peu d'ombre et Fatimata battit des mains lorsque le patron lui proposa sa salade de langouste.

On leur apporta des bières et Malko laissa la jeune femme se désaltérer avant d'en venir à ce qui le tracassait.

— Il faut que je te parle, dit-il.

Fatimata braqua ses yeux sur lui et demanda.

— Qu'est-ce que tu veux me dire ?

— Sais-tu ce que je fais à Nouakchott ?

— Pour de vrai ?

— Oui, pour de vrai.

— Tu vas faire évader des gens de la prison. C'est bien, on ne devrait pas mettre les gens en prison.

— Comment le sais-tu ?

Elle eut un geste évasif.

— Oh, le «cousin» de Maarouf m'a parlé un peu et puis, quand on donne un portable à un prisonnier, il y a toujours une raison.

– Et cela ne t'étonne pas que je fasse évader des Salafistes ?

Fatimata éclata de rire.

– Vous les Blancs, vous avez toujours des idées bizarres ! Ce n'est pas mon problème. Tu es gentil, tu ne sens pas le cadavre et tu me baises bien...

Une âme simple.

Malko se dit que c'était idiot de biaiser.

– Je sais, reconnut-il, j'essaie de faire évader des prisonniers. Pour les échanger contre d'autres personnes. Seulement, j'ai un problème : si je réussis, je serai obligé de les planquer quelques jours en ville. As-tu une idée d'un endroit sûr ?

Visiblement, la question prit Fatimata par surprise. Puis, elle eut un large sourire.

– Peut-être !

– Quoi ?

– Laisse-moi manger ma langouste. Je te le dis après.

Malko attaqua à son tour sa salade de langouste. Perturbé. Décidément, dans l'opération « Blackbird », on transgressait toutes les règles de sécurité. Normalement, un chef de mission ne fait pas appel à des « civils » pour l'aider.

Surtout pas à quelqu'un qui n'a aucun lien avec un Service. Même pas un H.C.[1]

Seulement, il n'avait guère le choix.

Entre Khouri Ould Moustapha, « Papa Marseille » et maintenant Fatimata, c'était la « bandera des cloportes ».

---

1. Honorable Correspondant.

*
* *

– Tu prends comme si tu allais au port des pêcheurs, conseilla Fatimata.

Malko tourna à droite dans Nasser avenue, en direction de l'ouest, traversant le quartier Sebakha, un des plus pauvres de Nouakchott.

Ils rejoignirent ensuite une route longeant les grandes dunes, séparant Nouakchott de l'océan. Fatimata indiqua une piste qui serpentait au milieu, filant vers l'ouest. Elle le guida parmi les multiples embranchements, toujours en direction de l'océan. Les dunes avaient près de deux kilomètres de profondeur et se terminaient par une sorte de mur de sable, empêchant de voir l'océan. Malko aperçut juste au sommet de ce mur de sable ce qui ressemblait à un grand bâtiment abandonné.

– C'est là qu'on va, l'hôtel Ahmade, expliqua Fatimata. Le type qui l'a construit n'avait plus d'argent, alors il l'a abandonné. Depuis, le sable a tout envahi et, dans quelques années, il n'en restera aucune trace.

» Arrête-toi là.

Il stoppa en contrebas de la dernière dune et ils s'engagèrent dans un sentier menant aux ruines de l'hôtel… découvrant une cabane en bois avec trois Mauritaniens allongés sur des nattes, au milieu d'un fatras de bouteilles, de caisses, de bijoux rustiques.

– Ils habitent là ? demanda Malko.

– Oui, ce sont des réfugiés du sud ; ici, ils ont trouvé un abri gratuit. Le week-end, jeudi et vendredi ils vendent des poissons et des souvenirs aux expatriés qui viennent se baigner.

Un des Mauritaniens se leva et tendit une couverture à Fatimata avec un sourire édenté.

– Il veut louer ça, expliqua-t-elle, pour qu'on puisse s'étendre dessus sur la plage. Ils nous prennent pour des expats.

Elle prit la couverture, visiblement infestée de vermine et ils contournèrent la cabane, découvrant les rouleaux de l'Atlantique. La plage devait mesurer une dizaine de kilomètres. Pas un chat à perte de vue ! À gauche, dans le lointain, le port des containers et, à droite, celui des pêcheurs.

Malko explora la façade de l'ex-hôtel. Tout avait été muré et grillagé, mais c'était facile de s'introduire à l'intérieur, où on pouvait loger plusieurs dizaines de personnes, sans confort, mais en toute tranquillité… Ils avancèrent jusqu'à la piscine, détruite, vidée.

Évidemment, personne ne viendrait chercher les évadés ici.

– Personne ne vient jamais sur cette plage ? demanda Malko.

– Le vendredi, quelques expats, mais les Mauritaniens n'aiment pas la mer. Ils ne savent pas nager.

– Et les gens que nous avons vus ?

– Ils sont très pauvres. Si tu leur donnes quelques milliers d'ouguiyas, ils ne diront rien à personne. D'ailleurs, à qui parleraient-ils ? Ils ne bougent jamais d'ici. Sauf pour pêcher ou aller acheter de l'eau.

– Comment connais-tu cet endroit ?

– J'y venais avec Brian. Il aimait bien pêcher et ensuite, nous nous étendions sur la plage et nous faisions l'amour dans les vagues.

Au fond, c'était un pèlerinage.

La jeune femme fit quelques pas dans le sable, ôta ses nu-pieds et étendit la couverture sur le sable brûlant. Comme ils se trouvaient en contre-bas de l'hôtel, ils étaient parfaitement invisibles sauf de l'océan vierge de toute embarcation.

Tranquillement, Fatimata fit passer son haut orange dessus sa tête, découvrant sa lourde poitrine.

Visiblement, elle avait envie de renouer avec la tradition.

Ils n'avaient pas fait l'amour sur la plage, comme le souhaitait Fatimata. L'ombre de Brian Kennedy flottait trop devant les yeux de Malko. Par contre, ils étaient restés longtemps à se détendre entre le sable et la mer tiède.

Malko sentait les crispations de ses muscles diminuer. Il avait l'impression d'être à un tournant.

L'évasion des trois Salafistes semblait bien engagée.

Tandis qu'ils regagnaient la ville et que le jour tombait, il se dit qu'il avait besoin comme disait Fatimata, de se « laver la tête ».

À peine dans la chambre de la Maison d'Hôtes, il fit ce qu'il avait eu envie de faire lorsqu'il était venu chercher Fatimata. À travers la maille orange, il commença à masser et à tordre les seins et leurs longues pointes dessinées sous le léger tissu.

Fatimata ronronnait, les yeux fermés, le bassin en avant. Il abandonna ses seins pour sa croupe. S'il avait pu lui faire l'amour sans lui enlever son jean, c'eût été parfait. Seulement, il aurait fallu le couper au rasoir. Quand il passa la main en haut de ses cuisses, il sentit une tiédeur humide : elle était aussi excitée que lui.

Elle trouva le moyen de lui offrir une véritable danse du ventre en se débarrassant de sa seconde peau.

Avant de s'allonger sur le lit, la croupe saillante. Malko ne sentait plus la chaleur sèche. Il s'allongea sur elle et, aussitôt, Fatimata commença à bouger doucement. Comme elle n'avait plus que son string, toute la chaleur de son corps se communiquait à Malko.

En peu de temps, il fut raide comme un manche de pioche. D'elle-même, elle se retourna, s'allongeant sur le ventre. Se soulevant un peu, Malko posa délicatement l'extrémité de son sexe sur la corolle marron cachée dans le profond sillon. Elle semblait hermétiquement close, mais il savait, désormais, comment l'apprivoiser. Peu à peu, en se vrillant doucement, millimètre par millimètre, il déclencha les soupirs de Fatimata, puis ses petits cris de gorge.

Patiemment, il se retint, tandis que la Noire s'éveillait de plus en plus, griffant les draps, secouant la tête comme si elle était devenue folle. Malko la pénétra de quelques centimètres supplémentaires et cela déclencha enfin son orgasme. Elle se tordit sous lui, ses jambes se détendirent d'un coup.

Alors, impitoyablement, il s'enfonça beaucoup plus loin, rencontrant cette fois une résistance farouche. La jeune femme, comme la première fois qu'il l'avait sodomisée, se débattait pour lui échapper, criait, mordait le drap, mais il avait décidé d'aller jusqu'au bout.

C'était si bon qu'il ne put se retenir longtemps et explosa, au fond des reins de la Noire.

Ensuite, épuisé, le cerveau clair, il reprit mentalement le collier.

Sa décision était prise : il ne perdrait pas une minute pour régler le problème du colonel Abu Khader. Il n'avait jamais aimé tuer, même si les circonstances l'y avaient parfois forcé. Cette fois, il s'agissait d'une décision mûrement réfléchie et pourtant, il se sentait curieusement calme.

CHAPITRE XIX

Le colonel Smain Abu Khader plissait les yeux de satisfaction, glué devant le petit écran du cybercafé. Isolé dans son box, il s'était branché comme tous les matins sur son site pornographique préféré et se remplissait les yeux d'une blonde potelée, assaillie par deux Noirs aux membres gigantesques, qui lui faisaient subir méthodiquement tous les outrages imaginables.

Sous son pantalon de toile, son sexe s'était raidi et, de temps en temps, il l'effleurait subrepticement comme pour se soulager, n'osant quand même pas aller jusqu'à une franche masturbation.

Certes, Moussa, le Sénégalais exploitant le café, aurait fermé les yeux, mais il se serait senti humilié.

Le quart d'heure était terminé. Il allait en reprendre un lorsqu'il se souvint qu'il avait rendez-vous avec le patron de la gendarmerie mauritanienne, pour aplanir un problème d'infiltration d'anciens membres du Polisario en territoire mauritanien.

Il sortit du cybercafé et se dirigea vers sa Cherokee bleue garée sur le bas-côté de la rue, actionnant son «bip», tout en marchant, afin de déverrouiller les portières.

Encore perdu dans son rêve érotique, il ouvrit sa portière et se glissa derrière le volant.

*
* *

Malko s'était garé entre le cybercafé et l'hôtel Hatima. Après avoir vu le colonel de la Sécurité Algérienne pénétrer dans le cybercafé, vers dix heures.

Réveillé très tôt, il avait tourné et retourné dans sa tête les possibilités d'agir, sans se déterminer complètement. Il lui manquait encore trop de paramètres. Une partie de ses interrogations avait disparu en voyant le colonel Smain Abu Khader arriver seul. Apparemment très décontracté, en civil, avec une chemise et un pantalon de toile beiges.

C'est pendant qu'il se trouvait à l'intérieur du cybercafé qu'il avait échafaudé un plan. Qu'il ne pourrait peut-être pas réaliser.

Il ne quittait pas des yeux la porte de l'établissement où le colonel algérien nourrissait ses fantasmes. À dix heures dix-sept à sa Breitling, il vit l'officier algérien réapparaître et se diriger sans se presser vers sa Cherokee.

C'était le moment.

Sa Land Cruiser se trouvait garée à la droite de la Cherokee. Il attendit que le colonel Abu Khader soit en train d'ouvrir sa portière pour se glisser hors de la Land Cruiser.

De son volant, tourné vers le cybercafé, le colonel ne pouvait le voir.

Malko arriva à la hauteur de la Cherokee juste comme le colonel algérien lançait son moteur. Les portières étaient encore déverrouillées. Il tira sur la poignée de la portière conducteur et se hissa dans le véhicule.

* *
*

Le colonel Smain Abu Khader tourna brusquement la tête en voyant la portière passager s'ouvrir et un homme se glisser sur le siège passager, à côté de lui.

Sa surprise ne dura que quelques secondes... Il venait de reconnaître l'intrus. L'Agent de la CIA, qu'il avait déjà tenté de faire assassiner deux fois. En dépit de l'adrénaline qui se ruait dans ses artères, il parvint à garder son sang-froid et lança en arabe.

– Qu'est-ce que vous voulez ? Sortez immédiatement !

L'intrus avait déjà sorti un petit revolver au canon très court, qu'il braqua sur lui.

– Démarrez et roulez, ordonna-t-il d'un ton sans réplique. Sinon, je vous abats ici, tout de suite. J'ai besoin de vous parler.

Smain Abu Khader sonda le regard de son adversaire et conclut très vite qu'il devait obéir.

Marche arrière, puis son « visiteur » ordonna :

– Vous prenez la route de Nouadibou, jusqu'à l'avenue Nasser.

Il obéit. Déjà, son cerveau cherchait à évaluer le risque réel. De l'analyse de la situation, il ne retint que la dernière phrase : « Je veux vous parler ». Concluant que les Américains avaient découvert son rôle dans le meurtre de Brian Kennedy et voulaient une explication.

Cela le rassura.

Après tout, l'homme qui venait de monter dans sa Cherokee faisait aussi partie d'un Grand Service où on arrive généralement à aplanir les différends d'une manière civilisée.

La circulation était, comme toujours, cahotique et le colonel algérien se demanda quand même s'il n'allait pas provoquer volontairement un accident pour déclencher une intervention extérieure.

Comme s'il avait lu dans ses pensées, l'agent de la CIA lança.

– Si vous essayez d'attirer l'attention, d'une façon ou d'une autre, je vous tue.

Ils mirent vingt minutes pour atteindre l'avenue Nasser. Le carrefour était comme toujours un magma incontrôlable de véhicules enchevêtrés les uns aux autres et l'agent de la CIA le fit passer par une station d'essence sous le regard blasé d'un policier impuissant, qui leur adressa quand même un geste de reproche.

– Maintenant, vous prenez la route du port de pêche !

Ils traversèrent le quartier Sebakha. Plus un seul feu rouge mais des dizaines de charrettes à âne, livrant une eau déjà polluée. Vingt minutes plus tard, ils atteignirent le « goudron » longeant la ville à l'ouest, reliant le port des Pêcheurs et celui des containers.

Malko désigna à l'officier algérien une piste qui s'enfonçait dans les dunes en direction de la mer.

Celle qu'il avait empruntée la veille avec Fatimata pour gagner l'hôtel abandonné.

– Tout droit !

Très vite, ils se perdirent dans un entrelacs de pistes jonchées de débris divers, traversant des fondrières, des marécages, dans une puanteur atroce... Le colonel algérien se tourna vers Malko, soudain inquiet.

– Où voulez-vous aller ?

Malko ne répondit pas.

Ils n'étaient plus loin de la mer ; dans le lointain, derrière eux, défilaient des camions se rendant au port des containers. Le colonel Abu Khader commença à se dire que ce n'était pas l'endroit idéal pour une conversation et à échafauder un Plan B. Lui aussi, était armé. Un Glock glissé sous sa chemise flottante, mais il n'y avait pas de cartouche dans la chambre.

Il se concentra sur la conduite, rebondissant de fondrière en fondrière.

Désormais, ils zigzaguaient entre deux dunes, invisibles de la route goudronnée et même de la dernière dune surplombant l'océan.

*
* *

– Arrêtez-vous là ! lança soudain Malko

Ils n'avaient pas tellement le choix : la piste s'arrêtant, se perdant dans une mare nauséabonde où surnageaient des cadavres de petits animaux.

Le colonel Abu Khader obéit et se tourna vers l'agent de la CIA.

– Que voulez-vous ?

Ce qu'il lut dans le regard de son adversaire lui donna la réponse et il se dit qu'il avait très peu de temps devant lui pour sauver sa peau. Il s'était trompé.

Sans quitter l'agent de la CIA des yeux, il appuya sur la poignée de la portière, donna un coup d'épaule et plongea à terre.

Se relevant immédiatement, il arracha son Glock de sous sa chemise. Aussi vite qu'il le put, il ramena la culasse en arrière, pour l'armer.

Ce fut son dernier geste.

Il perçut la première détonation, mais pas les suivantes, le cerveau explosé par le projectile de 9 mm.

Il gisait, le visage dans la fondrière, lorsque celui qui l'avait abattu sauta à terre à son tour.

Malko regarda la nuque de l'homme qu'il venait de tuer. Le remerciant mentalement d'avoir cherché à se défendre. Le meurtre planifié qu'il avait envisagé se transformait en légitime défense. Certes, en amenant le colonel algérien jusque-là, il avait bien l'intention de l'exécuter, mais c'était mieux comme cela.

Il n'éprouvait rien, sinon un grand soulagement. La satisfaction du devoir accompli et de se dire que, s'il n'avait pas tiré, le colonel Abu Khader n'aurait pas hésité à le tuer, lui.

Il regarda les murs de sable qui avaient étouffé le bruit des détonations.

La partie la plus délicate de l'opération commençait. Il remonta dans la Cherokee et enclencha la marche arrière, le moteur tournant toujours. Au prix de quelques manœuvres, il arriva à faire demi-tour et à repartir d'où il était venu.

Jusqu'au centre, il n'y avait pas de problème. Les Mauritaniens ne prêtaient aucune attention aux énormes 4×4 circulant en ville, et, de jour, il n'y avait aucun check-point de police.

Il traversa de nouveau le quartier Sebakha, débouchant dans l'avenue Nasser. Il hésitait à poursuivre jusqu'au cybercafé lorsqu'il aperçut, face à face, dans l'avenue, l'hôtel Mahraba et la Poste. Il se gara en face de l'hôtel, au milieu d'une douzaine d'autres 4×4, prit quelques secondes pour essuyer le volant et le pommeau du levier de vitesse avec son mouchoir. La police judiciaire mauritanienne ne devait pas s'occuper beaucoup des empreintes digitales mais il ne fallait pas tenter le diable.

Il laissa la clef sur le contact et pénétra dans l'hôtel, demeurant quelques instants dans le lobby, et ressortit. Un taxi débarquait trois grosses Mauritaniennes gavées à la pulpe de dattes. Il se glissa à leur place et lança en français au chauffeur.

– Je vais à l'ambassade américaine.

Ira Medavoy leva un regard interrogateur sur Malko et demanda presque timidement.

– Vous avez pensé à notre conversation d'hier ?

– C'est fait, répondit Malko d'une voix égale. Tenez, vous devriez garder ceci, c'est plus prudent.

Il posa sur le bureau du chef de Station le Colt

Deux Pouces que lui avait donné Brian Kennedy et raconta à l'Américain ce qu'il venait de faire.

Ce dernier semblait transformé en statue.

– *My God! souffla-t-il. You really did it!* [1]

– Il n'y avait pas d'autre solution, répliqua Malko, et vous le savez.

Ira Medavoy attrapa le petit revolver et le glissa dans un tiroir.

– Il faut que je vous donne une autre arme, avança-t-il.

– Je n'en ai pas besoin, rétorqua Malko. Je ne pense pas que les Algériens vont remettre ça de sitôt et je n'ai rien à craindre des Salafistes. Quant aux Mauritaniens, ils peuvent m'arrêter, pas m'assassiner.

» Vous avez l'argent pour « Papa Marseille » ?

Comme un automate, le chef de Station sortit de son tiroir l'enveloppe quotidienne des 100 000 ouguiyas.

– Nous sommes dans la dernière ligne droite, conclut Malko. Faisons le point en fin de journée. Faites-moi ramener à ma voiture par un de vos véhicules. Je suis en retard.

« Papa Marseille » arriva d'un air guilleret, tête nue sous le soleil, sortant de El Amane. Avec son teint brique, il ressemblait à un vétéran de l'armée des Indes.

– Tout va bien ! annonça-t-il dès qu'il fut dans

1. Vous l'avez vraiment fait !

le 4×4. La partie de tunnel déjà creusée a tenu le coup, ça va aller plus vite que prévu…

Malko tendit au vieux Français l'enveloppe des 100 000 ouguiyas et eut soudain une idée.

– Est-ce que cela prendrait beaucoup de temps de prolonger le tunnel sur une dizaine de mètres supplémentaires ?

– Pourquoi ? demanda, soupçonneux, « Papa Marseille ».

– Parce que si les évadés émergent à l'*intérieur* de la cour des Douanes, il va falloir leur faire franchir la grille. Même la nuit, il y a des vigiles. Tandis que s'ils sortent de l'autre côté du mur, sur le bas-côté de la rue, on pourra les récupérer directement.

« Papa Marseille » hocha la tête.

– Ça va allonger les délais, mais on peut tenter le coup. Il va falloir que j'amène du bois pour étayer. Cela coûtera un peu plus cher.

– Aucune importance. Rien d'autre ?

Le vieux Blanc sourit.

– Ça commence à se savoir dans la prison ! Ces cons de Salafistes, comme ils sont paresseux, ont demandé à d'autres détenus de les aider à creuser leur tunnel. Les autres ont accepté, évidemment, mais ils demandent à s'en servir aussi.

Malko sentit monter la chair de poule…

– Vous voulez dire qu'on va vider la prison…

« Papa Marseille » sourit.

– Ce ne serait pas impossible… Mais qu'est-ce que cela peut vous faire ?

Malko venait de se dire, qu'au fond, ce n'était pas

une mauvaise idée : l'évasion des trois condamnés à mort serait noyée dans celle des autres prisonniers.

– Rien, reconnut-il, mais, du coup, il faut impérieusement prolonger le tunnel.

– Ça va coûter plus cher, répéta « Papa Marseille », mais on va faire avec…

– Combien de temps faut-il pour qu'ils soient prêts à sortir ?

« Papa Marseille » réfléchit quelques instants, puis leva la main droite, les doigts écartés.

– Cinq nuits de travail, Inch Allah.

Malko sentit un picotement d'excitation descendre le long de sa colonne vertébrale. Il n'arrivait pas à croire qu'il touchait au but.

Du coup, lui qui, par superstition, n'avait pas voulu penser à la dernière partie de l'opération, était face à un sérieux problème. Une fois sortis de leur trou, les trois Salafistes n'auraient qu'une idée : lui échapper. C'étaient des gens dangereux, qui haïssaient les Américains.

Il fallait donc trouver une solution pour les « gérer » entre le moment où ils émergeraient de leur tunnel et celui où aurait lieu l'échange avec les cinq otages américains.

Une période à haut risque, pour laquelle Malko ne voyait pas de solution dans l'immédiat.

Or, il avait au maximum cinq jours pour en trouver une.

CHAPITRE XX

« Je n'arrive pas à y croire ! soupira le chef de Station. Vous allez vraiment arriver à les faire sortir !

Malko doucha son enthousiasme.

– Attendez, ce n'est pas encore fait. Cependant, je pense qu'aujourd'hui, sur une échelle de 1 à 10, on est autour de 7...

– C'est formidable, fit l'Américain en secouant la tête. Mais, si tout se passe bien, c'est là que les vrais problèmes vont commencer. D'abord, les Mauritaniens vont être hystériques, et vont nous soupçonner.

Un ange passa : en bon bureaucrate, Ira Medavoy était mort de trouille. Or, son risque était limité. Être déclaré « persona non grata » et expulsé de Mauritanie. Même si cela nuisait un peu à sa carrière, ce n'était pas bien grave.

Ils s'étaient retrouvés au Flamingo, un des hôtels les plus luxueux de la ville, avec une boîte de nuit au premier étage.

Malko décida de remettre les pendules à l'heure.

– Supposons que la sortie de prison se passe bien, attaqua-t-il. Comme je vous l'ai expliqué tout à l'heure, les trois Salafistes sortiront de leur tunnel sur le bas-côté de la route, en face du bâtiment des Douanes et non dedans.

» Seulement, à partir de là, je vais être obligé de les gérer.

» L'hôtel abandonné sur la plage, que j'ai visité avec Fatimata, me paraît une bonne planque, mais je ne peux pas me débrouiller tout seul. Il me faut du renfort. Du « muscle ».

– Que voulez-vous dire par « muscles » ? interrogea Ira Medavoy.

– Des gens de la D.O.¹ L'idéal serait de faire venir des « membres » des « Special Forces » stationnés à Bamako et de les encadrer par deux garçons que je connais bien, rattachés à la D.O. Chris Jones et Milton Brabeck.

– Il va falloir les faire entrer officiellement en Mauritanie, remarqua le chef de Station. Les Mauritaniens vont tordre le nez.

– Ils ne vont pas débarquer en uniforme. Trois ou quatre au maximum devraient suffire. Plus Chris et Milton.

– Cela fait six ou sept avec vous, remarqua l'Américain. Plus les trois évadés. Où allez-vous les mettre ?

– J'ai déjà une Toyota Land Cruiser. Je peux en louer une seconde. Il ne faudra pas perdre de temps. L'évasion doit avoir lieu vers l'aube, ou juste avant. Elle sera découverte dès le premier appel à la prison et les recherches vont commencer immédiatement. Les Mauritaniens vont bloquer toutes les routes vers l'Est ou le Sud. Il n'y en a que trois : Atar, Nema et

1. Division des Opérations.

le Sénégal. Évidemment, ils ne penseront pas à la côte, qui est un cul-de-sac.

– Cet hôtel abandonné est une bonne idée, approuva l'Américain, mais cela m'ennuie que votre amie Fatimata soit au courant.

– C'est elle qui l'a trouvé !

– C'est vrai, reconnut Ira Medavoy, mais c'est un risque de sécurité. J'ai peut-être mieux… J'ai déjeuné aujourd'hui avec un type qui vend du matériel militaire de transmission à l'armée mauritanienne. Il habite ici, mais accueille souvent des techniciens qui viennent passer quelques semaines à Nouakchott pour faire de la formation ou mettre au point des matériels.

» Il les loge dans une grande villa du quartier de Las Palmas, près de la route de Nouadihbou. Il y a une douzaine de chambres. Or, en ce moment, cette villa est inoccupée. Elle le sera encore une quinzaine de jours. C'est plus que ce qu'il nous faut.

– Vous voulez qu'on aille se planquer là-bas ?

– Cela me paraît en effet une bonne idée, confirma l'Américain. Le voisinnage est habitué à voir des *toubabs*[1] circuler dans le coin, cela ne les étonnera donc pas.

– Et nos prisonniers ?

– Justement, il y a un grand sous-sol où ils seront très bien. Ce qui nous donnera le temps de mener nos négociations avec ces enfoirés de preneurs d'otages. Parce que la partie la plus délicate de l'opération va commencer au moment où vous vous retrouverez avec vos trois gus…

1. Blancs.

Malko retint une réflexion désagréable. Faire évader de prison trois condamnés à mort dans un pays non coopératif semblait aux yeux du chef de Station, une sorte de formalité.

– Il faut que je sache très vite pour le «muscle», recommanda-t-il. Il nous reste quatre ou cinq jours. Je connais la lenteur de l'Agence. Surtout, s'il faut faire venir Chris Jones et Milton Brabeck de Washington.

– Je vais repasser à l'ambassade envoyer des câbles, promit Ira Medavoy. Avec le décalage horaire, ils pourront commencer à étudier le problème aujourd'hui. On fera le point demain, en fin de journée.

– C'est ce qu'il faut! renchérit Malko. Nous n'aurons pas une seconde chance.

Il laissa son regard errer dans la salle du restaurant, bruyante et animée. On pouvait à peine se parler. Personne ne pouvait supposer ce qu'il préparait : c'était un peu grisant.

– Je vous jure que si vous sortez nos hommes de ce guêpier, je pique une caisse de Taittinger à l'ambassadeur et on fait une fête d'enfer.

– *Don't get carried away!* [1] doucha Malko. Nous ne sommes pas au bout de nos peines.

Assis au volant de sa vieille Land Cruiser, Malko observait «Papa Marseille» en train de traverser l'avenue Nasser. Un coursier de l'ambassade

1. Ne vous emballez pas.

américaine lui avait apporté l'argent au Tfeila. Un
4 × 4 s'arrêta à côté du vieux Français et il en descendit un Mauritanien en dharaa brodée, qui se
jeta dans les bras de «Papa Marseille». Les deux
hommes s'étreignirent longtemps sous le soleil brûlant, puis l'inconnu remonta dans son véhicule et
«Papa Marseille» continua jusqu'au 4 × 4.

– C'est un de vos amis ? demanda Malko lorsqu'il monta dans la Land Cruiser.

– Mon ex-beau-frère ! fit le Français, hilare. À un
moment, j'avais épousé sa sœur. Cela a duré deux
ans, mais c'était une chieuse. Je l'ai répudiée...

Quel beau pays...

– Qu'est-ce qu'il fait ?

– C'est le numéro 2 de la Garde présidentielle ;
un colonel. Il est très puissant. Grâce à lui, j'ai évité
beaucoup de problèmes.

– Il ne soupçonne pas ce que vous faites ?

– Oh, lui, dit qu'il faudrait fusiller tous les Islamistes. Il n'aimerait pas que j'en fasse évader.

– À propos, où en sommes-nous ?

– Vous voulez les bonnes nouvelles ou les mauvaises ?

Malko sentit son estomac se nouer.

– Les mauvaises, d'abord.

– Un morceau du tunnel dans la nouvelle partie,
s'est effondré. Un de ceux qui creusaient a failli être
étouffé. On l'en a sorti, mais on a perdu la nuit. Cela
va retarder d'autant.

– Ce n'est pas très grave. Et la bonne nouvelle ?

– C'est que personne ne se rend compte de ce qui
se passe. Pourtant, tous les prisonniers sont au courant ! Seulement, ils espèrent bien profiter de ce tun-

nel, alors ils la bouclent. Nous pensons même qu'ils en ont parlé à leurs familles. Beaucoup utilisent des portables…

Malko n'en croyait pas ses oreilles.

– Tout Nouakchott va être au courant !

– Non, ils savent se taire, et puis, ils veulent préparer leur « réinsertion », que les familles ne soient pas surprises de les voir débarquer…

C'était devenu « La grande Évasion ».

Malko préféra ne pas insister, revenant à des sujets plus terre à terre.

– Comment serai-je prévenu de l'évasion ?

– Maarouf Ould Haiba, qui a votre portable, vous appellera avant de descendre dans le tunnel. Moi, je vous aurai dit la veille au soir où ils vont déboucher exactement.

– La nuit, il y a beaucoup de circulation ?

– Non, mais il ne faudra pas s'attarder. J'espère que vous savez ce que vous allez faire ensuite…

– En principe, oui.

« Papa Marseille » l'arrêta d'un geste.

– Je ne veux rien savoir. Ce n'est plus mon problème. Moi, je serai déjà à Atar, Inch Allah.

– Combien de jours comptez-vous encore pour creuser ?

Le Français réfléchit quelques instants.

– S'il n'y a pas de nouveaux éboulements, il faut encore trois nuits pour arriver à la verticale du lieu de sortie. Ils attendront le dernier moment pour creuser le « puits » qui débouchera à l'extérieur. Cela prendra deux à trois heures. Vous avez intérêt à filer vite avec eux. Parce que les autres prisonniers vont tous se précipiter pour profiter à leur tour du tunnel.

Cela risque de se remarquer. Il y a des gardes à l'extérieur de la prison : s'ils voient des gens surgir de la chaussée, ils vont donner l'alerte.

» Donc, vous devrez être là juste un peu avant, mais pas trop, parce qu'un véhicule stationné dans ce coin au milieu de la nuit, peut attirer l'attention. Et là…

» Allez, à demain…

« Papa Marseille » avait déjà la main sur la portière lorsque son portable sonna. Il eut une brève conversation en hassaniya et le Français raccrocha, le visage fermé.

— Il y a un problème, annonça-t-il, visiblement contrarié.

L'adrénaline faisait déjà exploser les artères de Malko.

— Lequel ?

— C'est mon copain, le gardien-chef, qui m'appelait de chez lui.

— Depuis ce matin, les autorités ont mis en place dans la prison, un dispositif qui brouille les portables : on ne peut plus communiquer avec les prisonniers, de l'extérieur.

Malko, le cerveau liquéfié, demeura muet. Cette mesure ne pouvait signifier qu'une chose : les autorités avaient eu vent de la tentative d'évasion et commençaient à prendre des mesures.

Toute l'opération tombait à l'eau. La voix de « Papa Marseille » le rassura un peu.

— Faut pas s'affoler. Il y a longtemps qu'on parlait de cette mesure. Toute la ville savait que les prisonniers utilisaient des portables amenés par leurs familles.

– Pourquoi maintenant?

– Pourquoi pas? fit «Papa Marseille» avec un geste fataliste. Moi, je pense qu'il n'y a pas de lien. Certes, cela va compliquer les choses pour la phase finale. De toutes façons, on va le savoir très vite, ajouta-t-il, fataliste. S'ils ont découvert le projet, je n'ai plus qu'à partir pour Atar, mais sans mes chameaux.

Malko bouillait.

– Vous ne pouvez pas repasser à la prison, sous un prétexte quelconque? demanda-t-il. Voir ce qui se passe.

– Cela paraîtrait bizarre. On va le savoir demain matin, ajouta-t-il avec philosophie : si vous ne me voyez pas, c'est que j'ai été arrêté et que vous n'avez plus qu'à vous réfugier à l'ambassade américaine.

» Allez, je vais boire une bière et retrouver ma «fiancée». Elle se voit déjà au milieu de mes chameaux.

Il descendit de la Land Cruiser et s'éloigna de son habituel pas tranquille. Laissant Malko noué comme un pied de vigne…

Ira Medavoy était blême.

– C'est foutu! fit-il d'une voix blanche. Est-ce qu'on vous a vu entrer à l'ambassade?

Si la situation n'avait pas été aussi grave, c'eût été comique.

– Sûrement, fit Malko, mais comme on ne m'a pas encore arrêté, vous êtes tranquille. D'ailleurs, au pire, vous serez expulsé avec les honneurs dus à votre rang… Tandis que moi…

Il n'avait pas attendu la fin de la journée pour rendre visite au chef de Station, étant donné ce qu'il avait appris.

– C'est une catastrophe ! enchaîna l'Américain. Tout était déjà en route. Pour une fois, Langley a fait vite… Bamako m'envoie, via Dakar, quatre types des « Special Forces ». On va les faire passer pour des « Marines » venant renforcer la protection de l'ambassade. Ils seront censés y loger, comme le reste du personnel. Comme les Mauritaniens ne mettent pas les pieds chez nous, ils n'y verront que du feu.

– Quand arrivent-ils ?

– Ils font les demandes de visas aujourd'hui ; ils seront là vraisemblablement après-demain. On ira les chercher à l'aéroport officiellement, pour les amener ici, dont ils ne bougeront plus jusqu'au jour J.

– Ils seront armés ? demanda Malko.

– Non, bien sûr. Ils arrivent sur un vol commercial. Mais ici, à l'ambassade, on a de quoi leur donner un peu de matos. Armes de poing et M.16.

– Donc, ce sont des militaires ?

– Absolument. Ils sont stationnés à Bamako où ils font de l'instruction.

– Ils ont déjà mené des expéditions clandestines ?

– Je ne sais pas. Paramilitaires, oui, sûrement.

Malko hocha la tête et remarqua :

– Il s'agit d'une opération clandestine absolument hermétique, menée en milieu urbain. S'ils commettent une erreur, cela peut avoir des conséquences très graves. Les Mauritaniens ne sont ni inertes, ni idiots.

– Attendez, ce n'est pas tout ! protesta Ira Medavoy. J'ai aussi reçu le feu vert de Langley pour l'envoi de vos deux amis de la D.O., Chris Jones et Milton Brabeck. C'est Washington qui s'occupe de leurs visas et de leur acheminement. Normalement, ils pourraient arriver dans deux ou trois jours au plus.

» Eux, ce sont théoriquement des gens de la T.D. [1] qui viennent « dératiser » l'ambassade.

» Maintenant, il faut que j'annule tout…

– Attendez ! conseilla Malko. Je saurai à coup sûr, demain matin, ce qui se passe réellement. Il sera toujours temps, à ce moment, de « démonter ».

Ira Medavoy secoua la tête.

– My God ! Je ne vais pas fermer l'œil de la nuit.

Malko lui jeta un regard ironique.

– Vous, vous restez là et vous êtes intouchable… Par contre, j'ignore si la police mauritanienne ne m'attend pas à la sortie de cette ambassade.

Le chef de Station eut un haut-le-corps.

– Vous plaisantez ?

– Presque…

Il se leva et sortit du bureau. Comprenant pourquoi tant d'opérations échouaient à cause de la timidité de leurs opérateurs.

Pourtant, en franchissant le poste de garde des « Marines », il sentit son pouls s'accélérer.

---

1. Technical Division.

Rien ne se passa et il regagna sa Land Cruiser, garée beaucoup plus loin.

Il avait absolument besoin de se détendre et prit le chemin de la Maison d'Hôtes. Il n'avait pas envie de déjeuner seul.

* *
*

La chaleur était telle qu'ils avaient fui la terrasse du « Méditerranéen » pour la salle climatisée où presque toutes les tables étaient occupées.

Ils venaient de finir leur salade de langouste quand Fatimata dit à voix basse.

– Tu vois, les deux types à la table du fond ? Ce sont des agents de la Direction de la Sûreté de l'État.

Autrement dit, le contre-espionnage mauritanien.

D'un coup, Malko n'eut plus faim. La plaisanterie lancée à Ira Medavoy devenait réalité. Essayant de maîtriser le flot d'adrénaline qui enflait ses artères, il regarda les deux hommes qui semblaient très intéressés par leur table.

– Tu les connais ? demanda-il à Fatimata.

– Oui. Ils étaient venus voir ce que faisait Brian, au début. Ils avaient peur qu'il se fasse assassiner par ceux de la mosquée. Ils ont traîné longtemps dans le coin.

– Qu'est-ce qu'ils font ici ?

– Ils sont sûrement en service, ils n'ont pas les moyens de se payer ce restaurant avec leur solde...

– Je voudrais bien savoir ce qu'ils font, dit Malko, plus inquiet que jamais. Voilà ce que tu vas faire. Lève-toi et fais comme si tu allais aux toilettes. Passe près de leur table. Ils vont peut-être te parler.

– J'y vais.

Fatimata déploya sa longue silhouette et s'éloigna vers le fond du restaurant. Ce que Malko avait escompté arriva. Un des hommes fit signe à la jeune femme qui s'arrêta à leur table. Il y eut quelques éclats de rire, une conversation assez longue, puis, elle continua vers les toilettes.

– Alors ? demanda Malko, quand elle eut regagné la table.

– Ils m'ont dit que décidément, j'aimais bien les Américains ! Eux, les méprisent un peu parce qu'ils ne comprennent rien à l'Afrique.

– Ils t'ont parlé de moi ?

– Oui, ils m'ont dit que les gens de l'ambassade leur avaient menti.

Le pouls de Malko grimpa au plafond.

– Pourquoi ?

– En ne leur disant pas que tu étais venu remplacer Brian.

Malko sentit son estomac se dénouer.

– Ils t'ont parlé du meurtrier de Brian ?

– Oui, ils disent qu'il avait été manipulé par un cousin Salafiste. Qu'il avait touché de l'argent pour tuer Brian. Il l'avait encore sur lui.

Eux aussi mentaient, ne pouvant ignorer qu'il s'agissait d'un membre de la gendarmerie mauritanienne.

– Ils t'ont dit ce qu'ils faisaient ici ?

– Oui, ils surveillent les trois types au coin, là-bas, des trafiquants de drogue. Ils ont projeté de faire

poser un avion chargé de cocaïne sur la route Noua-
dibhou-Nouakchott. Cela doit se passer cette nuit.

On était loin des condamnés à mort. Rassuré,
Malko attaqua son steak. Tellement tendu que l'éro-
tisme de Fatimata le laissait de marbre. Pour le
moment, sa libido était aux abonnés absents.

Il lui restait un peu plus de douze heures à s'an-
goisser avant de savoir.

Évidemment, il pouvait aussi être interpellé avant
son rendez-vous avec « Papa Marseille » si l'opti-
misme du vieux Français s'avérait injustifié.

CHAPITRE XXI

Malko trépignait, en nage, progressant centimètre par centimètre, englué dans le plus bel embouteillage qu'il ait jamais vu à Nouakchott. Essayant de contourner l'avenue Nasser, interdite à la circulation par des rubans jaunes. En prévision de la Fête Nationale célébrant les cinquante ans d'existence de la République Mauritanienne, les autorités avaient décidé de repeindre les bandes blanches de la chaussée, afin de permettre un défilé militaire au cordeau...

Au lieu de faire ça la nuit, ils avaient froidement interrompu la circulation dans la plus grande avenue de la ville sur plus d'un kilomètre, incluant le Marché Central... D'où un magma monstrueux de véhicules divers, coincés dans de petites rues adjacentes, cherchant désespérément à rejoindre leur destination finale.

Il baissa les yeux sur sa montre : midi vingt. Il avait plus d'une heure de retard alors que ce rendez-vous avec «Papa Marseille» était crucial.

Complétement noué, Malko força le passage pour atteindre enfin un espace libre et s'engagea dans une

petite voie débouchant non loin de l'hôtel El Amane.
Il se gara sur le large bas-côté sablonneux et regarda
autour de lui.

Pas de « Papa Marseille ».

L'estomac noué, la chemise plaquée à son dos par
la chaleur, il essaya de mettre de l'ordre dans ses
idées.

Une des causes de l'absence du Français pouvait
signifier la catastrophe absolue : la découverte du
projet d'évasion.

Il aurait dû attendre, à cause des 100 000 ouguiyas
que lui apportait Malko. Il regarda l'entrée de l'hôtel El Amane, se dit que le Français était peut-être
là. En débouchant dans le patio, ses nerfs se dénouè-
rent d'un coup. « Papa Marseille » était assis à
l'ombre, devant une bière bien entamée.

— Qu'est-ce qui vous est arrivé ? demanda-t-il
quand Malko vint s'asseoir en face de lui.

— Tout est bloqué, à cause de la réfection de la
chaussée.

Le Français hocha la tête, amusé.

— Et ces connards ne savent pas que le défilé est
annulé ! Mon copain de la Garde Présidentielle me
l'a dit : ils ont peur de provoquer les Salafistes…

— Vous avez eu des nouvelles de la prison ? coupa
Malko.

« Papa Marseille » arbora un large sourire.

— Vous vous êtes fait du mauvais sang pour rien.
Il n'y a pas de lézard, c'est juste une mesure de routine, qui aurait dû entrer en vigueur depuis longtemps ; seulement, les gardiens avaient freiné des
quatre fers.

— Pourquoi ?

– Ils taxaient les types qui avaient des portables.
Cela leur fait un gros manque à gagner.

Malko était tellement soulagé, qu'il éclata d'un
rire nerveux. Vite calmé.

– Comment va-t-on faire, dans ce cas, pour me
prévenir de leur sortie imminente ?

«Papa Marseille» ricana.

– Comme ce sont des gens très religieux, ils ont
eu une idée : même s'ils sont prêts avant, ils ne com-
menceront leur voyage dans le tunnel qu'au début de
la Prière du matin. Vous ne pouvez pas la louper, la
mosquée est juste en face.

» En plus, en agissant à ce moment-là, cela dimi-
nue les risques : tous les bons croyants seront age-
nouillés en direction de La Mecque.

– Et s'ils ne sont pas prêts ?

– Ils le seront : on a fait les derniers calculs. À
mon avis, ils pourraient même sortir deux ou trois
heures plus tôt. Donc, c'est pour dans deux jours. Je
vous retrouverai la nuit tombée, ici, et vous me don-
nerez ce que vous me devez encore.

– Vous ne surveillez pas la fin de l'opération ?

– Cela ne servirait à rien. On ne peut plus communiquer à cause de l'histoire des portables.

» Vous n'avez pas confiance ?

Malko se força à dire «oui» et sortit de sa sacoche
l'enveloppe quotidienne que «Papa Marseille» empocha aussitôt. Avant de commander une nouvelle bière.

– On a eu beaucoup de chance ! conclut-il. Pas
d'éboulement et pas de «balance». Si un jour vous
passez par Atar, venez me voir. OK, je vous dis à
demain. Même heure. Ici, c'est plus agréable. La circulation risque d'être aussi bordélique.

Il partit le premier, laissant l'addition à Malko. Il ne restait plus qu'à annoncer la bonne nouvelle à Ira Medavoy.

*
* *

Si Dieu est avec nous, conclut Malko à la fin de son exposé à Ira Medavoy, nous aurons récupéré ces trois salopards dans trois jours.

» Il est temps d'affiner la phase finale.

– J'y ai déjà pensé, avoua le chef de Station. Il faut sécuriser au maximum l'échange. Pour cela nous avons un avantage sur eux.

– Lequel ?

– Je suppose que vous allez correspondre par Thuraya pour fixer le lieu de rendez-vous.

– Oui. Je pense.

– Grâce à nos écoutes, dès qu'un de leurs Thurayas émet, nous pouvons le localiser.

– Et ensuite ?

– Je vous ai dit que nous avons fait modifier l'orbite d'un de nos satellites militaires. Désormais, il couvre la zone. À Tamanrasset, nous avons des drones. Des Predator. Le matin de l'échange, on en lancera un qui pourra surveiller en temps réel la progression des gens de l'AQMI qui vont venir à votre rencontre. Ensuite…

Il laissa sa phrase en suspens, mais Malko avait compris.

– Vous pourriez les « taper » lorsque nous aurions récupéré nos otages et qu'ils reviendront vers leur base, avec les trois hommes que nous aurons fait évader.

– Ça me ferait un plaisir immense de me faire Abu Zeid !, avoua l'Américain, mais il est trop prudent pour s'aventurer si loin de sa base. Il va envoyer un de ses lieutenants.

– C'est mieux que rien. Je vais aller voir Anouar Ould Haiba, afin de mettre au point avec lui les détails de l'opération.

» À propos, on n'a toujours pas parlé de la mort du colonel Abu Khader ?

– Non, mes homologues sont muets et la presse aussi...

Il brandit une pile de journaux posés sur son bureau : l'Horizon, Nouakchott Info, La Tribune, l'Éveil.

– Les Services mauritaniens sont sûrement au courant, mais ne veulent pas faire de vagues.

– Et les Algériens ?

– Eux, ils savent. Mais, à moins de monter une nouvelle opération contre vous... Ils ne savent pas si vous n'êtes pas protégé par les Mauritaniens.

– Pourvu que cela dure. Et la « Cavalerie » ?

– Les quatre « Special Forces » arrivent ce soir de Bamako, via Dakar. Pour vos deux amis, je serai prévenu. C'est probablement pour demain.

– Bien, conclut Malko, je vais aller voir Anouar Ould Haiba.

– Attendez ! Nous allons d'abord aller repérer la ville de Las Palmas, là où vous allez planquer vos « protégés ». Dans un van Mercedes avec des glaces fumées. Très anonyme.

*
**

Le quartier Las Palmas se trouvait au nord-ouest de Nouakchott, à l'est de la route menant à Nouadibhou, la grande ville du nord. Ira Medavoy conduisait lui-même, Malko à côté de lui.

Ils arrivèrent à un grand rond-point, là où la route croisait l'avenue Nasser.

– C'est le rond-point Nouadibhou, expliqua l'Américain. Vous ne pouvez pas le rater en arrivant de Nasser. Voilà, on continue. Vous voyez sur la droite « Salam Transport ».

Cela non plus, on ne pouvait pas le rater : un immense entrepôt portant une inscription en rouge avec des lettres d'un mètre de haut.

– Dans cinquante mètres, nous tournons à droite, annonça l'Américain.

C'était un chemin sablonneux, bordé de quelques maisons et de terrains vagues. Ira Medavoy désigna à Malko, sur leur gauche, une grande villa entourée d'un mur assez bas. Un seul étage, des barreaux aux fenêtres, le toit plat, avec une sorte de tour rectangulaire, sur sa gauche.

Ils ralentirent, passant devant un portail peint en vert.

– On entre par là, expliqua le chef de Station. On peut garer les voitures derrière la maison, là où elles ne sont pas visibles du chemin.

Ils continuèrent, passant ensuite devant un terrain vague puis deux autres maisons plus petites. En face, un vieux berger faisait paître des moutons sous l'œil avachi d'un chameau agenouillé. Il ne leva même pas la tête lorsqu'ils passèrent devant lui.

– Le quartier est calme, conclut l'Américain. Vous retrouverez votre chemin ?

– Je pense que oui.

Ils firent demi-tour, au bout, sur un rond-point au sol défoncé. Malko se dit que le compte à rebours était bien entamé. Et que les plus grands risques étaient encore devant lui.

Il restait à verrouiller les modalités de l'échange des otages.

Il connaissait le chemin. Après avoir garé sa Land Cruiser le long du mur de la mosquée, il poussa la porte de la cour et se dirigea vers le bâtiment où Anouar Ould Haiba officiait.

Sans rien demander à personne.

Une voix douce cria quelque chose en arabe lorsqu'il frappa à la porte du bureau.

Anouar Ould Haiba posa le document qu'il lisait en voyant Malko et blêmit.

Son regard dérapa et il eut un geste de défense lorsque son visiteur s'approcha du bureau.

– Vous avez peur ? demanda Malko.

Anouar Ould Haiba baissa la voix.

– Vous l'avez tué…

– Comment le savez-vous ?

– Je le sais.

– Il est mort, conclut Malko. Cela devrait vous rassurer. Il ne vous dénoncera pas. Je ne suis pas venu pour vous parler de lui.

Le petit Mauritanien se détendit d'un coup.

– Pourquoi, alors ?

– Je veux mettre au point l'échange des otages.

Anouar Ould Haiba se figea.

– Ils sont libres ?

– Non, mais si tout se passe bien, ils le seront bientôt. Je suppose que Abu Zeid a prévu un mode opératoire pour procéder à l'échange.

– Oui, confirma Anouar Ould Haiba. Il doit se faire très loin d'ici, dans la zone du parallèle zéro, en plein désert. Vous viendrez avec les trois otages Mudjahiddin et lui avec les Américains.

– Comment vais-je communiquer avec lui ?

Le Mauritanien ouvrit un tiroir et en sortit un papier.

– Vous avez de quoi noter ?

Malko sortit son pad.

– Voici le numéro du Thuraya que vous devrez joindre lorsque tout sera prêt pour l'échange. 8881650 682 505. Même si on ne vous répond pas, vous serez rappelé très vite.

– Et l'argent ?

Anouar Ould Haiba baissa modestement les yeux.

– Vous me le remettrez avant de quitter Nouakchott. Je le ferai ensuite parvenir au Cheikh Abu Zeid.

Malko eut du mal à dissimuler sa surprise : ainsi, cet onctueux petit bonhomme grassouillet à l'allure inoffensive jouait un rôle important. Et de confiance. Et, en plus, il trahissait…

Il rentra son pad et se leva.

– C'est une question de quelques jours. Ce n'est pas moi qui vous apporterai l'argent.

Le Mauritanien eut un geste signifiant que cela n'avait aucune importance.

En repartant, Malko remarqua qu'il n'y avait plus de trace de l'attentat qui avait failli lui coûter la vie.

De nouvelles bouteilles de gaz étaient offertes à la vente et tous les débris avaient disparu.

Il était presque euphorique.

Même si beaucoup restait à faire.

*
* *

Le policier de la Police des Frontières examina rapidement le passeport diplomatique algérien qu'on lui présentait, au nom de Ramtane Amari, qui venait prendre ses fonctions de Second Secrétaire à l'ambassade d'Algérie à Nouakchott.

Vérifiant juste la photo. Un visage inquiétant, avec une cicatrice en zigzag courant sur le nez écrasé, au-dessous d'un regard froid.

– Bienvenue à Nouakchott, fit-il avec un sourire.

Un chauffeur attendait le diplomate avec une voiture de l'ambassade et il s'y engouffra.

Pendant le trajet, Ramtane Amari laissa son regard errer sur les rues poussiéreuses et encombrées. Il était déjà venu en Mauritanie, il y a longtemps, sous un autre nom.

Cette fois, ce déplacement était inattendu. On l'avait arraché de son bureau à l'État-Major de la Sécurité Militaire à Alger, pour l'expédier dare-dare à Nouakchott : objectif : empêcher à tout prix ce que les Américains étaient en train de manigancer. Et, accessoirement, venger son prédécesseur, le colonel Smain Abu Khader, vraisemblablement assassiné par la CIA.

CHAPITRE XXII

— Vos amis sont arrivés, annonça Ira Medavoy, dès que Malko pénétra dans le bureau.

Décidément, c'était une journée faste.

Il suivit l'Américain à travers les couloirs jusqu'à un bungalow réservé aux hôtes de passage.

Chris Jones et Milton Brabeck eurent tout juste la force de se lever... Ils paraissaient vraiment « froissés », le visage légèrement hagard, le regard éteint.

Chris eut finalement le courage de se mettre sur ses pieds et broya les phalanges de Malko dans son énorme patte.

— My God ! c'est l'équateur, ici ! fit-il. À Washington il neige...

— Ici, il ne neige jamais, le rassura Malko. Mais, rassurez-vous, si tout se passe bien, votre séjour ne se prolongera pas...

— Les choses ne se passent jamais bien, fit d'une voix sépulcrale Milton Brabeck. Il va faire encore plus chaud ?

— Pas tout de suite, jura Malko.

Bien que toujours aussi impressionnants avec leurs mensurations de gorilles, les deux Américains

semblaient avoir perdu une grande partie de leurs
moyens.

— Il y a beaucoup de maladies, ici ? demanda
Chris Jones.

— Quelques-unes, avoua pudiquement Malko,
mais en faisant très attention, c'est-à-dire en ne
buvant pas d'eau et en ne mangeant pas de légumes,
on peut passer à travers. Venez, je vais vous briefer.

La secrétaire les conduisit jusqu'à la cafeteria de
l'ambassade, déserte à cette heure-là.

En voyant du café américain, des muffins et des
viennoiseries, les deux « gorilles » faillirent pleurer
de bonheur. Malko dut attendre qu'ils soient rassa-
siés pour leur détailler leur mission. Chris Jones était
outré.

— Vous voulez dire qu'on va aider à s'évader des
putains de terroristes ! C'est dégueulasse.

— Je suis entièrement d'accord, renchérit Malko.
Seulement, c'est le seul moyen d'éviter que cinq
membres de l'Agence soient décapités. Comme la
sixième l'a été.

Le meurtre sauvage de Judith Thomson avait été
soigneusement caché aux membres de la CIA non
connectés au dossier.

Milton Brabeck reprit son sang-froid.

— Je comprends, dit-il, mais on est venus sans
artillerie. Sur des putains de vols commerciaux où
on ne peut même pas prendre une lime à ongle.

— C'est prévu, assura Malko. On va vous fournir
ce qu'il faut, pris sur les stocks de l'ambassade. En
plus, vous ne serez pas seuls. Quatre membres des
« Special Forces » sont déjà arrivés.

— Ah, c'est les quatre Iroquois qui sont dans le

gymnase, fit Chris Jones. Ils ne passent pas inaperçus, avec leurs crânes rasés…

– On peut avoir besoin d'eux, assura Malko. Je ne vous ai pas encore tout dit : si tout se passe bien, il faudra aller procéder à l'échange en plein désert, à plusieurs centaines de kilomètres de Nouakchott. Et là, on sera tout seuls. Les « Iroquois » seront peut-être utiles…

» Bon, je vais vous emmener faire connaissance avec cette ravissante capitale, pour un repérage…

*
* *

Les deux Américains ouvraient de grands yeux devant cette ville plate, aux maisons plates, toutes semblables, et au flot de Mercedes.

– Les gens ont du pognon, ici ! remarqua Milton Brabeck, il y a plus de Mercedes qu'à New York.

– Non, ils sont très pauvres, corrigea Malko, et ces Mercedes sont très vieilles. Elles ont en moyenne un million de kilomètres…

– My God ! fit Chris Jones qui avait le sens de la mécanique.

Ils remontaient Nasser avenue, zigzaguant entre les Mercedes et les charrettes à âne.

– Tiens, ils livrent la bière à domicile, remarqua Chris Jones.

– Ce n'est pas de la bière, mais de l'eau, corrigea Malko. Ici, il y a très peu d'eau potable et l'alcool est interdit, sauf dans les restaurants pour les étrangers. OK, nous approchons de la prison. Regardez bien. C'est juste en face de la mosquée.

Il ralentit et les deux « gorilles » collèrent leurs visages aux glaces fumées.

– Dites donc, c'est bien défendu ! remarqua Milton Brabeck, en découvrant les deux postes de garde extérieurs, avec leurs mitrailleuses légères. On va les neutraliser au RPG ?

– On n'en aura pas besoin, assura Malko. Ils ont creusé un tunnel et ils sortiront dans cette zone.

Il venait de stopper devant le bâtiment des Douanes, suscitant la curiosité suspicieuse des sentinelles. Désignant le bas-côté sablonneux de la route, il expliqua.

– Ils vont sortir par ici. Nous les attendrons et on les emmènera directement dans notre planque.

– Et les Iroquois ?

– Ils resteront en support dans un autre véhicule, un peu plus loin. Au cas où il y aurait une complication.

Il repartit et remonta ensuite vers le nord, par le rond-point Nouadibhou, jusqu'à la villa repérée la veille avec le chef de Station.

Il s'arrêta quelques instants devant.

– Tout de suite après l'évasion, expliqua-t-il, on vient ici et on ne bouge plus jusqu'à la phase finale, quelques jours plus tard, où il faudra quitter Nouakchott pour procéder à l'échange.

» Vous avez compris ?

– Hélas oui ! soupira Milton Brabeck. Les gens d'ici, ils nous aiment ?

– Pas vraiment, dut avouer Malko, mais ce sont des pacifiques. En plus, nous avons des ordres stricts pour éviter les dégâts collatéraux. N'oubliez pas que nous sommes des N.O.C. Ce que je sais de la prison ne donne pas envie de l'essayer.

— Moi, je préférerais me flinguer, soupira Chris Jones, dans une poussée d'héroïsme. Ça doit être plein de bêtes là-dedans.

— On n'en viendra pas là ! affirma Malko. Maintenant, on rentre à la maison… Et vous n'en bougez plus jusqu'au jour J

— On va se goinfrer de hamburgers ! assura Milton Brabeck.

* *

Anouar Ould Haiba sursauta en voyant la porte de son bureau s'ouvrir sans même qu'on ait frappé. Un inconnu se tenait dans l'embrasure, un visage qui faisait peur, avec un nez écrasé, déformé, où courait une cicatrice en zigzag, et un regard froid comme la mort. Il pénétra dans la pièce et demanda en arabe, avec un fort accent algérien.

— Tu es Anouar Ould Haiba ?

— Oui.

— Je viens de la part de ton ami, Smain.

Le Mauritanien sentit ses jambes se dérober sous lui. C'était impossible, Smain Abu Khader était mort… Son interlocuteur gagna le bureau et précisa.

— C'est une façon de parler. Je sais ce qui lui est arrivé, mais je crois que vous étiez très proches…

Affolé, Anouar Ould Haiba n'avait même pas pensé à lui proposer de s'asseoir. Ce que le colonel algérien fit de lui-même, entrant dans le vif du sujet.

— Je reprends la mission de mon collègue, dit-il,

et j'ai besoin de toi. Que sais-tu des plans des Américains ?

Le petit Mauritanien faillit dire « rien », puis l'instinct de survie le ramena à la réalité : il avait devant lui un tueur. Cela suintait par tous les pores de sa peau.

– Ils sont dans la phase finale de leur entreprise, annonça-t-il. L'agent qui est en charge, m'a rendu visite. Il voulait connaître les modalités de la rencontre avec les gens d'Abu Zeid… Je lui ai transmis un numéro de Thuraya qu'il doit contacter lorsque l'évasion aura réussi. Pour moi, mon rôle est terminé. Je ne le reverrai plus.

Il essayait de transpirer la sincérité, priant Allah pour que cet homme sorte de son bureau.

Le colonel lui lança un long regard inquisiteur.

– Ils vont aller à la rencontre de tes amis tout de suite après l'évasion ?

Anouar Ould Haiba serra ses petites mains grassouillettes.

– Je ne sais pas, il ne m'a rien dit. Il n'a pas confiance en moi.

Le colonel Ramtane Amari ne répondit pas. Dès son arrivée à Nouakchott, il s'était plongé dans le dossier de son prédécesseur, à la recherche d'éléments lui permettant de faire échouer cette évasion. Il n'en avait pas beaucoup : l'adresse de cet agent de la CIA, Malko Linge, sa description, le nom de sa présumée maîtresse, Fatimata, l'ex de Brian Kennedy. Celle-ci semblait vivre dans une « guest-house » non loin de l'hôtel Tfeila.

Parmi les gens du réseau du colonel Abu Khader, Anouar Ould Haiba était le premier qu'il voyait.

Son instinct lui disait qu'il ne mentait pas…

– Donne-moi le numéro de Thuraya, dit-il.

Les mains d'Anouar Ould Haiba tremblaient tellement qu'il se cassa un ongle en ouvrant le tiroir.

Le colonel Amari nota soigneusement le numéro, se leva et lui tendit une carte.

– Voilà mon portable. Si tu apprends quelque chose, appelle-moi.

Il lui restait à «réactiver» le réseau de «petites mains» monté par le colonel. Il en avait absolument besoin pour établir une surveillance étroite autour de sa cible… Sa seule chance de se mettre en travers du projet américain.

Sa prochaine visite était pour un «chouf» utilisé souvent par Abu Khader. Capable de surveiller les gens sans se faire remarquer.

Malko se détendait, allongé au bord de la piscine du Tfeila. Les dernières trente-six heures s'étaient écoulées dans un calme trompeur. Avant le déjeuner, il avait été remettre son dernier viatique à «Papa Marseille» destiné à acheter les gardiens et se préparait à le rencontrer une ultime fois vers sept heures du soir, pour lui remettre la seconde partie de la somme promise.

Ce serait, en principe, leur dernière rencontre. Ira Medavoy avait donné des instructions pour qu'il puisse entrer sa vieille Land Cruiser dans l'enceinte de l'ambassade, pour y charger discrètement la masse de billets de 2 000 ouguiyas.

Ensuite, il n'aurait plus qu'à prier, pour que tout

cela ne soit pas une gigantesque arnaque montée par le Français. En effet, il n'avait aucune preuve de ce qui se passait réellement à l'intérieur de la prison.

Au pire, il aurait fait le bonheur d'un retraité et perdu sa réputation.

Cinq heures : il se leva. Fatimata lui jeta aussitôt :

– Tu peux me déposer à la Maison d'Hôtes ? On doit aller acheter des boubous avec Marina...

Ould Meydda avait «loué» le taxi de son cousin avec les subsides remis par le colonel Amari afin de pouvoir suivre l'agent de la CIA. Il s'était garé sur le bas-côté, en face de l'hôtel Tfeila, là où quelquefois des taxis attendaient.

Totalement insoupçonné.

Dès qu'il vit sortir la Land Cruiser, il démarra mais dut rester à bonne distance, car elle s'engagea dans le chemin menant à la Maison d'Hôtes. Il la dépassa et fit demi-tour plus loin : c'était une impasse.

Quelques instants plus tard, la Land Cruiser repartait vers l'avenue Charles de Gaulle.

Malko était le premier arrivé. Il avait laissé le sac de cuir contenant l'argent dans la Land Cruiser garée dans le El Amane.

Mamadou, le barman, un Sénégalais noir comme du charbon, se précipita.

– Chef, j'ai du nouveau champagne zaïrois !

Malko déclina : le moment n'était pas encore venu de se réjouir.

Il devait retrouver Fatimata pour dîner. Ils ne parlaient plus de l'évasion et Malko n'avait pas mentionné la Villa du quartier Las Brisas. La jeune femme était toujours persuadée que les trois évadés seraient « stockés » dans l'hôtel en ruines de la plage.

Il avait eu le temps de boire sa bière lorsque les cheveux blancs de « Papa Marseille » apparurent à l'entrée du patio. Le Français le rejoignit et s'assit avec un grand sourire.

– Je crois que nous sommes bons !

– C'est sûr ?

– Est-ce que j'ai l'air de plaisanter ? Cette nuit, ils ont travaillé comme des brutes. Il y en a un qui s'est même évanoui. En plus, ils ont dû dégager un petit éboulement. Il est temps qu'on finisse : on ne sait plus où stocker la terre ! La pièce prévue déborde.

Il baissa la voix.

– Vous avez l'argent ?

– Oui.

– Où ?

– Dans la voiture.

– Allez le chercher. C'est pas prudent.

Malko obéit et revint avec le sac de cuir contenant les trente millions d'ouguiyas. Le Français y jeta un regard caressant.

– Je peux regarder ?

– Ici ?

– Non.

Il lança quelques mots au barman, qui l'emmena

dans une chambre inoccupée. Lorsqu'il revint, il rayonnait.

– Aujourd'hui, c'est moi qui vous offre le champagne ! Mamadou, amène le zaïrois !

Le barman avait dû se préparer. Il déboula avec une bouteille de Taittinger Comtes de Champagne Blanc de Blancs 1999 et précisa.

– Celui-là, chef, c'est celui de l'ambassadeur !

Il ouvrit la bouteille religieusement et « Papa Marseille » vida sa coupe, les yeux clos.

– Putain que c'est bon ! Je crois que je vais en apporter un peu à Atar. Je suis content de vous avoir connu.

Il se resservit du Comtes de Champagne 1999. Malko l'observait : ou il avait vraiment réussi un coup de maître, ou c'était un immense comédien.

– Cela fait une semaine qu'ils creusent, remarqua-t-il, personne, dans la prison, ne s'est aperçu de rien ?

– Tout le monde est au courant, fit « Papa Marseille », hilare. Sauf les « mauvais » gardiens, bien sûr. Ça va se vider sérieusement, demain matin. Moi, je serai déjà à Atar, mais je penserai à vous.

Malko s'aperçut qu'il avait la bouche sèche. L'angoisse. Il se resservit de Taittinger.

« Papa Marseille » émit un rot de satisfaction et lança :

– Il y a un petit problème qui vient de surgir, mais je pense qu'on pourra vivre avec.

Malko sentit son sang se liquéfier. Il attendit, la gorge serrée, que le Français lui révèle ce qu'était ce « petit » problème.

CHAPITRE XXIII

Malko dut attendre que « Papa Marseille » vide coup sur coup deux coupes de Taittinger supplémentaires avant qu'il daigne s'expliquer.

— Mon ami, Youssouf, le gardien-chef, m'a appris que depuis quelques jours, il y avait des patrouilles de police qui passaient régulièrement, chaque nuit, devant la prison, à différentes heures. S'ils repèrent votre véhicule stationné en face, ils vont venir vous contrôler.

— Quelle est la raison de ces patrouilles.

— Toutes sortes de rumeurs folles courent en ville. Ils ont peur que l'AQMI tente un coup de main pour libérer ses Mudjahiddins.

Malko s'attendait à pire. Il relativisa.

— Je ferai en sorte de n'arriver sur les lieux que quelques minutes avant la première prière.

— Inch Allah ! soupira « Papa Marseille ». On a eu de la chance jusqu'ici. Espérons que cela durera jusqu'au bout.

Son ton léger montrait son détachement : à ce moment critique, lui serait déjà à Atar…

Il souleva de son seau la bouteille de Taittinger

Comtes de Champagne Blanc de Blancs, la fixa avec émotion et vida ce qui restait dans sa coupe. Malko le ramena à la réalité.

– Vous êtes certain que les autorités de la prison ne nous tendent pas un piège ?

– Qu'est-ce que vous voulez dire ?

– Qu'ils nous ont laissé préparer l'évasion pour nous attraper en flagrant délit.

Le vieux Français secoua la tête.

– Non, ils ne sont pas assez vicieux pour faire ce genre de truc.

– Et les trois condamnés à mort, comment réagissent-ils ?

– Ils disent que c'est la volonté de Dieu. Ils ont eu le cerveau lavé à l'eau de javel. Bon, j'ai encore un truc pour vous.

Il sortit de sa poche un papier qu'il étala sur la table.

Malko reconnut un plan sommaire de la zone englobant la prison et le bâtiment des Douanes. Une croix avait été tracée à l'encre bleue sur le bas-côté de la route, presque en face du portail de la Douane.

– C'est là que le tunnel débouche, d'après leurs calculs, expliqua « Papa Marseille ». Évidemment, ils peuvent se tromper, mais j'ai vérifié : c'est à peu près cela.

Malko empocha le document et « Papa Marseille » se leva et lui tendit la main.

– Si vous passez par Atar, il faudra venir me voir ! dit-il en riant.

*
* *

Le briefing avait lieu dans la salle de conférence de l'ambassade américaine réquisitionnée par Ira Medavoy. Y assistaient les quatre « Iroquois » des « Special Forces » qui semblaient complètement perdus, Chris Jones, Milton Brabeck, le chef de Station et Malko. Ce dernier termina ses explications.

– J'ai prévu deux véhicules, conclut-il. La Land Cruiser où je serai avec Fatimata, et une seconde, garée un peu plus loin sur le trottoir d'en face, dans l'ombre, avec Chris, Milton et la Cavalerie.

» Je me garerai le plus près possible de l'endroit où le tunnel doit aboutir. Tout va se jouer en quelques minutes. J'arriverai sur place un peu avant l'heure de la prière. Dès que je verrai le premier évadé, Chris et Milton me rejoindront. N'oubliez pas que les gens qui vont sortir sont désormais nos prisonniers et qu'ils auront peut-être envie de nous fausser compagnie. Heureusement, ils ne peuvent sortir qu'un par un. La profondeur du puits doit être de deux mètres. Il faudra donc les cueillir au fur et à mesure, les « sécuriser » et les mettre à l'arrière de ma Land Cruiser.

– J'ai prévu des liens en plastique, annonça Chris Jones. C'est ce qu'on utilise en Irak et en Afghanistan. C'est très costaud…

– Parfait, approuva Malko. Dès qu'ils seront tous les trois entre nos mains, nous filons et la « cavalerie » nous suit. Si nous ne rencontrons aucune résistance, on va directement à Las Palmas. Avant, je serai passé ouvrir la grille afin de pouvoir entrer rapidement.

» Au cas où nous serions pris en chasse, la « cavalerie » fera en sorte de stopper les poursuivants.

– Comment ? demanda un sergent-chef au crâne
rasé.

– Avec le moins de dégâts possibles, recommanda Malko. Tirez dans les pneus, pas sur les occupants. L'important est qu'ils perdent notre trace,
sinon, c'est foutu.

– Il y a une bonne méthode, fit l'Iroquois au crâne
rasé. On leur rentre dedans. Un accident...

– Pourquoi pas ? Vous serez seuls juges. Même
si on vous tire dessus, essayez de ne pas rafaler
comme des fous... Vous avez compris ?

– Yes, sir, firent-ils en chœur.

Le chef de Station intervint.

– Au cas malheureux où vous seriez obligés de
vous rendre, vous prétendrez être partis en balade
pour trouver des filles. Comme la zone est considé-
rée dangereuse, vous avez pris vos armes.

» Ensuite, on fera de notre mieux pour vous sortir de la merde.

» Aucune question ?

Devant le silence général, il conclut.

– Reposez-vous toute la journée et soyez opéra-
tionnels à partir de cinq heures du matin. Ici.

Malko resta seul avec le chef de Station qui
demanda aussitôt.

– Pourquoi embarquez-vous votre amie Fatimata
dans cette galère ? C'est un sacré risque de sécurité.
Cela va contre toutes les règles.

Malko sourit.

– Vous savez, Ira, les règles dans cette opération... On passe notre temps à les violer. Fatimata
sait déjà tellement de choses que, si elle avait voulu

trahir, ce serait déjà fait. En plus, j'ai une raison précise de l'emmener.

Il expliqua à l'Américain le risque supplémentaire qu'il allait éventuellement courir.

– Si une patrouille de police repère un homme seul dans un véhicule devant la prison, cela peut se passer mal. Si c'est un couple, les chances de s'en tirer sont plus grandes.

– OK, faites comme vous voudrez ! se résigna Ira Medavoy. Moi, j'ai obtenu de Langley un ordre écrit pour ma participation à « Blackbird ». Vous imaginez les conséquences si les Mauritaniens arrivent à faire un lien entre la Station et ce truc de fou…

– Vous imaginez les conséquences si je prends une balle dan la tête ? rétorqua Malko.

Ira Medavoy préféra ne pas répondre.

Fatimata et Malko avaient dîné au « Méditerranéen ». La jeune femme babillait gaiement. Ravie de déguster des langoustes.

– J'ai commandé des *romibeyes*[1] superbes, avec Marina, annonça-t-elle, mais je ne les aurai que demain ou après-demain.

» Tu verras, ça te plaira beaucoup.

Malko eut un sourire un peu absent. Il ne lui avait encore rien dit du rôle qu'il entendait lui faire jouer et encore moins de la date : dans quelques heures.

Fatimata sembla ravie de voir qu'il prenait la

---

1. Tenue très sexy : caraco et longue jupe ajustée.

direction du Tfeila et non de la Maison d'Hôtes. C'était, en quelque sorte, une promotion.

À peine dans la chambre, elle se coula contre Malko comme à son habitude… Ce dernier la repoussa doucement.

— Avant, il faut que je te dise quelque chose. C'est pour cette nuit.

— Ah ! Cela ne t'empêche pas de…

— Non, bien sûr, mais je voulais te demander si tu voudrais venir avec moi.

La jeune femme sembla stupéfaite.

— Pourquoi faire ? Je ne suis pas une guerrière.

— Je vais t'expliquer, dit Malko. Tu n'es pas obligée d'accepter car cela peut te faire courir des risques.

Elle l'écouta sans l'interrompre et revint se presser contre lui.

— Ça, je crois que je peux le faire.

— Tu risques une balle au cas où… .

— Tu me protégeras ! Qu'est-ce qu'on va faire jusqu'à quatre heures du matin ?

Son ventre pressé contre le sien suggérait la réponse.

— Attends, je me repose un peu, dit Malko.

Ils s'installèrent sur le lit et il sentit la fatigue l'envahir d'un coup. Trop de tension nerveuse depuis trop longtemps. Ces dernières heures étaient décisives. Jusque-là, il n'avait été que dans la préparation. Désormais, c'était l'action.

Fatimata s'était allongée à côté de lui, respectant sa fatigue. Ils avaient éteint la lumière et seule la lueur de l'écran lumineux de la télévision diffusait une faible luminosité. Malko s'assoupit.

Réveillé par une sensation de chaleur au niveau de l'abdomen, il ouvrit les yeux et vit que Fatimata, allongée en travers du lit, lui léchait le ventre !

– Tu es trop tendu, murmura-t-elle, je vais te jeter un sort, que tu sois bien dans ta peau.

Il avait pensé être incapable d'avoir une érection, mais Fatimata lui prouva qu'il s'était trompé. Finalement, il se laissa aller dans sa bouche, avec reconnaissance ; ensuite, elle demeura immobile, dans la même position. Lui ne pouvait s'empêcher de consulter les aiguilles lumineuses de sa montre tous les quarts d'heure.

La nuit était longue. Il se leva et alla regarder les étoiles.

Fatimata semblait aussi insouciante qu'une enfant.

À deux heures, il n'y tint plus.

– On va aller rejoindre les autres, dit-il.

Le rendez-vous avait été fixé devant le Flamingo qui avait une boîte de nuit très fréquentée. Leurs véhicules passeraient inaperçus.

Pour se détendre, ils avaient été prendre un jus de fruit au bar. Le reste de l'équipe n'était pas encore arrivé. Quand ils ressortirent, Malko examina les véhicules garés en face du restaurant et repéra une Land Cruiser châssis long, un peu à l'écart. Lorsqu'il s'en approcha, le conducteur lui fit un appel de phares.

C'était bien eux.

La silhouette massive de Chris Jones se laissa glisser hors du véhicule.

– Pas de contrordre ? demanda-t-il.

– Non, vous êtes tous là ?

– Oui, Milt est au volant et les Iroquois sont derrière.

– OK, conclut Malko, on y va dans une demi-heure. Vous me suivez. Nous passerons d'abord devant la mosquée et je tournerai à droite, le long du bâtiment des Douanes pour ensuite revenir sur mes pas. Jusqu'à une station Star qui sera fermée. Vous vous arrêterez là et moi je continuerai encore une trentaine de mètres pour m'arrêter sur le bas-côté gauche, en face du portail des Douanes. Ce seront nos positions définitives.

» Jusqu'à l'appel du muezzin de la première prière, personne ne bouge. Quand l'évasion commencera, vous et Milton me rejoindrez, les autres restant dans le second véhicule.

» Ensuite, vous savez ce qu'il faut faire.

– Roger ! fit simplement le « gorille » avant de remonter dans sa Land Cruiser.

Malko regagna la sienne, où Fatimata attendait en fumant une cigarette.

Les gens entraient et sortaient de la boîte, gais et parfois éméchés.

Loin de se douter de ce qui se préparait.

Lorsque sa montre avait indiqué quatre heures trente, Malko avait démarré, vérifiant d'un coup d'œil que le second véhicule suivait.

Au croisement de l'avenue du général de Gaulle, une voiture de police était embusquée, tous feux éteints. Des policiers surveillaient le carrefour mais ne les arrêtèrent pas. Soudain, il réalisa qu'il serrait le volant à le broyer. Encore une dizaine de minutes, le temps de stopper à un des rares feux en fonctionnement et il déboucha dans l'avenue Nasser, passant devant la mosquée à gauche, et la prison à droite, puis continuant comme prévu.Chris et Milton étaient toujours derrière.

Il accomplit son demi-tour et s'arrêta quelques instants sous l'auvent de la station Star déserte.

Le second véhicule s'y arrêta à son tour et y resta, après avoir éteint ses phares.

Malko repartit, parcourut une vingtaine de mètres et sortit du « goudron » pour monter sur le bas-côté sablonneux, cherchant à se positionner par rapport à l'endroit où les prisonniers devaient émerger.

Il s'arrêta et regarda autour de lui. À gauche, les grilles fermées du bâtiment des Douanes. En face, un bâtiment non éclairé et, de l'autre côté de l'avenue, le minaret de la mosquée mauritanienne.

Deux Mercedes passèrent sans ralentir, puis un camion. Il y avait très peu de circulation et il faisait encore nuit noire. Le jour ne se lèverait que dans une heure, au moins.

Il regarda le sol autour de lui. Où les prisonniers allaient-ils émerger ?

Cela paraissait irréel. À côté de lui, Fatimata avait de nouveau allumé une cigarette, pour dissimuler sa nervosité. Malko avait du mal à maîtriser les battements de son cœur. Tant de choses pouvaient arriver !

L'appel du minaret appelant à la prière le prit par surprise.

Il se raidit. Normalement, les trois évadés n'allaient pas tarder à émerger de leur tunnel. Soudain, il aperçut les phares d'un véhicule derrière lui.

Ils se rapprochèrent et, tout à coup, il réalisa que le véhicule inconnu venait de s'arrêter derrière lui. Il attendit, le pouls filant vers le ciel.

Les phares éclairaient l'intérieur de la Land Cruiser et le véhicule derrière lui ne semblait pas vouloir repartir.

Alors que les évadés risquaient de surgir du sol d'une minute à l'autre.

CHAPITRE XXIV

Spontanément, Fatimata se jeta dans les bras de Malko, pour un baiser passionné qui n'était pas une simulation. Ils étaient en pleine étreinte lorsqu'un coup fut frappé à la glace, côté conducteur. Une silhouette en uniforme se découpait dans la pénombre.

Malko échappa à l'étreinte de la jeune femme, baissa la glace, se trouvant nez à nez avec le visage fermé d'un militaire qui l'interpella en français.

À cause de l'appel du muezzin qui continuait, Malko entendit à peine ce qu'il disait.

Fatimata se lança aussitôt à son secours, interpellant le policier en hassaniya. La conversation fut assez longue. Malko était sur des charbons ardents : à chaque seconde, les évadés pouvaient surgir de leur tunnel et là, c'était la catastrophe totale... Enfin, il vit le visage du Mauritanien se détendre et Fatimata lui lança :

– Démarre ! Il a dit que c'était interdit de stationner là, à cause de la prison et qu'on ne devrait pas avoir d'activité sexuelle pendant la prière.

Malko s'empressa d'obéir. Dieu merci, les policiers n'avaient pas remarqué la seconde voiture stationnée dans l'ombre de la station Star. Il gagna l'avenue de la mosquée et tourna à droite tout de suite. Ce qui lui permit de voir la voiture de police redémarrer et s'éloigner. Il y avait peu de chances qu'ils reviennent dans l'immédiat, mais il s'imposa de conduire presque un kilomètre avant de revenir sur ses pas, comptant les secondes.

Lorsque ses phares éclairèrent de nouveau l'endroit qu'il avait quitté quelques minutes plus tôt, il crut avoir un infarctus. Presque à l'endroit où il s'était trouvé, il distingua une mêlée confuse entre plusieurs personnes. Il stoppa et reconnut Chris Jones et Milton Brabeck en train de ceinturer deux hommes plus petits qu'eux qui se débattaient furieusement !

Il sauta à terre et courut vers le groupe.

Repérant un trou sombre dans le bas-côté sablonneux : la sortie du tunnel. Quelque chose en émergeait. Il distingua une tête et des épaules : le troisième évadé.

Malko le tira par les aisselles pour le mettre debout. Il se débattit furieusement en l'insultant en arabe.

Chris Jones, agenouillé sur le premier évadé de tout le poids de ses 95 kilos, venait de lui ligoter les poignets derrière le dos avec un lien en plastique. Ensuite, il le souleva comme une plume et le jeta à l'arrière de la Land Cruiser. Revenant aussitôt aider Malko à ceinturer le dernier évadé. Il n'y alla pas par quatre chemins, l'assommant d'une sèche manchette sur la nuque.

Le glapissement de la mosquée se tut au moment

où le dernier évadé était jeté comme un sac à l'arrière de la Land Cruiser.

Le brusque silence provoqua une bouffée d'angoisse à Malko. Il avait l'impression que tout Nouakchott l'observait.

Il bondit au volant de la Land Cruiser. À l'arrière, les deux « gorilles » et les trois évadés formaient une masse confuse et gémissante…

Au moment où il démarrait, il aperçut une autre tête émerger du sol. Dans quelques minutes, les rues de Nouakchott seraient pleines des évadés de la prison… Après avoir gagné l'avenue Nasser, il tourna à droite, filant vers le quartier Las Brisas, conduisant à une allure modérée. Les phares derrière lui indiquaient que le véhicule des « Iroquois » suivait.

Personne ne dit un mot jusqu'à la villa.

Malko sauta à terre et ouvrit le portail, déverrouillé au préalable. En moins d'une minute, les deux véhicules se vidèrent. Les trois évadés furent littéralement portés à l'intérieur et allongés dans une pièce donnant sur le jardin.

Deux des « Iroquois » étaient déjà en train de leur appliquer sur la bouche et les yeux, de larges bandeaux de plastique marron : procédure standard pour les prisonniers, en Irak et en Afghanistan.

Malko composa rapidement un SMS à l'attention du chef de Station : « Les vautours sont rentrés ».

C'est à ce moment qu'il aperçut Fatimata debout, derrière lui, visiblement troublée.

— J'ai eu très peur ! avoua-t-elle.

— Tu as été formidable ! fit Malko. Sans toi, c'était foutu. Je voudrais que tu me rendes encore un service : expliquer aux prisonniers qu'il ne leur sera fait aucun mal, mais qu'ils ne doivent pas tenter de communiquer avec l'extérieur. Ils resteront ici jusqu'à l'échange définitif contre nos otages.

Ils gagnèrent la pièce où les trois évadés étaient regroupés et la jeune femme leur transmit le message en hassaniya.

Évidemment, ils n'eurent pas le loisir de répondre…

Malko n'avait plus qu'une idée : dormir. Après s'être assuré que deux des « Iroquois » montaient la garde, il gagna le premier avec Fatimata. La chambre donnait sur la grande terrasse. Il faisait très chaud car la clim était arrêtée. Il ouvrit la porte-fenêtre coulissante et s'aventura sur la terrasse, aussitôt enveloppé par une brise tiède. Devant lui, les toits plats s'étendaient à l'infini. Une vague lueur commençait à percer à l'est : bientôt il ferait jour.

Il écouta les bruits de la ville : rien : pas de sirènes, de coups de feu. Quelques rumeurs de véhicules. Apparemment, l'évasion n'avait pas encore été découverte.

Quand il retourna dans la chambre, Fatimata était déjà étendue sur le lit, tout habillée.

Il s'allongea à côté d'elle et s'endormit avant même d'avoir touché l'oreiller.

Ira Medavoy fixait son téléphone comme s'il allait le mordre : sa terreur était qu'il sonne. Depuis l'aube, les radios et la télévision de Nouakchott ne parlaient que de l'évasion massive de la prison des «cent mètres». Quarante-sept prisonniers s'étaient évanouis dans la nature, deux étaient morts, poignardés par leurs camarades et, seuls, les malades étaient restés. Bien entendu, la police quadrillait la ville et ses sorties et criblait les familles des évadés. Le Ministère de l'Intérieur affirmait que tous les évadés seraient bientôt repris. Pas un mot sur les trois condamnés à mort et les autres Salafistes condamnés à de lourdes peines de prison...

Pourtant, le chef de Station s'attendait à chaque seconde à être convoqué par ses homologues mauritaniens...

Le SMS de Malko, reçu à 5H47, l'avait quand même apaisé. Au moins, il ne serait pas pris la main dans le sac...

No smoking gun.

Pour se rassurer, il se mit à écrire un long message crypté à Langley, relatant le succès complet de la première phase de l'évasion.

Au moins, pour l'instant, les cinq otages américains ne risquaient rien. Abu Zeid ne pouvait plus ignorer que les Américains avaient tenu parole : ils étaient parvenus à faire évader les trois condamnés à mort.

Son téléphone sonna, une autre ligne. C'était un employé mauritanien de l'Agence qui habitait dans le quartier Sabakha.

– Une dizaine de voitures de police se dirigent en ce moment vers la mer. Elles sont survolées par un hélico de l'armée mauritanienne, annonça-t-il.

Le chef de Station en resta tétanisé. Si Malko n'avait pas changé ses plans à son initiative, il se serait retrouvé pris dans une souricière : sauf à s'échapper à la nage, il n'y avait aucune issue pour quitter l'hôtel abandonné…

En même temps, son angoisse s'accrut : Fatimata savait pour l'hôtel abandonné… Or, elle devait se trouver avec Malko.

Il restait un point noir : les Mauritaniens allaient découvrir, tôt ou tard, sa disparition et se poser des questions. Qu'ils viendraient évidemment lui poser.

Or, ils allaient fatalement reprendre certains évadés et découvrir que l'évasion avait été organisée pour les trois condamnés à mort. La pression risquait alors de monter.

Une fois de plus, il n'y avait plus qu'à prier. Ils avaient décidé d'attendre trois ou quatre jours, avant d'aborder la phase finale de l'opération.

D'ici là, les évadés devaient rester terrés dans leur villa.

Lorsque Malko ouvrit les yeux et regarda le cadran de sa montre, il n'en crut pas ses yeux : trois heures moins le quart ! Fatimata, elle, dormait encore. Il se leva et gagna le rez-de-chaussée, aussitôt salué respectueusement par un des « Iroquois ».

— Tout va bien ?

— R.A.S sir, affirma le soldat des « Special Forces ».

— Vous avez nourri les prisonniers ?

— Pas encore, sir, nous attendions les ordres.

Çà, c'était de la discipline.

— Nourrissez-les, ordonna Malko, un par un. Souvenez-vous qu'ils ne mangent pas de porc.

284 BIENVENUE À NOUAKCHOTT

– Yes, sir.

Il gagna les autres chambres du rez-de-chaussée.
Milton Brabeck n'était pas levé, mais Chris Jones
émergea de sa douche le long de laquelle était posé
un M.16 avec deux chargeurs scotchés l'un à l'autre.

– On a baisé les *gooks* ! lança joyeusement
l'Américain. C'est dommage qu'il n'y ait pas une
piscine, on est bien ici...

– Ne vous montrez pas dans le jardin, recommanda Malko. En ce moment, tous les Services mauritaniens recherchent les trois hommes que nous
avons fait évader.

– S'ils se rapprochent, suggéra le « gorille » on
pourra toujours les étrangler et les enterrer dans le
jardin. Moi, je suis volontaire...

– Il ne faut pas toucher à un seul de leurs cheveux, avertit Malko. C'est notre monnaie d'échange
pour récupérer nos otages.

Déçu, Chris Jones ne discuta pas.

Malko savait qu'il était en immersion totale jusqu'au moment où les choses seraient un peu cal-
mées.

Trois jours s'étaient écoulés. Monotones. Les
« Iroquois » veillaient sur les trois prisonniers, confi-
nés dans la même pièce, toujours bâillonnés et entravés. Les deux « gorilles » tuaient le temps avec des
jeux vidéo et Malko vérifiait régulièrement si la villa
n'était pas surveillée, ce qui ne semblait pas être le
cas.

La télé parlait moins de l'évasion. On avait repris

une vingtaine d'évadés et le gouvernement mauritanien connaissait désormais le rôle de « Papa Marseille ». Sans savoir pour le compte de qui il avait
agi. Or, le vieux Français avait disparu dans le désert
du nord et personne ne savait où il se trouvait.

Malko appela Ira Medavoy sur son portable crypté
et demanda :

— Quelles sont les nouvelles de votre côté ?

— Aucune, fit le chef de Station : personne ne m'a
contacté. On dirait que les Mauritaniens ne nous
soupçonnent pas. Ou alors, ils n'ont pas de preuves.

— Il va falloir bouger, décida Malko. Je vais appeler le Thuraya dont Anouar Ould Haiba m'a donné
le numéro.

— Nous avons vérifié parmi ceux que nous avons
dans nos banques de données : c'est bien un des Thurayas utilisés par la katiba Abu Zeid.

— Très bien, approuva le chef de Station. Dès que
vous aurez le timing, j'avertirai Tamanrasset, afin
qu'ils lancent un drone à grand rayon d'action, qui
va nous renseigner en temps réel sur les gens qui
vont venir à votre rencontre avec nos cinq otages.

» À propos, j'ai des nouvelles des Algériens,
grâce aux moyens techniques. Ils ont envoyé un rem-
plaçant au colonel Abu Khader, un certain Ramtane
Amari. Un « féroce », d'après nos fiches. Avec
l'ordre de tout faire pour retrouver les trois évadés.

» Ils savent que c'est nous…

— Et les Mauritaniens ?

— Ils se sont déchaînés les deux premiers jours.
Toutes les pistes et les routes allant vers l'est ont été
surveillées et ils ont même envoyé leurs « Tucanos »

de reconnaissance survoler le désert pour tenter de les retrouver.

» Ils ont seulement arrêté des contrebandiers de cocaïne.

— OK, conclut Malko, j'appelle le Thuraya.

De la terrasse, il avait accroché facilement le satellite et l'écran du téléphone-satellite avait affiché : Thuraya Mauritania.

Par contre, le numéro ne répondait pas. Malko l'avait composé deux fois, certain que l'autre Thuraya avait enregistré son appel.

Il retourna dans la chambre.

Fatimata regardait la télé, uniquement vêtue d'un string noir. Elle se coula jusqu'à Malko et l'emprisonna avec ses jambes.

— Fais-moi l'amour ! murmura-t-elle. Je me dessèche.

Comme pour lui forcer la main, si on peut dire, elle commença, à cheval sur lui, à se frotter lentement d'avant en arrière.

— Attends ! demanda Malko, qui avait vraiment la tête ailleurs.

Fatimata ne tint aucun compte de ce qu'il disait. Sournoisement, elle le défit, sortant un sexe devenu dur comme du bois. Malko avait beau penser à autre chose, les câlins de la jeune femme lui mettaient le ventre en feu...

Fatimata, qui s'était débarrassée de son triangle en nylon, se souleva, saisit ses fesses à deux mains, de façon à placer l'entrée de ses reins juste en face du

sexe dressé. Ensuite, elle se laissa retomber doucement, en prenant bien soin de demeurer dans l'axe.

Malko éprouva une onde de jouissance inouïe et
gémit malgré lui. Aussitôt, Fatimata se laissa tomber, s'empalant sur le membre jusqu'à la racine.

Malko ne put s'empêcher d'entrer dans la danse,
se soulevant pour aller à sa rencontre, donnant de
furieux coups de boutoir.

Fatimata cria.

— Oui, plus fort ! Plus vite !

Ils hurlèrent ensemble.

Puis, la jeune femme s'alanguit sur Malko,
comme une liane heureuse.

Malko entendit la sonnerie du Thuraya et vit
l'écran s'allumer. Il écarta la jeune femme presque
brutalement et sauta sur ses pieds, filant sur la terrasse pour avoir une meilleure réception.

Une voix demanda en français, avec un fort accent
arabe.

— Vous avez appelé ?

— Oui. Qui êtes-vous ?

— Abu Moussa. Nous nous sommes déjà rencon-
trés.

L'envoyé d'Abu Zeid rencontré dans le désert.

— Je suis prêt, annonça Malko. Je suppose que
vous êtes au courant. Comment faisons-nous ?

— Il faut gagner Oualata, au nord de Nema.
Lorsque vous y serez, rappelez-moi.

— C'est loin ?

— Environ deux jours de piste. Ceux que vous
avez libérés connaissent. Ils vous serviront de
guides. Ne prenez pas le « goudron » de Nema.

Il coupa la communication et Malko appela aussitôt Ira Medavoy.

– Le rendez-vous se trouve dans la zone où vivent les Berabiches, une tribu arabe en bons termes avec AQMI, remarqua-t-il. Ils sont peut-être déjà là-bas. Je vais vérifier avec les relevés GPS. Il faudrait que vous partiez demain matin à l'aube.

» Nous resterons en contact avec le Thuraya.

Malko rentra dans la chambre. Juste comme Fatimata sortait de la salle de bains.

– Nous allons nous quitter ! annonça-t-il. Je pars demain matin, avec les trois évadés.

La jeune femme semblait catastrophée.

– Tu ne vas pas revenir…

C'était plus une constatation qu'une question. Malko préféra ne pas répondre.

– Écoute, dit-elle, j'ai fait confectionner deux tenues superbes. Je veux que tu les voies sur moi. On a dû les livrer à la Maison d'Hôtes. Je vais aller les chercher pour les mettre ce soir.

Malko sourit.

– C'est gentil, mais trop dangereux. Il ne faut pas te montrer avant notre départ.

– Bien, dit Fatimata, visiblement déçue.

Elle se rhabilla et descendit. Elle aimait bien préparer du thé dans la journée. Malko se plongea dans la carte : il avait encore un long chemin à parcourir.

Un long chemin semé d'embûches.

*
* *

Chris Jones se heurta à Malko qui sortait de la cuisine.

– Vous n'avez pas vu Fatimata ? demanda Malko.

– Non.

– Elle n'est pas avec les prisonniers ?

– Non. Il y a un Iroquois.

Malko sentit le ciel lui tomber sur la tête. Fatimata lui avait désobéi et était partie récupérer ses tenues neuves.

Un caprice d'enfant.

Mais un caprice qui pouvait avoir des conséquences catastrophiques. Les Mauritaniens connaissaient sa liaison avec Malko. Ils avaient pu mettre en place une souricière à la Maison d'Hôtes.

Il réalisa qu'il n'avait même pas son portable. Remonté dans la chambre, il envisagea les différentes possibilités.

Soit Fatimata revenait dans l'heure qui suivait et tout allait bien.

Soit elle ne réapparaissait pas et, dans ce cas, il n'y avait que deux alternatives : partir immédiatement ou attendre le lendemain.

Au risque de se retrouver assiégé par les Mauritaniens.

Malko réalisa vite qu'il n'avait en réalité qu'une alternative : partir dans la nuit était de la folie.

Il n'allait pas vivre jusqu'au retour de la jeune femme.

CHAPITRE XXV

Le colonel Ramtane Amari passa machinalement le doigt sur la cicatrice de son nez. Un coup de poignard donné par un membre du GIA. À cette époque, il n'était encore que sous-lieutenant et on l'avait recousu grossièrement, le laissant défiguré pour la vie.

Après avoir tendu ses filets, il attendait patiemment. Il lui avait fallu peu de temps pour reconstituer un réseau local capable de surveiller les deux personnes qui l'intéressaient : l'agent de la CIA, Malko Linge et sa maîtresse, Fatimata Tichoott.

Seulement, depuis plus de trois jours, les deux avaient disparu.

Ses « choufs » les avaient vus pour la dernière fois entrer dans l'hôtel Tfeila vers dix heures du soir. Ensuite, ils avaient décroché, avec l'intention de revenir le lendemain matin. Seulement, entre-temps, il y avait eu l'évasion de la prison et, ni l'agent de la CIA, ni sa compagne n'avaient réapparu.

Le colonel de la Sécurité algérienne en avait tiré une conclusion logique : comme aucun des condamnés à mort n'avait été repris, le couple se trouvait avec eux.

Deux hypothèses : ou ils avaient pu quitter

Nouakchott et, dans ce cas, la mission du colonel Amari avait échoué. Ou ils se trouvaient encore en ville, pour laisser les choses se calmer. Dans ce cas, l'officier algérien avait encore une petite chance de parvenir à ses fins.

À une condition : retrouver les deux, ou un des deux. Il avait donc mis en place une surveillance vingt-quatre heures sur vingt-quatre autour des endroits où ils étaient susceptibles de réapparaître : l'hôtel Tfeila et la Maison d'Hôtes.

Après trois jours de planque, il n'avait aucun résultat.

Il était sept heures du soir et il s'apprêtait à quitter son bureau lorsqu'un de ses portables sonna.

C'était Habib Ould Moussauir, un de ses « choufs ».

— Chef, fit-il, je viens de la voir.

Le colonel Amari crut que le Bon Dieu lui léchait l'âme.

— Où est-elle ? aboya-t-il.

— Elle vient d'entrer dans la Maison d'Hôtes.

— Ne bouge pas, j'arrive !

Le temps de rafler un pistolet dans son tiroir, il se rua dans le garage où son chauffeur attendait.

— Tu connais l'avenue Charles de Gaulle ?

— Oui, chef.

— On y va et fissa. Ensuite, tu tournes devant l'hôtel Tfeila et je te dirai.

*
* *

Fatimata n'arrivait pas à se défaire du bavardage de Marina, qui lui avait posé mille questions sur sa

« disparition ». Fatimata était restée muette comme une tombe. Finalement, elle se leva et prit son paquet de vêtements.

– Il faut que j'y aille !

Elle sortit sur la placette, contourna le chameau endormi et gagna le chemin menant à l'avenue Charles de Gaulle. Là, elle trouverait un taxi qui la rapprocherait de sa destination.

Elle avait parcouru une centaine de mètres quand elle entendit un bruit de moteur derrière elle. Machinalement, elle obliqua vers le bas-côté.

Le véhicule, un 4×4, la dépassa. Il roulait lentement et s'arrêta après l'avoir dépassée. Deux hommes en jaillirent et se jetèrent sur la jeune femme, la soulevant du sol. Fatimata eut à peine le temps de se débattre. Déjà, ses agresseurs la jetaient à l'arrière du 4×4. L'un d'eux s'assit littéralement sur elle, maintenant une main calleuse contre sa bouche. Le véhicule avait redémarré. Elle réalisa qu'ils avaient atteint le « goudron » quand les cahots cessèrent. Elle ne se débattait même pas, ne comprenant pas ce qui lui arrivait. La police mauritanienne n'avait aucune raison de se conduire ainsi… Elle n'avait toujours pas compris lorsque le 4×4 ralentit et stoppa, donnant un léger coup de klaxon. Il redémarra aussitôt, parcourut quelques mètres et s'arrêta à nouveau. Les portières s'ouvrirent et on la tira dehors.

Ses ravisseurs la firent pénétrer dans un bâtiment, puis dans une pièce éclairée d'un néon blafard. Peu meublée. Un homme en civil se tenait derrière un bureau. Une tête affreuse, avec un nez déformé par une cicatrice horrible.

Les deux hommes qui l'avaient enlevée la forcè-
rent à s'asseoir sur une chaise en face du bureau.
L'homme au nez déformé la regarda longuement,
comme un entomologiste fixe un insecte, puis il
laissa tomber d'une voix calme en arabe, avec l'accent algérien.

– Tu t'appelles Fatimata Tichoott et tu fais la
putain avec les étrangers. Ce n'est pas pour cela que
tu es ici. Je vais te poser une seule question, à
laquelle il faut que tu répondes. Après, tu pourras
t'en aller.

Fatimata avait retrouvé un peu de courage.

– Qui êtes-vous ? demanda-t-elle. Pourquoi
m'avez-vous enlevée ?

L'homme à sa gauche, la gifla si fort qu'elle faillit
tomber de sa chaise.

– Réponds au colonel ! glapit-il.

Les yeux pleins de larmes, elle entendit l'homme
derrière le bureau demander.

– Je veux savoir où se cache ton amant, l'agent
de la CIA Malko Linge. Avec les trois condamnés à
mort qu'il a fait évader. Tu me le dis et tu sors d'ici.

– Je ne sais pas ! bredouilla Fatimata, sans soute-
nir son regard. Il est parti, il ne m'a pas dit où il
allait.

Le colonel secoua la tête, comme accablé, et jeta :

– Déshabillez cette putain jusqu'à la taille.

Fatimata sentit la lame d'un poignard se glisser
dans son dos entre sa peau et le caraco moulant.
D'un seul coup de poignet, l'homme le trancha en
deux, libérant les seins lourds.

Le colonel eut un sourire gourmand.

– Tu as de beaux seins pour une négresse.

La tête baissée, Fatimata ne répondit pas, terrorisée. Le colonel Amari continua de la même voix douce.

— Puisque tu ne veux pas répondre, Habib va couper tes jolis seins. Et, tu sais, cela ne repousse pas…

Fatimata ouvrit la bouche pour hurler et son cri s'étrangla dans sa gorge. De la main gauche, l'homme qui se tenait derrière elle, venait d'emprisonner son sein gauche. Penché sur elle, il glissa son poignard dessous et commença à scier la chair fragile.

Le hurlement de la jeune femme fit trembler les murs. Tenue aux épaules par le deuxième individu, elle était incapable de bouger. En même temps qu'une brûlure atroce, elle sentit un liquide chaud et visqueux couler sur son estomac.

C'était son sang.

La lame avait déjà remonté de trois ou quatre centimètres, séparant le sein du torse.

Fatimata se mit à vomir.

Bonhomme, le colonel lui jeta.

— Courage ! Il a bientôt fini. Après, on va passer à l'autre.

Fatimata baissa les yeux et vit que son sein tenait encore à son torse. La panique la submergeait. Bêtement, elle se dit qu'en arrêtant tout de suite, elle pourrait peut-être le sauver.

— Arrêtez ! hurla-t-elle, je vais vous dire.

Le poignard cessa de scier le sein. Sa mâchoire tremblait, elle avait du mal à articuler. Avec des mots hachés, elle expliqua où se trouvait la villa. Le colonel notait soigneusement. Le sang de Fatimata continuait à couler, elle s'affaissa brusquement, évanouie.

Habib interrogea le colonel du regard.

– Finis-la et on y va, laissa tomber l'officier algérien.

Elle ne risquait pas d'avoir menti. Son expérience lui avait appris que les femmes résistaient très mal à cette torture.

Habib retira la lame de son poignard de sous le sein et l'enfonça verticalement sous la clavicule de la jeune femme. Lorsque la pointe atteignit son cœur, elle eut un bref sursaut mais ne reprit pas connaissance.

Habib essuya son arme sur le caraco et guetta un ordre.

– Enterrez-la au fond du parc, ordonna Ramtane Amari.

Périmètre diplomatique, l'ambassade d'Algérie était à l'abri de toute investigation.

Pendant que ses deux sous-officiers traînaient le corps hors du bureau, le colonel alla chercher sa voiture. Avant d'exploiter ce précieux renseignement, il fallait le vérifier et l'enrichir.

Malko n'avait rien pu avaler, tenaillé par l'angoisse. Il était huit heures et Fatimata n'était pas revenue.

Ou les Mauritaniens l'avaient arrêtée ou…

Il remonta dans la chambre et appela Ira Medavoy sur son portable crypté.

Malko, après avoir expliqué ce qui se passait, proposa.

— La solution la plus sûre est que je me replie
immédiatement sur l'ambassade.

— C'est impossible ! affirma le chef de Station
d'une voix blanche. Je ne peux pas faire cela sans le
feu vert de l'ambassadrice et elle ne le donnera
jamais.

— Alors quoi ? On fait Fort Alamo ? Si les Mauritaniens attaquent, je vous signale que j'ai avec moi
six citoyens américains.

Le silence qui suivit se prolongea plus d'une
minute, ce qui est très long au téléphone.

— Il faut quitter la villa, dit finalement l'Américain.

— Pour aller où ?

— Quitter Nouakchott. Aller vers l'est. Vous avez
le numéro de Thuraya de l'envoyé d'Abu Zeid. Vous
pouvez entrer en contact avec lui.

— Et les quinze millions de dollars…

— Je peux les apporter demain à la mosquée
Dadew. L'important, c'est de ne pas rester dans ce
piège…

— De nuit, c'est impossible, objecta Malko. Il faut
attendre le jour.

Disciplinés, les « Iroquois » avaient ôté les
bâillons des trois évadés ainsi que le bandeau qui les
aveuglait. Malko s'assit sur un lit de camp, affron-
tant trois regards noirs pleins de haine, et demanda :

— Il y en a un qui parle français ?

– Je parle français, moi, lança Maarouf Ould Haiba.

Malko lui expliqua posément la situation. Lorsqu'il eut terminé, les trois évadés se concertèrent en arabe, puis Maarouf Ould Haiba demanda.

– Ce n'est pas un piège ? Vous avez vraiment l'intention de nous conduire jusqu'au Cheikh Abu Zeid ?

– Pas jusqu'à lui, corrigea Malko, jusqu'à ceux que je dois rencontrer, quelque part dans le désert. Avec nos otages.

Nouveau conciliabule.

– Nous acceptons ! dit Maarouf Ould Haiba, mais on ne peut pas partir ce soir. Il y a des check-points la nuit, nous ne passerons pas. Il faut attendre le jour.

– Espérons que cela ne sera pas trop tard, conclut Malko.

Il sortit de la pièce, sans leur remettre leurs bâillons. Désormais, ils étaient un peu associés…

Lorsqu'il remonta dans la chambre, cela lui fit un drôle d'effet de ne pas voir Fatimata.

Que lui était-il arrivé ?

Il redescendit et alla trouver Chris Jones et Milton Brabeck.

– Nous avons un problème, annonça-t-il sobrement.

Lorsqu'il eut terminé son exposé, il conclut.

– Je pense que vous devriez regagner l'ambassade. C'est trop dangereux pour vous.

Chris Jones eut un sursaut horrifié.

– On ne va pas laisser ces trois « terros ». On reste. Mais il faudrait peut-être renvoyer les Iroquois… Ils ne servent plus à rien.

C'était frappé au coin du bon sens.

Malko rappela aussitôt Ira Medavoy.

– Essayons de limiter les dégâts, suggéra-t-il. Soyez dans une demi-heure, au croisement de l'avenue Nouadibhou et du chemin où nous sommes. Je vous envoie les quatre « Special Forces ». Inutile de les embarquer dans cette galère…

– Formidable ! approuva le chef de Station, j'arrive.

Malko était certain qu'il ne serait pas en retard.

Le colonel Amari raccrocha, satisfait et commanda au barman du El Amane une coupe de champagne. Il l'avait bien méritée. Ses chefs allaient être contents. Grâce à l'information qu'il venait de communiquer anonymement au directeur de Cabinet du général Ould El Hadi il était certain que la villa où se terrait l'agent de la CIA avec ses trois évadés, serait cernée dès l'aube.

De cette façon, il faisait d'une pierre deux coups : les trois condamnés à mort regagneraient leur prison et les Américains se trouveraient dans une position impossible vis-à-vis des Mauritaniens.

Le garçon revenait avec une bouteille de Taittinger Brut qu'il posa sur la table dans un seau en métal. Au moment où il allait l'ouvrir, le colonel Amari aperçut au bar une longue fille aux cheveux tressés, ornés de coquillages, moulée dans un boubou jaune canari.

– Va lui demander si elle veut un peu de champagne, lança l'officier algérien au garçon.

Celui-ci s'exécuta, revenant aussitôt, flanqué de la Noire qui arborait un sourire éblouissant. Rien qu'en croisant son regard, le colonel Amari sentit des picotements dans son bas-ventre.

Elle avait une bouche de salope et un regard docile. Il y eut un « plouf » joyeux : le garçon venait de faire sauter le bouchon de la bouteille de champagne.

Le colonel Amari saisit la bouteille de Taittinger et remplit les deux coupes.

– On va bien s'amuser ! lança-t-il à la fille. Comment t'appelles-tu ?

– Malika.

Il posa une main sur sa cuisse, d'un geste déjà possessif.

Décidément, c'était une bonne soirée.

*\
* *

Malko avait à peine dormi trois heures, réveillé depuis quatre heures du matin. À six heures, il descendit se faire du café et se cogna à Milton Brabeck.

– On est prêts ! annonça le « gorille ».

Les quatre « Iroquois » s'étaient éclipsés quelques heures plus tôt sans trop comprendre à quoi ils échappaient.

Dans la cuisine, Chris Jones était en train de finir de remonter un M.16, deux pistolets automatiques Beretta 92 posés sur la table avec un monceau de chargeurs.

– Ils nous ont laissé du matos, fit Chris Jones, mais ce n'est pas ce qu'il y a de mieux.

– T'aurais voulu un lance-flammes ? ricana Milton Brabeck.

– Calmez-vous, lança Malko. J'espère que vous n'aurez pas besoin de vous en servir. Nous ne sommes pas en guerre avec la Mauritanie ; si tout se passe bien, nous filons d'ici dès que le jour se lève. J'espère qu'il n'y aura personne pour nous en empêcher.

Cela s'appelait du « *wishing thinking* » mais il ne pouvait se raccrocher qu'à cela.

Après avoir bu un café infect, il remonta au premier et se posta sur la terrasse, pour regarder le jour se lever.

*
* *

L'aube pointait lorsque Malko entendit un bruit de moteurs. Il se rapprocha de la rambarde et aperçut cinq pick-up bleus qui avançaient lentement sur le chemin, venant de l'avenue Nouadibhou.

Son pouls grimpa au ciel. Qui n'avait pas écouté ses prières.

Il traversa la terrasse en courant et, arrivé sur le palier, se pencha dans la cage d'escalier et cria.

– Chris, ils arrivent !

CHAPITRE XXVI

Le lieutenant de police Aziz Ould Moktar descendit de son pick-up et fit signe à ses hommes d'en faire autant. Les cinq véhicules se vidèrent aussitôt, déversant une trentaine de policiers. En apparence, c'était une force redoutable. En apparence seulement, car la plupart étaient des stagiaires et aucun n'avait été prévenu de la nature de leur mission. En plus, ils n'étaient armés que de vieux fusils Seminov avec un seul chargeur… Ils entreprirent d'encercler la villa blanche, ce qui ne présentait pas de difficultés.

Courageusement, le lieutenant s'approcha de la grille après avoir ramassé ce qui ressemblait à un attaché-case noir. Le brandissant devant lui, c'était en réalité une mallette pare-balles pouvant parfaitement passer pour un attaché-case. Puis il découvrit que la grille était verrouillée et se mit à tambouriner sur le panneau métallique.

Comme il n'obtenait aucune réponse, il lança à un de ses hommes :

– Escalade le mur, je te couvre.

Le policier commença à s'exécuter. À peine

était-il à cheval sur le faîte du mur qu'une rafale partit de la villa, du M.16. Un des véhicules vides, criblé de projectiles, prit immédiatement feu.

Le policier, en haut du mur, retomba lourdement du côté rue. Tous ses camarades se déchaînèrent aussitôt, criblant d'impacts les murs de la villa. La fusillade dura à peine une minute puis s'arrêta brutalement.

Les policiers n'avaient plus de munitions, ayant vidé leur unique chargeur !

Celui qui était tombé du mur se releva. Indemne et confus, secouant la poussière de ses vêtements.

Fiévreusement, le lieutenant Aziz Ould Moktar appelait la Garde Nationale à la rescousse : sans munitions, il ne pouvait pas se lancer à l'assaut de cette maison tenue par des gens supérieurement armés. Cinq minutes plus tard, le QG de la Garde Nationale répondit : on lui envoyait une trentaine d'hommes, avec de l'armement. Lourd problème : la Garde Nationale ne disposait que de deux camions, qu'elle ne voulait pas risquer dans un assaut : ils resteraient à l'abri et ses hommes gagneraient les lieux de l'affrontement à pied.

Confiant, le lieutenant Aziz Ould Moktar se colla au mur, pour ne pas risquer d'être touché par les tirs de la villa, bien qu'ils aient cessé.

Confiant : le tuyau que la Sûreté d'État avait reçu était bon et ils allaient reprendre les trois condamnés à mort évadés.

*
* *

Chris Jones remit un chargeur dans son M.16 et lança à Malko.

– Qu'est-ce qu'on fait ?

C'était la question. Depuis le premier assaut, Malko avait appelé Ira Medavoy pour le tenir au courant. Il attendait la réponse du chef de Station, en contact avec Washington. Au moment où il allait répondre au « gorille », son portable sonna.

– Essayez de vous enfuir, ordonna l'Américain, il n'est pas question de faire Fort Alamo.

– La villa est cernée, objecta Malko, on va au massacre.

– Peut-être pas, corrigea Ira Medavoy. Je connais le système mauritanien : on ne donne jamais beaucoup de munitions aux policiers. Arrosez-les pour les forcer à riposter et tentez une sortie. Tout vaut mieux que l'assaut frontal.

– On va tenter une sortie ! conclut Malko, qui transmit les ordres du chef de Station à Chris Jones. Il y a une petite grille qui donne sur le terrain vague, derrière la maison. On va essayer par là. Milton, venez m'aider à charger la Land Cruiser. Chris, dans cinq minutes, commencez à tirer à partir de la terrasse. Qu'ils se planquent. Ensuite, on y va.

Heureusement, ils avaient tous des gilets pare-balles... Malko glissa un Beretta 92 dans sa ceinture et prit un M.16. Les trois prisonniers semblaient nerveux et celui qui parlait français l'interpella.

– Qu'est-ce qui se passe ?

– La maison est cernée par la police. Nous allons quand même essayer de nous enfuir par-derrière.

Vous monterez avec moi devant, pour me guider, vos deux camarades se mettront à l'arrière.

– Il faut les détacher…

Malko secoua la tête.

– Non, j'ai assez de choses à gérer comme ça. On verra plus tard. Vous êtes toujours nos prisonniers. Venez. Dites à vos amis de nous suivre.

Maarouf Ould Haiba leur jeta quelques mots et les trois évadés emboîtèrent le pas à Malko. Jusqu'à la Land Cruiser, garée dans le garage. Il ouvrit le hayon arrière et fit signe aux deux « inutiles » de s'installer dans l'endroit destiné aux bagages. Il y avait largement la place.

Pendant qu'il était en train d'enfiler son gilet pare-balles, une fusillade nourrie éclata. Devant la panique évidente du Salafiste, Malko précisa.

– C'est nous qui tirons…

Chris Jones vida au moins trois chargeurs de M.16. On se serait cru à Stalingrad. Milton Brabeck, lui, ciblait l'arrière de la villa.

Malko était déjà installé au volant et venait de lancer le moteur quand les deux « gorilles » surgirent, leur M.16 au poing, deux musettes de toile pleines de chargeurs. Ils bondirent sur la banquette arrière, descendant immédiatement les glaces.

– Ils n'ont pas riposté, ces enfoirés ! lança Milton Brabeck. Ils ne doivent plus avoir de munitions… C'est le moment d'y aller.

Malko embrayait déjà.

La Land Cruiser jaillit du garage, traversa le jardin et déboucha dans le terrain vague. Pas un policier ! Le terrain étant totalement découvert, ils avaient préféré se mettre en position de l'autre côté.

Malko tourna aussitôt à gauche, longeant le mur de la villa et poussa une exclamation furieuse : la bordure du terrain, là où ils se dirigeaient, grouillait de silhouettes noires ressemblant à des tortues Ninja : des soldats de la Garde Républicaine équipés de tenue GK en caoutchouc durci, sensé les protéger des projectiles et qui leur donnait un air futuriste.

Certains aperçurent la Land Cruiser qui fonçait vers eux. Un soldat épaula son arme et lâcha une rafale, à cinquante mètres.

Le 4 × 4 fut ébranlé par des coups sourds et le pare-brise se fendit.

Malko baissa la tête, plongeant sous le volant et continua sa course en cahotant. Heureusement, le véhicule faisait de tels bonds que les soldats avaient du mal à les ajuster. Il se demanda s'ils allaient arriver à passer. La fusillade redoublait.

*
* *

Chris Jones, assis à gauche, braqua son M.16. Lâchant aussitôt une rafale en direction des soldats qui les cernaient. Assez haut pour ne pas les toucher.

Tous s'aplatirent sur le sol avec une rapidité digne d'éloges. Tous les soldats d'élite mauritaniens s'aplatirent sur le sol avec une rapidité digne d'éloges. Avec leur combinaison d'intervention GK et leur cagoule, ils ressemblaient à des tortues Ninja des temps modernes. Milton Brabeck en faisait autant de l'autre côté. Lancée à toute allure, la Land Cruiser passa au milieu des soldats aplatis, comme un navire de haut bord. Accroché à son volant,

Malko serrait les dents et priait : encore cinquante mètres avant la route de Nouadibhou.

Il n'y avait plus de soldats devant lui, il avait franchi le barrage ! Jetant un coup d'œil dans le rétroviseur, il aperçut les militaires qui se relevaient et recommençaient à tirer. Ils tiraient encore lorsqu'il atteignit le bas-côté sablonneux de la grande avenue et tourna, au jugé, à gauche. Avant tout, s'éloigner du centre…

Il tourna la tête vers son voisin pour lui demander des indications et eut un choc : Maarouf Ould Haiba, la tête sur la poitrine, semblait dormir. Puis, Malko vit le sang qui coulait sur son visage. Le Salafiste avait été touché par la première rafale. Une balle en pleine tête.

Ils n'avaient plus de guide.

Suivant la grande avenue, il se retourna vers les deux « gorilles ».

– Ça va ?

– Nous, oui, fit Milton Brabeck mais les deux gooks à l'arrière n'ont pas l'air bien… On dirait qu'ils ont morflé.

Malko jura entre ses dents. C'était le ratage complet !

Il continuait, s'attendant à chaque seconde à se heurter à un barrage. Il arriva à une fourche, avec une grande station d'essence et des troupeaux de moutons, une flopée de camions arrêtés sur le bas-côté.

À droite, un ruban de goudron rectiligne filait vers le nord. Il se repéra : c'était la route d'Atar qu'il avait déjà empruntée pour le rendez-vous avec Abu Moussa. Il prit la route devant lui, goudronnée elle aussi, mais avec beaucoup moins de circulation. Là, il montait carrément vers le nord. Un kilomètre plus loin, il aperçut un panneau sur le bas-côté pointant vers la gauche.

« Ancienne route côtière. Attention aux marées. Uniquement réservée aux 4×4. Emportez des vivres et du carburant »

Il s'engagea dans la rampe et atterrit pratiquement sur le sable ! L'ancienne route de Nouadhibou longeait la mer, coincée entre une falaise et l'océan.

Pas un chat en vue.

Évidemment, les conducteurs mauritaniens préféraient le goudron… Il roula un kilomètre et stoppa sur le bas-côté. Ils descendirent alors tous les trois et Chris Jones alla ouvrir le hayon arrière, rejoint par Malko. Devant l'immobilité suspecte des deux Salafistes, encore entravés, celui-ci vit immédiatement qu'ils étaient morts. En examinant les cadavres de plus près, Malko découvrit qu'ils étaient criblés de balles. Ils avaient servi de bouclier humain aux autres occupants de la voiture.

Chris Jones cracha dans le sable.

– Je suis bien content que ces enfoirés aient morflé !

– Ce n'était pas le but de l'opération, remarqua Malko. Désormais, nous n'avons plus de monnaie d'échange pour récupérer nos otages.

– On ira les chercher, lança le « gorille » martialement.

Le Thuraya de Malko se mit à sonner. Il regarda le numéro qui s'affichait et son pouls grimpa : c'était Abu Moussa, l'envoyé de Abu Zeid, qui venait aux nouvelles. Il devait se trouver quelque part dans le désert, à attendre Malko et les trois évadés.

— Pourquoi n'appelez-vous pas, demanda-t-il d'une voix agressive. Où êtes-vous ?

— Il n'y a plus de rendez-vous, répondit Malko. Nous avons eu un problème. La villa où nous étions a été attaquée par l'armée mauritanienne. Vos trois amis ont été tués au cours de notre fuite.

Il y eut un long silence suivi d'une bordée d'injures en arabe, puis le milicien de l'AQMI raccrocha. Pendant un moment, on n'entendit plus que le bruit des vagues qui se brisaient sur le sable. Un bruit calme et rassurant.

Les trois corps étaient allongés sur le sable, à l'ombre de la falaise et Milton Brabeck leur avait ôté leurs liens. Malko regarda sa montre.

— Il devrait être là dans un quart d'heure. Partez en avant. Il jeta un dernier regard aux trois salafistes et reprit le volant du 4 × 4. Avec un goût de cendres dans la bouche. Le goût de l'échec.

Le chef de Station allait venir les chercher dans un véhicule de l'ambassade en plaque diplo. Auparavant, Malko avait pour consigne de mettre le feu à la Land Cruiser, afin d'effacer toute trace de leur passage.

Son séjour en Mauritanie se terminait.

Tristement.

Il repensa à Fatimata. Que lui était-il arrivé ? On ne le saurait peut-être jamais. Si les Mauritaniens l'avaient arrêtée, ils en auraient fait état.

Il arrêta la Land Cruiser en bas de la rampe menant à la route goudronnée. Laissant Chris Jones et Milton Brabeck partir à pied en avant, il versa sur les sièges tout le contenu du jerrican d'essence de secours et termina en arrosant la carrosserie. Ensuite, prenant un chiffon imbibé d'essence, il l'alluma avec son Zippo et le lança à l'intérieur par la portière ouverte. Un gros « plouf » et le 4 × 4 s'embrasa en quelques secondes. Malko courait déjà vers la route du haut. Les trois hommes arrivèrent presque en même temps qu'un fourgon noir qui venait de s'arrêter sur le bas-côté de la route goudronnée. Malko ouvrit la portière côté passagers, découvrit Ira Medavoy au volant. Il monta à côté de lui, tandis que Chris et Milton prenaient place derrière eux, avec leurs M.16.

Le véhicule fit demi-tour et repartit en direction de la ville. Dans un silence pesant, rompu par le chef de Station.

— Ils ont donné l'assaut à la villa il y a un quart d'heure, annonça-t-il. Après avoir tiré plusieurs roquettes de RPG7. Ils la croyaient pleine de Salafistes.

Personne ne rit.

— Et les otages ?

— J'ai des nouvelles, répondit Ira Medavoy. Je vous avais dit que l'échange serait surveillé en temps réel, par un drone lancé de Tamanrasset. C'est ce qui se passe : nous recevons en continu les images du convoi des salafistes que vous deviez rencontrer.

» Grâce aux appels qu'ils vous ont lancés de leur Thuraya, hier soir et ce matin, nous les avons localisés. Ils se trouvent au sud du 17e Parallèle, encore

en territoire malien, là où vivent les Barabiches. Ils
ont sept véhicules.

– Comment le savez-vous ?

– Le Predator... Les images sont très nettes.

– Les otages sont avec eux ?

– Impossible de le savoir. Ils peuvent se trouver
dans l'une des Land Cruisers.

La sonnerie de son portable l'interrompit. Il
répondit, puis se tourna vers Malko.

– C'est le centre d'observation : le convoi vient
de faire demi-tour et se dirige vers l'Est. Ils rentrent
à leur base.

– Qu'allez-vous faire ?

Ira Medavoy esquissa un sourire amer.

– Ce n'est pas moi qui décide ! Bien sûr, le Predator pourrait leur balancer un missile « Hellfire »,
mais c'est impossible à cause de la présence éventuelle des otages.

– Donc, nous revenons au point de départ, souligna amèrement Malko.

– Pas tout à fait, répliqua le chef de station. Grâce
à cette localisation, nous allons pouvoir les suivre
jusqu'à leur base. Un autre Predator prendra la
relève.

» Donc, nous allons savoir exactement où se terre
la katiba d'Abu Zeid, et ne plus les lâcher.

– Et ensuite ?

– Le Predator les survolera. Assez bas pour qu'ils
l'aperçoivent. Et, dans les jours qui viennent, l'US
Air Force annoncera que le Mali l'a autorisé à survoler son territoire avec des F.16.

Autrement dit, Abu Zeid saura désormais qu'on

connaît sa localisation et qu'on peut l'aplatir sous les bombes et les missiles de nos F.16.

– Cela ne résoud pas le problème des otages.

– Non, c'est vrai, reconnut Ira Medavoy, mais, désormais, ils sont l'assurance-vie d'Abu Zeid. Il sait que si nous n'avons pas régulièrement des preuves de vie, il y passera.

» C'est tout ce qu'on peut faire pour le moment.

Malko essaya de se dire qu'il n'avait pas totalement perdu son temps. Il n'avait pas réussi à récupérer les cinq otages américains de la CIA, mais, au moins, il prolongeait leur existence et la peur avait changé de camp.

Commandez
sur le Net :

toutes nos collections

habituelles

SAS

BRIGADE MONDAINE   L'EXECUTEUR

POLICE DES MOEURS

BLADE...

et les **NOUVEAUTÉS**

PATRICE DARD : **ALIX KAROL**

GUY DES CARS : **INTÉGRALE**

SEAN MCFARREL : **LES SANGUINAIRES**

LES ECHAPPES DE L'ENFER

LE CERCLE POCHE

EN TAPANT

WWW.EDITIONSGDV.COM

Gérard de Villiers

PRÉSENTE

BRIGADE MONDAINE

Par Michel Brice

LA GARCE DU 69

VAUVENARGUES

«TOUTE RESSEMBLANCE AVEC DES PERSONNES EXISTANTES...»

PRIX TTC: 6,10 €

Gérard de Villiers

PRÉSENTE

BRIGADE MONDAINE

Par Michel Brice

SEXE
& VENGEANCE

VAUVENARGUES

«TOUTE RESSEMBLANCE AVEC DES
PERSONNES EXISTANTES...»

PRIX TTC : 6,10 €

Cet ouvrage a été imprimé en France par

à Saint-Amand-Montrond (Cher)
en février 2011

Mise en pages : Bussière

ÉDITIONS GÉRARD DE VILLIERS
14, rue Léonce Reynaud - 75116 Paris
Tél. : 01-40-70-95-57

— N° d'imp. 110049. —
Dépôt légal : mars 2011.